FLORIAN WACKER

# FALSCHE VERSPRECHEN

FLORIAN WACKER

# FALSCHE VERSPRECHEN

EIN MORD, EIN GESTÄNDNIS –
UND EINE LÜGE, DIE ALLES VERÄNDERT

Kiepenheuer & Witsch

MIX
Papier | Fördert gute Waldnutzung
FSC® C014496

1. Auflage 2025


*Covergestaltung* Johannes Wiebel | punchdesign,
unter Verwendung von Motiven von stock.adobe.com
*Covermotive* © iammotos – stock.adobe.com,
© Pakhnyushchyy – stock.adobe.com
Gesetzt aus der Minion Pro und der Bebas Kai
*Satz* Buch-Werkstatt GmbH, Bad Aibling
*Druck und Bindung* GGP Media GmbH, Pößneck
ISBN 978-3-462-00785-5

Kontaktadresse nach EU-Produktsicherheitsverordnung:
*produktsicherheit@kiwi-verlag.de*

# 1
# SCHOTA

Die Nacht hat tausend Augen. Die Nacht hat hundert Münder und Ohren, Arme und Beine. Er schaut nicht auf, blickt die Nacht nicht an; er hört nicht hin, stellt sich taub. Ich habe keinen Namen, ich bin gar nicht da, bloß nicht auffallen, nicht hinsehen, nicht hinhören, denn aus allen Ecken und Winkeln flüstert es, flüstern sie seinen Namen. Er weiß, dass sie hinter ihm her sind.

Da lag einer, mit verdrehten Armen und Beinen, er konnte ihn sehen, sein Gesicht, seine weit aufgerissenen Augen, er konnte ihn schreien hören, seinen weit aufgerissenen Mund. Seitdem sieht er den Fremden überall, in den dunklen Ecken und Winkeln dieser Stadt sieht er ihn, in Hofeinfahrten und zwischen den geparkten Autos, da sieht er das Gesicht, blutüberströmt und seltsam verformt. Er weiß, er hätte dort nie auftauchen dürfen, aber jetzt ist es zu spät, er hätte das Gesicht nie sehen, nie in die Augen blicken dürfen, denn er weiß, dass sie ihn erkannt haben.

Er weiß, dass er verschwinden muss. Aber zuerst muss er Gabriel finden, wo ist dieser Wichser, dieser verdammte Bastard, Gabriel. Wenn der keinen Stress gemacht hätte, wäre das alles nicht so gekommen. Wenn der Typ sich nicht so aufgespielt hätte, als wäre er ein ganz Großer, aber das ist er nicht, Gabriel ist auch nur einer, der herumrennt und das Maul aufreißt. Der Typ hat sich aus dem Staub gemacht, hat Schiss, weiß genau, was passieren wird, und egal, wo er ihn sucht, er ist nicht da, nicht am Bahnhof, nicht am Ostpark, auf zwei Baustellen war er auch schon, aber da hat keiner Gabriel gesehen.

Er weiß nicht genau, wo er ist. Er kennt die Stadt nur wie ein scheues Tier, kennt nur die ausgetretenen Wege, die andere schon vor ihm gegangen sind, ein für andere unsichtbares Netz aus Pfaden, die entlang der großen Straßen führen, zu den Plätzen, in die Parks, an den Bahnhof, zu den Baustellen. Mehr kennt er nicht, es könnte jede andere Stadt sein, Frankfurt am Main, nie gehört, der Zug hat gehalten, er stieg aus und folgte den anderen, dorthin, wo es was zu tun, wo es was zu holen gab. Jetzt ist er allein. Er vergräbt die Hände in den Taschen seiner Jacke, wechselt die Straßenseite, er darf nicht stehen bleiben. Augen und Ohren, Füße und Hände. Sie wollen ihn, sie suchen ihn.

Und überall Blut. Er versucht sich auf das zu konzentrieren, was um ihn ist, die Schatten, die Lichter, das helle Aufblitzen von Scheinwerfern, und trotzdem sieht er das Gesicht, sieht das Blut. Er muss weiter. Überall klebt das Blut an ihm, und obwohl er es nicht sehen kann, weiß er, dass es da ist, überall, aber er bekommt es nicht weg. Er zieht den Reißverschluss der Jacke bis unters Kinn, zieht sich die Basecap tief in die Stirn.

Verdammter Gabriel! Vielleicht ist er jetzt in der Bude, vielleicht gibt es da was zu essen, er hat Hunger, ganz übel ist ihm schon, manchmal wird ihm schwindelig, und alles beginnt sich zu drehen. Er weiß nicht genau, wie lange er schon unterwegs ist, Stunden, bald wird es hell. Er weiß, dass er sich irgendwo verkriechen muss. Er ist ganz zittrig, und wenn er stehen bleibt, dann bleibt alles um ihn trotzdem in Bewegung. Er will schlafen, das fremde Gesicht vergessen, das Blut, überall Blut, diese grässlich weißen Augen.

Er hockt sich in ein Haltestellenhäuschen, sieht an sich herunter, seine Hände zittern. Ist da Blut? An seinen Händen, an seiner Jacke? Er reibt seine Finger an der Hose, wie verrückt rubbelt er über den Stoff, nichts darf ihn verraten, er hat mit der Sache nichts zu tun. Früher, da hat es ihn doch auch nie gejuckt, wenn einer ankam und ihm irgendwas sagen wollte, da hat er ihm eine mitgegeben. Aber jetzt gibt es die Augen, die Münder.

Er ballt eine Hand zur Faust und drückt sie sich auf den Oberschenkel, bis endlich der Schmerz einsetzt. Er denkt an Nia, an ihre schönen Augen und die langen Wimpern, warum gerade jetzt? Vielleicht, weil sie es war, die ihn beruhigen konnte, die ihn runterholte, ganz sanft, sie musste gar nicht brüllen, musste ihn nur ansehen, ihm eine ihrer kühlen Hände auf die Wange legen und fragen, ob er noch bei Verstand sei, er solle sie anschauen, schau mich an, du, schau mich an, jetzt krieg dich wieder ein!

Er lächelt, steht auf. Die können mich alle mal! Er wird zu Gabriel gehen, er wird sich Geld besorgen, der Typ schuldet ihm noch was, und dann wird er verschwinden. Er sieht sich um, so leicht lässt er sich nicht kriegen. Er steigt in die einfahrende Tram Nummer 11 und lässt sich durch die Dunkelheit tragen, irgendwo dahinten muss der Fluss sein, sein Blick streift das riesenhafte Gebäude der EZB. Hier ist die Kohle, hatte Gabriel zu ihm gesagt, immer wieder hatte er es zu ihm gesagt, als sie nach einem endlos langen Tag irgendwo in der Nähe herumsaßen und auf die Nacht warteten, darauf, dass sie endlich loslegen konnten. Dadrin wird die Kohle gemacht, hatte Gabriel gesagt und mit seiner Flasche auf dieses verglaste Monster gezeigt. Das müssen irgendwelche Aliens sein, hatte er da gedacht, die so was bauen, die sich so was ausdenken, kommt wieder zurück und holt euer scheiß Raumschiff ab, hatte er gedacht.

Irgendwo läuft leise Musik, sonst ist nichts zu hören. Die Werkstatt ist zu, im Dunkeln kann er die Karosserien schwach schimmern sehen, irgendwelche alten Karren, Schrottkisten, wo sie noch irgendwas ausbauen, um es dann zu verkaufen. Manchmal denkt er, dass er es auch mal so versuchen sollte, mit einem normalen Job. Hat er ja auch schon, Nia zuliebe, aber er ist einfach zu ungeduldig, er will nicht warten, er kann es nicht ertragen, dass da einer ist, der ihn herumkommandiert, dass er auch noch betteln muss, um am Monatsende seine Kohle zu bekommen, dass er aufpassen muss, nicht beschissen zu werden, da kann er es auch gleich lassen.

Unter seinen Sohlen knirscht Kies, er nähert sich der Werkstatt. Alles ist dunkel. Wahrscheinlich schläft Gabriel schon, hat sich aufs Ohr gehauen, dieser Wichser. Er schiebt die schwere Stahltür auf, schmale Treppen führen hinauf. Keine Ahnung, wie Gabriel an diese Bude gekommen ist, ein Drecksloch, für das er auch noch zahlen muss, aber Gabriel ist stolz drauf. Er muss nicht mehr draußen pennen, nicht mehr auf den Baustellen, sondern hat es warm, vor allem im Winter. Da ist was dran, auch wenn er sich was anderes vorstellt, eine richtige Wohnung in einem der neuen Blocks, die sie gerade überall in der Gegend hochziehen, schön sauber und groß, mit Whirlpool, einer riesigen Küche und Dachterrasse.

Langsam steigt er die Treppen hoch. Kurz glaubt er, von oben Stimmen zu hören, aber zwei Schritte weiter ist alles wieder still. Er bleibt stehen. Ist Gabriel wach? Ist da jemand bei ihm, einer von den Jungs, Malik oder Luka? Langsam geht er weiter. Die Tür ist nur angelehnt, dabei achtet Gabriel immer darauf, sie zuzumachen, oft schließt er ab. Soll ja nicht jeder Idiot reinkommen. Er bleibt stehen, lauscht, legt eine Hand an die Tür und schiebt sie vorsichtig auf. Vielleicht glaubt Gabriel, er sei von den Bullen oder jemand, der ihn abzocken will, und steht hinter der Tür mit einer Eisenstange.

»Gabriel?« Seine Stimme klingt rau, so, als hätte er seit Tagen nicht mehr gesprochen. »Ich bin's, Schota.« Nicht, dass der ihm gleich eins überzieht. Er hört jetzt eine Bewegung aus dem Gang vor sich, er sieht einen Schatten. Er drückt die Tür noch weiter auf, und da steht einer, aber es ist nicht Gabriel. Scheiße! Sie haben auf ihn gewartet. Sie haben gewusst, dass er kommen wird.

Er denkt nicht nach, nimmt drei Stufen auf einmal, reißt die Werkstatttür auf und rennt. Hinter sich kann er jetzt Stimmen hören, Schritte. Er rennt nicht vor zur Straße, sondern windet sich zwischen den Autowracks durch, da ist Gebüsch, dahinter die Gleise, das weiß er. Zwei helle Geräusche sind zu hören, kurz hintereinander, laut und peitschend. Die schießen auf mich! Er duckt sich, aber widersteht dem Drang, sich hinzuwerfen, stolpert vorwärts, erreicht das Gebüsch und wirft sich mitten rein.

Zweige schlagen ihm ins Gesicht, er taumelt über irgendwelchen Müll, wendet sich nach links, rutscht einen Hang hinunter und hetzt weiter. Er sieht sich nicht um, nicht umsehen. Die Augen der Nacht sind auf ihn gerichtet. Unter seinen Sohlen knirschen Steine, da leuchten die Gleisanlagen im orangefarbenen Licht riesiger Leuchtmasten.

Er bewegt sich im Zickzack zwischen den Waggons, an einem zieht er sich hinauf und kauert sich auf die Trittstufe eines Containers. Er lauscht. Sein Herz schlägt wie verrückt, in seinen Ohren rauscht es. Er rührt sich nicht vom Fleck, macht sich ganz klein. Er weiß jetzt, dass sie ihn überall finden können. Vielleicht gehört Gabriel zu ihnen, hat ihn verraten. Er ballt eine Hand zur Faust. Und plötzlich weiß er, dass da niemand mehr ist, der ihn jetzt noch beschützt, der ihm helfen wird. Keinen interessiert es, ob er lebt oder verreckt, keinen einzigen.

Tränen laufen ihm die Wangen runter, er hat seit Ewigkeiten nicht mehr geweint, aber jetzt kann er es nicht mehr zurückhalten. Hastig wischt er sich übers Gesicht, zieht den Rotz hoch. Er denkt wieder an Nia, er denkt auch an Großmutter und Großvater, *Bauba* und *Bebia*, denkt an die runzligen Hände der beiden, an das Haus und den Garten, die Hühner und das Schwein, das er immer mit Steinen bewarf, denkt auch an den kleinen Hund und sein helles Kläffen, denkt daran, wie er Nia zum ersten Mal küsste, wie sie am Abend beim alten Kieswerk herumsaßen, er hatte vom Bauba etwas Tabak geklaut und drehte eine Zigarette, dann rauchten sie, und beiden wurde erst übel, aber dann ganz wolkig, und Nia sagte, los, fass sie mal an, mach schon, und schob seine Hände unter ihr Shirt, und es war das erste Mal, dass er einen Menschen irgendwie mochte.

Er zittert, die Zähne schlagen aufeinander, er kann gar nicht aufhören, kann nichts dagegen tun. Er kann nicht hierbleiben, nirgends kann er bleiben, es gibt keinen Ort mehr für ihn. Sie werden ihn finden, und wenn sie ihn gefunden haben, werden sie ihm die Zähne ausschlagen und die Augen ausstechen. Er lehnt den Kopf gegen das kalte Metall, er will schlafen, aber er darf nicht, er muss wach bleiben, am Leben bleiben. Also schaut er sich vorsichtig um. Niemand ist zu sehen. Er springt hinunter ins Gleisbett und geht weiter, an einer schier endlos langen Schlange von Containerwaggons entlang. Er hat das Gefühl, jeden Moment in den Knien einzubrechen, keinen Schritt kann er mehr gehen, aber er muss. Er erreicht eine Straße, noch mehr Container, schwingt sich mit letzter Kraft über ein geschlossenes Rolltor und trottet weiter, im körnigen Licht der Laternen. Es muss zu regnen begonnen haben, denn plötzlich spürt er die feinen Tropfen im Gesicht. Er bleibt stehen.

Dort hinten leuchtet ein Schild, er geht drauf zu. Er kennt es. Er weiß jetzt, was er tun muss. Alles geschieht wie von selbst. Er drückt auf die Klingel, die Tür summt auf, und er tritt in einen grell erleuchteten Gang, geht weiter zu einem Schalter. Zwei Augen schauen ihn an, eine Frau in Uniform, sie sieht müde aus. Er versteht sie nicht.

»What do you want?« Ihre Stimme klingt ein bisschen wie die Stimme von Nia, und für einen kurzen Moment ist da so etwas wie eine Zukunft, ist da eine Art Zuversicht, die warm in seine Brust ausstrahlt.

»Please arrest me«, sagt er. »I've killed someone.«

# 2

Uwe Fähndrich hatte sich die Schuhe ausgezogen und machte einen Triple Step nach vorn, machte noch einen weiteren Schritt mit dem rechten Fuß, fiel zurück auf den linken und bewegte sich wieder drei kleine Schritte nach hinten; er tat es ohne größere Anstrengung, wie beiläufig, noch einmal von vorn, aufs Fenster zu. Dort hielt er inne und sah hinunter in den Innenhof des Polizeipräsidiums. Nichts regte sich dort unten. Also drehte er sich wieder um, machte die Schrittfolge wieder in den Raum hinein und blieb dann vor seinem Schreibtisch stehen. Manchmal halfen ihm die Schritte, nicht dazu, sich besser konzentrieren zu können, vielmehr nutzte er sie als kurze Entspannung, als Auflockerung, wenn der Rücken zu schmerzen begann, was in letzter Zeit immer öfter passierte, oder wenn er nach dem Mittagessen in ein Tief fiel und ständig gähnen musste. Er hatte das Fenster auf Kipp gestellt, spürte einen feinen Luftzug im Nacken und drehte sich wieder um, runzelte die Stirn.

Das passt doch nicht zusammen, dachte er, warum sollte jemand so was tun?

Er sah auf seine Socken, verlagerte sein Gewicht von der Ferse auf die Ballen und wieder zurück, der Teppich unter seinen Füßen hatte genau die richtige Beschaffenheit, man sank nicht ein, rutschte aber auch nicht zu sehr, ein angenehmes Dahingleiten war möglich. Sein Büro war nicht besonders groß, Standardmaße, mit Schreibtisch, Aktenschrank und Computer, neben dem Bildschirm stand eine Aloe-vera-Pflanze, die ihm Dora geschenkt hatte und bei der er sich alle Mühe gab, sie nicht vertrocknen zu lassen; er war sogar schon einige Male an seinen freien Wochenendtagen ins Büro gekommen, um die Pflanze zu gießen. Dabei hatte Dora ihm eingeschärft, die Pflanze ja nicht zu übergießen, sonst faule sie, er müsse es mit Bedacht tun, im Herbst und Winter weniger, im Frühjahr und Sommer etwas mehr, und er gab sich Mühe.

Uwe setzte sich wieder in seinen Bürostuhl, griff nach seiner Tasse mit dem inzwischen kalten Grüntee und trank den letzten Schluck. Er nahm den neongelben Antistressball, lehnte sich zurück, und während er den kleinen Ball in seiner rechten Hand knetete, dachte er über diesen seltsamen Fall nach und fragte sich erneut, ob er hier nicht einem Wichtigtuer aufsaß, ob der Mann nicht psychische Probleme hatte und nicht in eine Zelle, sondern in ein Krankenzimmer gehörte.

Gestern Abend, kurz vor Dienstschluss, hatte er einen Anruf der Kollegen aus dem 5. Polizeirevier bekommen, drüben an der Hanauer Landstraße, sie hätten gerade einen Mann in Gewahrsam genommen, der behauptete, jemanden ermordet zu haben. Also hatte sich Uwe in den Dienstwagen gesetzt und war rübergefahren, er musste es zumindest überprüfen, auch wenn er glaubte, dass sich da bloß einer wichtigmachen wollte, einen warmen Schlafplatz suchte oder einfach nur jemanden zum Reden brauchte. Die Kollegin hatte ihn mit einem müden Lächeln begrüßt, und er hatte ebenso müde zurückgelächelt.

Der Mann sei in einer der Gewahrsamszellen, kein Ausweisdokument, nichts, was irgendeine Auskunft über ihn gebe.

Seinen Namen nenne er auch nicht, aber sie vermute anhand der paar Sätze, die er gesagt habe, dass er kein Deutscher sei, vermutlich Osteuropäer. Erkennungsdienstlich behandelt sei er bereits. Uwe hörte zu und nickte. Ob er auch einen Kaffee wolle? Wieder nickte Uwe, obwohl er sich das Kaffeetrinken eigentlich abgewöhnen wollte, nein, abgewöhnen war nicht das richtige Wort, etwas reduzieren wollte er es. Der Amtsarzt hatte ihm bei seinem letzten Besuch vor einigen Wochen aufgrund seines hohen Blutdrucks geraten, weniger Kaffee zu trinken und weniger zu rauchen, hatte ihm mit ernster Miene ins Gewissen geredet: Er müsse mehr auf seine Gesundheit achten, ob er denn regelmäßig zum Urologen gehe, er dürfe das nicht auf die leichte Schulter nehmen. Und tatsächlich fühlte sich Uwe in letzter Zeit nicht besonders wohl in seiner Haut, was er vor allem dann spürte, wenn er mit Dora tanzte und dabei immer öfter um eine kurze Pause bitten musste, um zu Atem zu kommen. Also hatte er beschlossen, nach den obligatorischen zwei Tassen am Morgen über den Tag hinweg nur noch grünen Tee zu trinken, der im Gegensatz zu Kaffee auch kalt noch erstaunlich gut schmeckte.

Er trank eine halbe Tasse Kaffee, dann brachte ihn die Beamtin zum Verhörraum. Uwe warf einen ersten, schnellen Blick auf den Mann. Einer dieser Typen, schmal, die Haare kurz geschoren, die Augen starr auf den Tisch vor sich gerichtet, die Hände in die Taschen seiner Trainingsjacke geschoben. Eine dieser hoffnungslosen, durch die Stadt taumelnden Gestalten, immer auf der Suche, nach dem nächsten Dealer, dem nächsten kleinen, miesen Job, irgendwie zu Geld kommen, um es gleich wieder zu verlieren, einer im Strom der Herumtreiber, die immer mal wieder stolperten, der Länge nach hinschlugen, sich aber wieder aufrappelten und weitermachten.

Der Mann hob den Kopf, als Uwe eintrat, zog eine Hand aus der Tasche und legte sie auf den Tisch. Uwe fiel sofort auf, dass der Mann nervös blinzelte, seine Hand zitterte.

»Wollen Sie was trinken?«

Der Mann schüttelte den Kopf, schob die Hand zurück in die Tasche.

Uwe zog sich den Stuhl heran und setzte sich.

»Fähndrich von der Kriminalpolizei«, sagte er. »Sie können mich verstehen?«

Der Mann nickte.

»Also gut«, Uwe lehnte sich vor, faltete die Hände und sah den Mann an. »Sie sagen, Sie haben jemanden ermordet?«

»Ja, hab ich.« Die Stimme des Mannes war weich, fast wie die Stimme eines Kindes. Uwe wartete, aber der Mann sagte nichts mehr.

»Und weiter? Wo, warum, was ist passiert?«

Der Mann zog die Schultern hoch. Seine Augen waren dunkel und unruhig, sprangen hin und her, wie ein Tier, das man in die Enge getrieben hatte, ein junger Fuchs, der verzweifelt versuchte zu entkommen. Der Mann hatte nichts Wahnhaftes an sich, nicht die überdrehte Selbstsicherheit, nicht die planlose Panik eines Menschen, der gerade einen anderen getötet hatte. Er saß dort, weder aufrecht noch zusammengesunken, und musterte Uwe interessiert.

»Ich war im Haus«, sagte er, etwas stockend, als müsste er erst nach den passenden Worten suchen, »in einem großen Haus.«

»Wo genau?«

Der Mann zuckte mit den Schultern.

»Weiß nicht. Ein großes Haus und Garten, da war ich, da bin ich rein. Und dann war da dieser Typ.«

»Sie sind dort eingebrochen?«

»Da war der Typ«, fuhr der Mann fort, ohne auf Uwes Frage einzugehen, »der stand da, hat gebrüllt.«

Er hielt kurz inne, dann erzählte er weiter, stockend, mit einfachen Worten: Er habe den Hausbesitzer geschlagen, mit seiner Waffe, habe ihn gezwungen, ins Arbeitszimmer zu gehen und sich dort auf einen Stuhl zu setzen, wo er ihn dann mit Klebeband gefesselt habe. Er habe den Hausbesitzer nach Geld und Wertsachen gefragt, nach einem Safe, aber der habe nichts gesagt, nur herumgeschrien, er habe ihn angespuckt, und dann, ja, dann habe er ihm in den Kopf geschossen.

Der Mann schwieg, auch Uwe sagte nichts.

Heimtückischer Raubmord? Wäre jetzt keine Seltenheit. Trotzdem passte für Uwe die Geschichte nicht. Warum saß ihm der Mann jetzt gegenüber und war nicht längst über alle Berge, warum hatte er sich gestellt? Uwe stand auf, fragte ihn danach, einmal, zweimal, fragte nach der Tatwaffe, und jedes Mal sah ihn der Mann mit seinen schmalen, dunklen Fuchsaugen an und antwortete nicht. Uwe spürte, wie er wütend wurde.

»Warum sitzt du hier?«, fragte er, die Stimme lauter, als er beabsichtigt hatte. »Du wolltest ihn gar nicht töten, oder? Eine Affekthandlung. Und jetzt hast du Schiss, jetzt hast du Panik.«

Der Mann schwieg.

Uwe blies die Backen auf und ließ die Luft entweichen, dann verließ er den Verhörraum und ging zurück ins Dienstzimmer zu den Kollegen.

»Mit dem stimmt was nicht«, sagte er, und alle nickten.

Und trotzdem wollte Uwe die Geschichte nicht auf die leichte Schulter nehmen, dafür war er zu erfahren, dafür war ihm während seiner langen Dienstzeit zu viel Absonderliches, Abstruses untergekommen. Er wusste, dass man auch den unglaubwürdigsten Geschichten nachgehen musste, zumindest ein Stück weit.

»Wir schauen uns die Sache mal etwas genauer an, er hat die Tat recht detailliert beschrieben. Ich vermute, dass er im Westend unterwegs war, um dort nach einem geeigneten Ort für einen Bruch zu suchen. Eine Streife fährt bitte einmal das Westend ab, vom Palmengarten bis runter zur Messe, vielleicht gibt es ja was Auffälliges.« Uwe gähnte und entschuldigte sich, alle im Raum lächelten wissend. »Ich versuche, einen Richter ans Telefon zu kriegen, und beantrage U-Haft. Und nehmt bitte noch eine Probe von seinen Händen wegen Schmauchspuren für die KTU.«

Uwe warf den Ball gegen die Wand, konnte ihn aber nicht fangen und hatte keine Lust, sich danach zu bücken, also ließ er ihn liegen. Er rollte mit dem Stuhl an den Schreibtisch und fuhr sich übers Gesicht. Was mache ich jetzt mit dem Fuchs? So nannte er seit gestern Abend den namenlosen Mann. Mit dem Richter hatte er vereinbart, dass der ihn bis heute Abend weiter in Haft belassen würde, ja, der Fall sei merkwürdig, aber schließlich habe der Mann gestanden, jetzt müssten sie nur noch den Toten zur Tat finden. Der Richter hatte kehlig gelacht und ihm noch einen schönen Abend gewünscht.

Uwe sah auf die Uhr, kurz nach zehn am Vormittag. Er war müde, und die Tanzschritte hatten ihn nicht entspannt, im Gegenteil, er spürte ein Ziehen im Nacken. Der Fuchs spielte sich doch nur auf. Vielleicht hatte er zu viele Filme gesehen, zu ausgedacht klang die Beschreibung seiner angeblichen Tat, als habe er sie ein paarmal auf einer Kinoleinwand gesehen und sie sich gut eingeprägt. Wenn der Hausbesitzer ihn überrascht hatte, warum sollte er ihn dann an einen Stuhl fesseln, wäre es nicht vielmehr sofort zum Kampf gekommen? Woher hatte er das Klebeband, lag das einfach so herum oder hatte er es dabei, für alle Fälle? Und was war mit der Tatwaffe? Zwei Streifen waren gestern Abend noch durchs Westend gefahren, hatten dabei sogar ein paar späte Fußgänger angesprochen, ob ihnen etwas aufgefallen sei, aber niemand hatte etwas zu berichten gewusst, sich nur über Gehwegparker beschwert und dass die Polizei sowieso nichts tue, das übliche Palaver.

Vielleicht aber hatte der Fuchs auch Angst, überlegte Uwe, vielleicht war er nur das Bauernopfer in einer größeren Sache. Hatte man ihm Geld versprochen, wenn er sich stellte und die Sache auf sich nahm? Uwe bückte sich nach seinen Schuhen und schlüpfte wieder hinein. Das Gegrübel brachte ihn nicht weiter. Er würde noch einmal ins Revier fahren, mit dem Fuchs sprechen und ihn dann, wenn es keine neuen Erkenntnisse gab, am Abend aus dem Gewahrsam entlassen. Er hasste es, wenn Leute seine Zeit verschwendeten, wenn sie ihn sinnlos herumtigern ließen, während sich der ganze schwerfällige Apparat langsam in Bewegung setzte – ein möglicher Mord sorgte in allen Abteilungen immer für einen gewissen Adrenalinschub –, nur um kurz darauf abrupt gestoppt zu werden: alles nur Fake.

Uwe wollte gerade aufstehen, um sich auf den Weg zu machen, als es klopfte. Also fiel er wieder in den Stuhl zurück, da ging schon die Tür auf und Anne Seiferts Kopf erschien.

»Uwe?«

Ihr Pferdeschwanz fiel ihr auf die Schulter, und da er nichts sagte, öffnete sie die Tür noch weiter und trat ein. Sie lächelte, als sie ihn erblickte.

»Du suchst doch nach einer Leiche, oder?«

Anne war seit etwa einem Jahr im K11, engagiert, selbstbewusst. Manchmal dachte Uwe, sie könnte die kleine Schwester von Greta Vogelsang sein; die beiden ähnelten sich nicht nur im Aussehen, sondern auch in ihrem Auftreten, in der Selbstverständlichkeit, wie sie sich den Platz nahmen, den sie brauchten.

»Hast du eine für mich?«

Anne kam näher, nickte.

»Leichenfund im Westend. Kam gerade rein. Ich dachte, das könnte dich interessieren.«

Uwe war jetzt hellwach.

»Ja, das tut es.«

»Westend-Süd. Genaueres weiß ich noch nicht. Aber ich nehme dich mit, wenn du willst.«

Das Haus befand sich in der Schumannstraße, eines dieser wuchtigen Gebäude mit sandsteinfarbener Fassade und ornamentalen Verzierungen um die hohen Fenster in weißen Rahmen, hinter denen sich die Büros von Rechtsanwälten, Unternehmensberatungen und Privatärzten ausbreiteten. Vor dem Haus stand eine ausgreifende Magnolie, an der schon ein paar Knospen zu erkennen waren. Uwe stieg aus und blinzelte ins Sonnenlicht. Es war schon gut was los, zwei Polizeifahrzeuge, der Notarzt, der Wagen der KTU. Der Eingang zum Grundstück war mit Flatterband gesichert, Uwe nickte dem davor postierten Beamten zu und folgte Anne zur Haustür.

Auf der Fahrt hatte er ihr in aller Kürze von der Sache mit dem namenlosen Verdächtigen erzählt, von seinem Geständnis ohne jegliche Beweise, kein Motiv, keine Tatwaffe, keinen Toten, wobei sie jetzt zumindest einen Toten hätten, was aber genauer betrachtet auch noch gar nichts beweise – und dann hatte Uwe mit einem Schulterzucken aus dem Fenster gesehen.

»Die Reinigungskraft hat den Toten gefunden«, sagte Anne, während sie den Flur betraten. Fischgrätparkett, das unter ihren

Schritten sanft nachgab und dabei leise knackte, ein Zeichen gleichermaßen von Wohlstand und Heimeligkeit. Sie streiften sich Plastiküberzieher über ihre Schuhe und zogen sich Einweghandschuhe an. Uwe folgte Anne ins Arbeitszimmer, das am Ende des Flurs lag, er nahm einen strengen Geruch wahr, süß und zugleich doch fremd, und ihm war klar, dass der Tote schon länger dort liegen musste. Zwei Kriminaltechniker in weißen Ganzkörperanzügen und Masken über Mund und Nase waren bei der Arbeit und nickten Anne und Uwe zu. Der Tote saß im Bürostuhl, die Arme waren mit Klebeband an die Stuhllehnen gefesselt, der Kopf nach vorn gesackt, trotzdem war das kleine Einschussloch in der Stirn deutlich zu erkennen. Uwe ging in die Knie, besah sich den Toten genauer. Auf seinem Gesicht zeichneten sich dunkel verfärbte Hämatome ab, unter beiden Augen, auf der rechten Wange.

»Der ist ganz schön verprügelt worden«, sagte Uwe und richtete sich wieder auf. Anne kam zu ihm, sah sich ebenfalls das Gesicht an und nickte.

»Leif Andresen«, sagte sie und sah auf ihr Smartphone. »Selbstständiger Unternehmensberater.«

Uwe sah sich im Raum um. Die Einrichtung war modern und minimalistisch gehalten, ein eleganter Schreibtisch, Regale mit Ordnern, zwei Zimmerpflanzen. An einer Wand hingen zwei Masken nebeneinander, die Uwe kurz verstörten: Es waren realistische Nachbildungen von Gesichtern, wahrscheinlich eine Frau und ein Mann, mit starkem Ausdruck, hervorstehenden Falten, die Augen verengt, die Lippen rot, vom Kinn des Mannes hing ein langer, schmaler Zopf. Uwe beugte sich etwas nach vorn. Wahrscheinlich asiatisch, dachte er.

Auf dem Schreibtisch stand neben zwei Monitoren und einem Telefon auch eine in einen schlichten Rahmen gefasste Fotografie, die den Toten neben einer Frau und zwei Kindern zeigte, wahrscheinlich die Familie Andresen. Sie schienen glücklich, lächelten, das Foto war irgendwo am Meer aufgenommen worden, im Hintergrund waren Wellen zu erahnen, ein weiter Himmel.

»Er hat Familie«, sagte Uwe und deutete auf das Foto. »Wissen wir was von der Frau oder den Kindern?«

»Laut Aussage der Reinigungskraft war sonst niemand im Haus.«

Uwe kratzte sich. In den Einweghandschuhen wurden seine Hände feucht. Es stimmte alles, was ihm der Fuchs erzählt hatte, der gefesselte Tote, das Einschussloch in der Stirn. Ein paar Ordner lagen aufgeschlagen auf dem Boden, zwei Schubladen einer Konsole unter dem Schreibtisch waren herausgezogen worden.

»Ich sehe mich mal etwas um«, sagte Uwe und verließ das Büro.

Küche, Schlafzimmer, die beiden Zimmer der Kinder, das Wohnzimmer, ein Gästezimmer, zwei Bäder – die Wohnung war geräumig, die Decken hoch, die Einrichtung modern und teuer. Vom Wohnzimmer aus gelangte man in den Garten, von dem man wiederum einen guten Blick in die Küche und das Arbeitszimmer hatte, in dem der Tote saß. In den anderen Zimmern deutete nichts auf einen Einbruch hin, nichts war herausgerissen, durchsucht worden, die Betten waren gerichtet, die Kinderzimmer in tadelloser Ordnung. Auch die Terrassentür wies keinerlei Spuren eines gewaltsamen Eindringens auf. Hatte Andresen den Täter ins Haus gelassen, hatten sich die beiden gekannt? Uwe merkte schon wieder, wie er abschweifte. Vielleicht gab es einen Keller, und der Fuchs war darüber ins Haus gelangt, durch ein Fenster, eine kleine Tür.

Uwe stand auf der Terrasse und sah zu den Tannen, die den Garten beschatteten, ein sanftes Rauschen war zu hören. Anne trat neben ihn.

»Und?«, sagte sie.

»Würde schon passen«, sagte Uwe. »Der Mann hat das alles ziemlich genau beschrieben, den Toten auf dem Stuhl, das Einschussloch in der Stirn.«

»Du hast aber keinen Namen, richtig?«

»Nein, auch kein Motiv.«

»Könnte es Raubmord gewesen sein?«

»Das sieht doch eher nach einer Hinrichtung aus. Warum sollte der Typ Andresen an den Stuhl fesseln, ihn schlagen?«

»Es gibt einen Safe im Büro. Vielleicht wollte er den Code dafür.«

»Schon möglich. Trotzdem sieht mir das hier zu professionell aus, das gesamte Vorgehen. Außer im Büro wurde anscheinend nichts angerührt, es sieht alles wie aus dem Ei gepellt aus. Keine Einbruchspuren an Tür oder Fenstern.«

»Deshalb sind wir ja hier, um das alles zu ordnen und plausibel zu machen«, sagte Anne.

Uwe sah sie an. Das klang ein bisschen zu sehr nach Polizeischule, aber trotzdem hatte er Anne vom ersten Tag an gemocht, ihre Art, die Dinge anzugehen, ihre positive Ausstrahlung, und einige Male hatte er sich gefragt, ob sie von ihm mehr erwartete als die Beantwortung dienstlicher Fragen, ob ihr häufiges Erscheinen in seinem Büro irgendein Zeichen sein sollte, das zu verstehen er sich weigerte, weil es mit einem seiner eisernen Grundsätze zu tun hatte: nie und nimmer ein irgendwie geartetes Verhältnis mit einer Kollegin zu beginnen, nicht einen Gedanken daran zu verschwenden. Er würde weiter geduldig ihre Fragen beantworten, eine Art Mentor für sie sein, weil er nicht wollte, dass sie der Apparat zu schnell verschliss, aber mehr würde es nicht werden.

»Also gut«, sagte Uwe. »Ich spreche mit der Staatsanwaltschaft, wir müssen die U-Haft verlängern. Die KTU soll alle Fingerabdrücke vom Tatort mit denen unseres Verdächtigen vergleichen. Zusammen mit der Untersuchung der Schmauchspuren haben wir dann hoffentlich schnell ein klares Bild. Und wir müssen die elektronischen Geräte von Andresen auswerten, Handy, Computer.«

Anne tippte etwas auf ihrem Smartphone.

»Ich kümmere mich um die Frau von Andresen«, sagte sie. »Die Aussage der Reinigungskraft haben wir schon.«

Die junge Frau saß in einem der Polizeiwagen und zitterte, als sich Uwe ihr gegenübersetzte. Er nickte ihr zu und versuchte ein freundliches Gesicht zu machen, eines, das ihr sagen sollte: Ich bin auf deiner Seite. Die Frau hatte dunkles Haar, sie war sehr schmal und trug eine Kette mit einem kleinen goldenen Kreuz um den Hals. Sie fühlte sich unwohl, das sah er.

»Wollen Sie etwas zu trinken?«, fragte Uwe.

Die Frau sah ihn an, schüttelte leicht den Kopf.

»Wann sind Sie heute gekommen?«

»Um halb zehn«, sie flüsterte fast, Uwe beugte sich etwas nach vorn.

»Und da haben Sie ihn gefunden?«

»Ich …«, die Frau sah an die Decke des Wagens, als suche sie dort nach einer Antwort auf die Frage. »Ich war in der Küche, weil ich dachte, es hat so gerochen … ich habe gedacht, der Müll, aber nein, dann habe ich im Bad geschaut, im Wohnzimmer und dann im Büro.«

Uwe nickte.

»Wissen Sie denn, wo die Familie ist, Frau Andresen und die Kinder?«

Sie schüttelte den Kopf.

»Frau Andresen hat sie morgens immer in den Kindergarten gebracht und war dann oft weg, zur Gymnastik. Ich habe sie schon eine ganze Weile nicht mehr gesehen.«

Uwe bedankte sich, sagte, sie könne nach Hause gehen, wahrscheinlich müsse sie noch einmal aufs Revier, damit man ihre Aussage aufnehmen könne, man werde sie kontaktieren.

Der Vormittag war kühl, in der Nacht hatte es geregnet, und es gab noch ein paar Pfützen, in denen sich glasklar die Umgebung spiegelte, hohe Hecken, die Häuser, ein ausgewaschener Himmel. Uwe ging ein paar Schritte, lehnte sich gegen den Dienstwagen und sah zum Haus hin. Er klopfte auf seine Jacke, aber die Zigaretten lagen im Wagen; neuerdings wandte er diesen Trick an, um weniger zu rauchen, denn wenn er merkte, dass die Kippen noch im Auto waren, hatte er meist keine Lust, sie umständlich herauszuholen. Er verschränkte die Arme vor der Brust und gähnte.

Also hatte er doch den richtigen Mann in der Zelle sitzen. Auch wenn er immer noch seine Zweifel hatte und mehrere große Fragezeichen im Raum standen. Trotzdem würde er Brandt anrufen und mit ihr das weitere Vorgehen abstimmen, auf jeden Fall würden sie den Mann jetzt länger dabehalten. Anne kam aus dem Haus.

»Dachte, du wärst schon weg.«

»Ich bin auch gar nicht mehr da«, sagte er.

»Ach so, dann kann ich dich auch nicht fragen, ob wir gleich zusammen was essen wollen.«

»Du könntest es ja versuchen.«

»Hast du Hunger?«

»Wie spät ist es?«

»Gleich halb zwölf.«

»Fährst du?«, er reichte Anne die Schlüssel.

»Du wärst wirklich ohne mich gefahren?«, fragte sie, als sie einstiegen. »Du hättest mich hier einfach zurückgelassen?«

»Klar doch!«

Beide grinsten, dann startete Anne den Wagen.

»Also, was denkst du?«

Uwe schob sich einen Löffel Linsensuppe in den Mund und kaute einige Male auf den weichen Hülsenfrüchten herum, bevor er schluckte. Dann lehnte er sich zurück, nahm einen Schluck Mineralwasser und sah zu Anne. Sie saß ihm gegenüber, hatte sich für das Schnitzel entschieden (sie liebe Schnitzel, in allen Varianten, hatte sie ihm einmal verraten, natürlich den Klassiker mit Preiselbeeren und Meerrettich, aber fast noch besser sei es, ein Stück Schnitzel durch die Grüne Soße zu ziehen, da komme nichts gegen an) und kaute nachdenklich.

»Wenn wir alles schön plausibel haben wollen, dann müsste es ja eine Erklärung geben, irgendeinen nachvollziehbaren Ansatz«, sagte Uwe.

»Wir müssen die Frau und die Kinder finden«, sagte Anne. »Und dann alles durchleuchten, Familie, Geschäfte, Freunde. Ein Raubmord scheint auf der Hand zu liegen, aber da stimmen ein paar Sachen nicht. Der gefesselte und verprügelte Andresen, die fast unberührte Wohnung, die verschwundene Familie. Irgendwas ist da faul.«

Uwe lächelte und aß weiter. Ja, Anne würde ihren Weg machen, ganz sicher würde sie das. Auch sie schien dieses untrügliche Gespür zu haben, für das er keine Worte finden konnte – das

Gespür dafür, dass etwas nicht stimmte, dass das offensichtlich Naheliegende gar nicht so naheliegend war.

»Ich spreche gleich mit der Staatsanwaltschaft«, sagte er. »Ich denke auch, dass uns die ganze Sache noch länger beschäftigen wird.«

Als Uwe wieder im Büro war, telefonierte er mit Staatsanwältin Sandra Brandt von der Abteilung für Kapitalverbrechen und schilderte ihr kurz die Sachlage. Sie stimmte ihm zu, dass der Mann in U-Haft gehöre, sie würde alles Nötige veranlassen, und sie vereinbarten, in engem Kontakt zu bleiben. Uwe legte auf. Am Nachmittag würde er in die JVA Preungesheim fahren, wohin man den Verdächtigen bringen würde, um ihn dort noch einmal zu vernehmen, jetzt, da er einen Toten hatte und alles scheinbar zueinanderpasste.

Uwe schüttete sich etwas Studentenfutter in die Hand und pickte nach einer Nuss, während er »Leif Andresen« ins Feld der Suchmaschine eingab. Der Mann hatte eine eigene Website, auf der er sich als Unternehmensberater vorstellte, jahrelange Expertise vor allem in den asiatischen Märkten, tätig für Energie- und Mobilitätskonzerne. Dann folgten die üblichen Fotos eines gut aussehenden, mittelalten Mannes mit dunklen Haaren und einem einnehmenden Lächeln; er blickte mit verschränkten Armen in die Kamera, eine teure Uhr war zu sehen; er saß an einem Schreibtisch und sprach anscheinend mit jemandem jenseits der Kamera; zeigte sich mit einem anderen Mann, wahrscheinlich ein Geschäftspartner. Worthülsen von Zukunft und Partnerschaft, von Strukturen und Komplexität. Andresen hatte für die ganz Großen gearbeitet, für Siemens und Bosch, für VW und die Deutsche Bahn, hatte die Konzerne bei ihren Geschäften in China und Südkorea, in Ägypten und auf der Arabischen Halbinsel unterstützt. Uwe richtete sich auf. Ein kompetenter Typ, der sich seine Dienste ganz sicher gut bezahlen ließ.

Dann gab er Leif Andresen ins System ein und erfuhr, dass der Mann tatsächlich einen Eintrag im Strafregister hatte. Keine Anklage, keine Verurteilung, es handelte sich nur um einen Vermerk. Es hatte eine Anzeige wegen Körperverletzung gegeben, von Silke Andresen, seiner Frau, die aber kurz darauf wieder zurückgezogen worden war. Uwe wechselte wieder zurück zur Website, betrachtete die Fotos. Doch nicht so ein Saubermann, kein so toller Papi, dachte er. Aber wo war Silke Andresen jetzt, wo waren die Kinder?

Bevor er sich auf den Weg nach Preungesheim machte, schaute Uwe bei Anne vorbei. Die fragte ihn, ob er Kaffee wolle, aber Uwe wehrte ab, sagte, er versuche gerade ohne das ganze Koffein auszukommen, was ihm von Anne ein respektvolles Lächeln einbrachte, dann fragte er sie, ob sie etwas von Silke Andresen gehört habe, erzählte ihr von der Anzeige.

»Nichts«, Anne lehnte sich ans Fenstersims und nippte an ihrem Kaffee. »Ich habe im Kindergarten angerufen, aber dort waren die Kinder seit zwei Tagen nicht mehr.«

»Das ist nicht gut«, sagte Uwe.

»Glaubst du, sie sind in Gefahr?«

»Vielleicht ist es nur Zufall, und sie ist mit den Kindern weggefahren.«

»Es gibt eine Schwester von Silke, Christiane Heitkamp. Sie lebt in Aschaffenburg. Vielleicht sind sie ja dort. Ans Telefon geht die Schwester aber auch nicht.«

»Versuche du sie weiter zu erreichen«, sagte Uwe. »Ich fahre jetzt noch mal zum Verhör unseres Verdächtigen.«

Inzwischen hatte es wieder leicht zu regnen begonnen. Uwe hatte das Fenster einen Spalt geöffnet und sich eine Zigarette angezündet. Das Verhör mit dem Fuchs hatte nicht mal eine halbe Stunde gedauert. Er sah auf den trostlos grauen Parkplatz, auf die feucht glänzenden Motorhauben der geparkten Wagen, und für einen Moment versuchte er, nicht an den Fuchs, nicht an Leif Andresen zu denken, sondern an Dora und die Vorbereitungen für das Treffen in drei Wochen. Schon jetzt war sie deswegen völlig aus dem Häuschen, auch am Wochenende hatte sie ihn mehrmals angerufen, um sich mit ihm abzustimmen, obwohl es eigentlich gar nichts abzustimmen gab und alle Aufgaben verteilt waren. Für Dora war es die erste Lindy Exchange, die sie ausrichtete, und so ließ er ihre Aufregung einfach über sich ergehen, hörte ihr geduldig zu, während er, das Telefon am Ohr, auf dem glatten Laminatboden durch seine Wohnung tänzelte. Jetzt lächelte er beim Gedanken an Doras Frage, ob er ihr überhaupt zuhöre, er wirke so abwesend.

Die Erinnerungen daran brachten ihn wieder zurück zum Fuchs, zu dem Mann, der behauptete, Leif Andresen getötet zu haben. Uwe atmete einmal tief ein und wieder aus. Die Nachricht, dass sie im Westend einen Toten gefunden hatten, hatte den Fuchs nicht aus der Fassung gebracht – im Gegenteil, es schien ihn beruhigt zu haben. Er hatte sich zurückgelehnt, seine Züge hatten sich entspannt, die Augen aufgehört, unruhig durch den Raum zu wandern. Dann hatte er, ohne von Uwe gefragt worden zu sein, das Haus und das Büro beschrieben. Der Pflichtverteidiger, ein schmaler Mann mit spärlichem Haarwuchs und zerkauten Fingernägeln, hatte ihn mehrmals leise darauf hingewiesen, dass er nichts mehr sagen müsse, aber der Fuchs hatte ihn einfach ignoriert und weitergeredet. Im Großen und Ganzen bestätigte er das, was Uwe im Westend vorgefunden hatte: Das modern eingerichtete Büro, der Fuchs erwähnte sogar die beiden Masken an der Wand. Uwe hatte ihn dann nach Silke Andresen gefragt, aber der Fuchs hatte heftig mit dem Kopf geschüttelt, es sei niemand sonst im Haus gewesen, keine Frau, keine Kinder.

Uwe drückte die Zigarette aus und richtete sich auf. Für ihn stand fest: Der Fuchs war am Tatort gewesen, zu genau waren seine Beschreibungen, als dass er sie sich ausgedacht haben könnte. Aber es gab einen Haken: Er hatte ihm nach wie vor kein Motiv genannt, nichts über den Verbleib der Tatwaffe. Warum, verdammt noch mal, hatte er sich gestellt? Uwe wusste, dass ihm diese Frage keine Ruhe lassen würde; das Puzzle lag fast fertig vor ihm, aber es fehlten die entscheidenden Teile, um es zu komplettieren. Das ergab alles überhaupt keinen Sinn, so was kam eigentlich nur in Krimis vor, diese Logiklöcher und völlig irrationalen Wendungen, um die Geschichte irgendwie zu einem Ende zu bringen, damit die Kommissare dann am Ende an irgendeiner Grillbude stehen und zufrieden Pommes rot-weiß futtern konnten.

Er startete den Dienstwagen, rollte vom Parkplatz und fuhr langsam an den hohen grauen Mauern der JVA entlang, als sein Handy zu klingeln begann. Er hatte es an die Freisprechanlage angeschlossen, aber als er versuchte, den Anruf entgegenzunehmen, fand er nicht den passenden Button auf dem Display; er wusste, dass er die ganze Apparatur mit einem der Hebel an der Seite des Lenkrads steuern konnte, aber jetzt machte er eine falsche Bewegung, das Klingeln wurde noch lauter, Uwe fluchte, betätigte den Hebel noch einmal, und der Anrufer war weg. Verdammte Scheißtechnik.

Er hielt an, zog das Telefon vom Kabel und wählte die Nummer. Es war Doktor Wück von der Rechtsmedizin, er habe erste

Erkenntnisse zum Toten. Uwe sagte, er sitze im Auto, er komme einfach schnell vorbei, und legte auf, bevor Doktor Wück antworten konnte.

Das Gebäude des Rechtsmedizinischen Instituts lag in der Nähe der Uniklinik, ein wuchtiger Bau mit Erkern und Dachgauben. Der Professor erwartete Uwe bereits vor der Tür, wo er gerade ein letztes Mal an seiner Zigarette zog, um sie dann auszudrücken. Sie gaben sich die Hand.

»Lange nicht gesehen«, sagte Doktor Wück.

»Ist das jetzt gut oder eher nicht?«

»Für das allgemeine Wohlbefinden eher gut, würde ich sagen.«

Er folgte dem Doktor durch ein kühles, hallendes Treppenhaus hinunter in den Keller, wo die Toten untersucht und aufbewahrt wurden. Uwe fröstelte etwas. Es roch streng nach Desinfektionsmitteln und Seife. Dann standen sie vor dem Seziertisch, auf dem der Tote unter einem weißen Laken lag, nur das Gesicht war nicht bedeckt. Der Raum war weiß gefliest, alles sehr sauber, sehr ordentlich, sehr tot. Doktor Wück lehnte sich an eines der Spülbecken und verschränkte die Arme vor der Brust. Das letzte Mal, glaubte Uwe, hatte er noch einen Bart getragen, jetzt waren da nur noch die weißen Haare, die ihm wild und ungezähmt um die Ohren und über die Stirn wirbelten.

»Männliche Leiche, Mitte vierzig«, begann Doktor Wück, sah dabei zu den Deckenleuchten. »Steckschuss in den Kopf im Bereich der Regio frontalis mit Schmauchhof und klar sichtbarem Kontusionsring. Todeszeitpunkt irgendwann Freitagabend zwischen einundzwanzig und dreiundzwanzig Uhr.«

Er stieß sich von der Spüle ab und trat an den Tisch, beugte sich über den Kopf. Auch Uwe trat näher heran. Das Gesicht hatte nur noch wenig gemein mit dem, das er zuvor auf den Fotos der Website gesehen hatte, es war blass, eingefallen.

»Schau mal, hier«, Doktor Wück deutete auf eine dunkle Verfärbung unterhalb des Auges.

»Ist mir auch schon aufgefallen«, sagte Uwe. »Wurde wohl geschlagen.«

»Sieht ganz so aus. Hämatome habe ich auch auf der Brust und im Bauchbereich gefunden. Der wurde ganz schön verprügelt, vielleicht ein Kampf. An den Fingern und den Nägeln habe ich aber kein fremdes Gewebe gefunden.«

»Nur zur Sicherheit gefragt: Einen Selbstmord schließt du aus?«

»Na ja, bei einem Selbstmord schieße ich mir eher nicht frontal in die Stirn, sondern seitlich. Und dann die Hämatome. Also rein medizinisch durchaus möglich, aber nicht plausibel.«

Uwe nickte.

»Ich will das Projektil von der Forensik untersuchen lassen«, sagte Uwe. »Wir haben einen Toten, ich habe einen geständigen Täter, aber keine Waffe und kein Motiv.«

»Ist doch schön, wenn nicht alles im Leben so eindeutig ist, oder nicht?«, sagte Doktor Wück und lächelte, wobei er die Augenbrauen nach oben zog.

»Wenn es nur das wäre. Aber es ist das reinste Chaos. Ich blick da im Moment nicht durch.«

»Willst du Kaffee?«

»Nein, danke.«

»Aber du rauchst noch, oder? Wenigstens *etwas* Struktur in all dem Durcheinander.«

Doktor Wück ging voran, und Uwe folgte dem sich bauschenden weißen Kittel wieder hinauf in die Welt der Lebenden.

Uwe ging auf der Eschersheimer Landstraße Richtung Norden. Es war mal wieder spät geworden, und erst, als er sein Büro und das Präsidium verlassen hatte, merkte er, dass er den ganzen Tag schon wieder nichts Richtiges gegessen hatte. Sein Magen grummelte, und ihm war vor Hunger etwas übel. Trotzdem hatte er es nicht eilig, schlenderte die breite Straße entlang, ließ Autos und U-Bahnen an sich vorbeirauschen, die hier aus dem Tunnel geschossen kamen, um oberirdisch weiterzufahren. Er schob sich die Hände in die Taschen seiner Jacke, überquerte den Marbachweg und blieb einige Meter weiter vor den Schaufenstern des Musikhauses am Dornbusch stehen. Hier gab es Gitarren und Trompeten, mehrere Saxofone und eine Balalaika, die von der Decke hing. Im Hintergrund erkannte er ein Schlagzeug. Immer mal wieder war ihm der Gedanke gekommen, sich wieder eins zuzulegen, ein E-Drumset, aber es war nicht nur der relativ hohe Preis, der ihn dann doch zögern ließ: Wenn er sich auf YouTube Videos von Drummern oder Drum-Covers bekannter Songs ansah, schwand seine Motivation schlagartig wieder, denn er wusste, dass er in seinem Alter nie das Level der Drummer in den Videos erreichen würde, nicht einmal annähernd. Also beließ er es bei gelegentlichem Luftschlagzeug im Auto. Besonders gern mochte er die Rhythmen von The-Police-Schlagzeuger Stewart Copeland, und wenn er dann auf dem Lenkrad trommelte, sang er jedes Mal laut mit: »De do do do, de da da da. Is all I want to say to you.«

Kurz darauf betrat Uwe den hell erleuchteten Innenraum der Döneria. Er bestellte ein Lahmacun-Menü und setzte sich. Er aß mit großem Appetit, lauschte den Gesprächen der anderen Gäste und war froh, hier zu sein, zu essen, nicht mehr nachdenken zu müssen. Aber nachdem der erste Hunger gestillt war, nachdem er den Ayran getrunken und sich einen zweiten bestellt hatte, war da wieder der Fuchs, der tote Unternehmensberater und seine Familie, von der es nach wie vor keine Spur gab. Er hatte lange nicht mehr einen so seltsamen Fall gehabt. Es gab einen schweigsamen Täter, der sich ohne Not gestellt hatte, eine misshandelte Leiche mit Einschussloch im Kopf, aber keine Tatwaffe, ein verlassenes Haus, keinerlei Einbruchspuren. Seine Erfahrung sagte ihm, dass da etwas im Gange war, dass da irgendwas Großes lief, etwas, dessen Ausmaße er im Moment vermutlich noch nicht einmal erahnte. Natürlich hatte er keine Beweise für seine Vermutung, aber er war lange genug dabei, um zu wissen, dass Menschen und ihre Taten, dass scheinbare Zufälle und Merkwürdigkeiten doch miteinander verknüpft sein konnten, dass sie allein betrachtet keinen Sinn ergaben, sondern erst, wenn man sie in Beziehung zueinander setzte und dabei den eigenen Blickwinkel änderte.

Uwe ging durch den Sinaipark, hörte vom nahen Fußballplatz der Concordia das dumpfe Geräusch getretener und aufschlagender Bälle, hinter den Bäumen glommen die Flutlichter, als sein Handy klingelte. Es war einer der Hosts für die kommende Exchange, der ihm aufgrund von Terminschwierigkeiten absagen musste. Uwe blieb freundlich, fluchte aber innerlich. Schon die zweite Absage. Wo um alles in der Welt sollte er bloß die ganzen Leute unterbringen? Er legte auf und überlegte, Dora anzurufen, ließ es dann aber sein. Notfalls mussten sich die Leute doch ein Hotelzimmer nehmen, obwohl das eigentlich gegen die Absprache war. Die Szene der Lindy-Hop-Tänzerinnen und -Tänzer war nicht allzu groß, man kannte sich, und die Exchanges, die mehrtägigen Treffen in einer Stadt mit gemeinsamem Sightseeing und Tanzen, waren Highlights und wollten gut vorbereitet sein. Uwe war schon in Hamburg gewesen, in

Dresden und München. Und jetzt sollte das nächste Treffen in Frankfurt stattfinden. Dora kam deswegen seit Wochen schon nicht zur Ruhe, und auch er merkte, wie er jetzt beim Gedanken an die fehlenden Betten nervös wurde. Plötzlich waren da Erwartungen, waren da Menschen, die auf ihn zählten, nicht auf den Beamten, sondern auf den Tänzer und Menschen Uwe.

Er ging weiter, in Richtung der Häuser am Rande des Parks, dort bewohnte er eine Dreizimmerwohnung im zweiten Stock. Ein Jogger näherte sich von hinten, und für Augenblicke glaubte Uwe, die Schritte würden ihm gelten, das Knirschen auf dem feuchten Weg sei eine Art Warnung, er wich zur Seite aus, aber der Jogger lief nicht an ihm vorbei. Uwe blieb stehen, sah sich um. Auch der Jogger war stehen geblieben, Uwe konnte nur die Umrisse seiner Gestalt sehen. Er schien sich zu dehnen, richtete sich dann auf und lief in die Richtung zurück, aus der er gekommen war. Uwe schüttelte leicht den Kopf. Es war ein langer Tag gewesen, und der Fall setzte ihm mehr zu, als er sich eingestehen wollte. Alles lag ja offensichtlich vor ihm, oder übersah er etwas?

Er verließ den Park, zog die Prospektwerbung aus seinem Briefkasten und nahm statt dem Aufzug die Treppen. Er betrat seine Wohnung, zog die Schuhe aus und machte den Fernseher an, schaltete ihn auf stumm. Er ging auf den Balkon, ein kühler Wind wehte, dunkel rauschten die Bäume unter ihm. Notfalls konnten die Tänzer ja in den Gewahrsamszellen schlafen, dachte er mit einem Lächeln, das wäre mal was Neues.

# 3

Sie war ziemlich aus der Puste. Greta Vogelsang stieg von ihrem Rennrad und schob es die kurze Einfahrt hinauf zum Unterstand. Sie merkte, wie ihre Knie zitterten, wie sich jeder Schritt seltsam geleeartig anfühlte, so, als hätte sie erst vor Kurzem laufen gelernt. Sie hielt inne. Der Schweiß rann ihr seitlich unter dem Helm an den Schläfen herunter. Scheiße, bin ich außer Form, dachte sie. Den Winter über war sie meist mit der S-Bahn zur Arbeit gefahren, manchmal auch mit dem alten Corsa, es war erst das zweite oder dritte Mal in diesem Jahr, dass sie wieder aufs Rad gestiegen war, und heute hatte sie am Main ziemlich Gegenwind gehabt.

Sie kettete ihr Rad an und stieg die Treppe hoch, als sich die Nachbartür öffnete und Yassir heraustrat, einen schwarzen Müllsack in der Hand. Als er Greta sah, lächelte er und nickte ihr zu.

»Vorbildlich«, sagte er. »Dein Fahrrad und du. Aber das Wetter passt ja auch.

»Ehrlich gesagt, ich fühle mich wie nach einer vierstündigen Bergtour.«

»Frag mich mal. Schon die paar Stufen hier machen mich fertig.«

Sie lächelten beide. Yassir war einer der Bewohner der alten Backsteinhäuser, die nebeneinanderlagen und durch einen großen Garten miteinander verbunden waren und die die Eigentümergemeinschaft – dazu gehörten neben Yassir und seiner Freundin Mareike noch Wolfgang, Renate und Gerhard – nach und nach saniert und aus- und umgebaut hatte.

»Hast du gesehen, dass die Glockenblumen kommen? Und alles ist voller Gänseblümchen.«

Yassir hatte sich in den letzten Jahren zu einem leidenschaftlichen Hobbygärtner entwickelt, der im letzten Sommer einige Wildbeete angelegt hatte und nun darauf hoffte, dass seine Pflanzungen auch den Winter überleben würden.

»Ja, wirklich schön. Hoffentlich wird's nicht wieder so trocken.«

Yassir nickte, hob den Müllsack leicht an.

»Demnächst steht ja wieder unsere gemeinsame Gartenaktion an, ist ja schon Mitte März. Wir würden uns diesmal ums Essen kümmern.«

»Klingt super. Ich mache auch einen Salat.«

Yassir nickte und ging die Treppe hinunter.

»Schönen Abend euch.«

»Euch auch.«

Als Greta die Wohnung betrat, hörte sie aus dem Wohnzimmer Stimmen. Mikas Stimme und die Stimme einer Frau, und da fiel ihr es wieder ein: Juna, Mikas Schwester, hatte ihr Kommen vor etwa zwei Wochen angekündigt. Noch am Morgen, als sie mit Mika die übliche Tasse Kaffee trank, hatten sie darüber gesprochen. Juna war für irgendeine wichtige Präsentation in der Stadt und würde für einige Tage bleiben. Mika hatte seiner Schwester das Gästezimmer angeboten, aber sie wollte lieber ins Hotel, sie wolle niemandem zur Last fallen. Außerdem sei sie ziemlich gestresst, da sei ein Hotelzimmer genau das Richtige, dort müsse sie sich um nichts kümmern. Aber sie hatte versprochen, vorbeizukommen.

Greta hatte das alles den Tag über vollkommen vergessen, das Meeting mit Zöllner und den anderen aus der Führungsriege nahm sie ziemlich in Beschlag, jetzt aber freute sie sich auf Juna, auf ein Glas Wein und einen entspannten Abend.

Sie zog den Helm ab, huschte kurz ins Bad, schlug sich Wasser ins Gesicht und griff nach einem Handtuch. Ihre Wangen glühten, sie sah aus wie eine Erdbeere.

Als sie ins Wohnzimmer kam, sprang Juna auf, kam auf Greta zu, die beiden umarmten sich. Sah man Juna und Mika zusammen, so glaubte man nicht sofort, dass sie Mikas Zwillingsschwester war. Sie hatte im Gegensatz zu Mika blondes Haar, ihr Gesicht war gesprenkelt von Sommersprossen. Nur bei etwas längerer Betrachtung wurde deutlich, dass sich Augen und Wangen glichen. Juna sah sie strahlend an.

»Du wirst jedes Jahr schöner«, sagte sie.

»Und du lügst jedes Jahr besser.«

Juna hakte sich bei ihr ein und führte sie zum Tisch. Mika reichte Greta ein Glas Wein, und sie stießen an. Auf Juna! Auf ihre Präsentation! Es ging, wie sie rasend schnell und mit vor Begeisterung geweiteten Augen erzählte, um ein großes Wasserstoffprojekt, um grünen Wasserstoff, der das Antriebsmittel der Zukunft sei, und jetzt träfen sich alle in Frankfurt zu einem Kongress: Wissenschaftler und Experten, die Industrie, Politiker aus Brüssel, auch die Wirtschaftsminister aus Deutschland, Spanien und Frankreich hätten ihr Kommen angekündigt, eine ganz große Sache sei das, ein Wendepunkt.

»Wann gab es das denn schon mal«, sagte Juna und leerte ihr Glas, »dass Politik und Wirtschaft, dass alle am gleichen Strang ziehen, weil sie wissen, dass es keinen anderen Weg gibt.

Wasserstoff ist das nächste große Ding, neben der KI. Je früher wir das erkennen, umso besser für uns alle. Ich meine, Öl ist tot, Gas ist tot, da können wir noch ein paar Jahrzehnte von profitieren. Aber es ist schon jetzt absehbar, dass sich da mittelfristig neue Märkte auftun werden, und da wollen wir natürlich mit dabei sein.«

Juna begleitete ihre Worte mit gekonnten, eingeübten Gesten, sie wirkte selbstbewusst und unerschrocken. Seit vielen Jahren arbeitete sie für einen norwegischen Energiekonzern und war zuständig für die PR. Was genau sie dort aber machte, konnte Greta nicht sagen, auch Mika wusste es nicht mit letzter Sicherheit. Juna reiste viel, sprach Englisch, Deutsch, Französisch, Spanisch und Norwegisch fließend, gerade lernte sie Mandarin.

Greta lehnte sich etwas zurück und hörte zu. Sie kannte die Berichte über grünen Wasserstoff, hier und da fuhren schon Busse oder ein paar Autos damit, aber der Energieträger war meilenweit davon entfernt, in der breiten Fläche genutzt werden zu können. Dafür war er noch zu teuer, die Herstellung zu kompliziert und ressourcenintensiv, die Transportwege unsicher. Es gab, das wusste sie, Ideen für eine groß angelegte Wasserstoffproduktion in Nordafrika, aber die Fragen nach Speicherung und Übertragung waren nach wie vor ungeklärt.

»Dann hoffe ich mal, dass alles glattläuft!«

Sie sagte es eine Spur zu scharf, und Juna sah sie irritiert an. Auch Mika warf ihr einen vielsagenden Blick zu.

Eine Sache hatte Greta in Bezug auf Juna verstanden: Dort, wo sie auftauchte, liefen die Dinge in der Regel nicht so glatt, wie sie laufen sollten; im vergangenen Herbst war Juna schon einmal spontan bei ihnen gewesen, hatte aber nicht erwähnt, warum. Sie war dann auch sehr schnell wieder aufgebrochen, weil es in irgendeiner anderen Niederlassung des Konzerns ein Problem gab, das »gefixt« werden musste.

Alle schwiegen, und Greta wollte sich schon entschuldigen, da hob Juna ihr Glas und setzte ein professionelles Lächeln auf.

»Genau! Trinken wir darauf, dass alles nach Plan läuft, skål!«

Das Gespräch stockte jetzt etwas, Juna sah einige Male auf ihr Smartphone, dann entschuldigte sie sich, stand auf und ging hinüber in die Küche. Mika sah seiner Schwester nach, wandte sich dann Greta zu.

»Alles okay bei dir?«, fragte er.

Greta sah ihn an.

»Ja, wieso nicht?«

»Den Spruch mit dem Glattlaufen hättest du dir auch sparen können. Ist doch klar, dass sie gerade ziemlich Stress hat. War nicht sehr aufmunternd.«

Greta drehte ihr Weinglas in der Hand. Die Frage war: Was war mit Mika los, dass er so empfindlich reagierte? Juna war erwachsen, sie bekam bestimmt noch ganz andere Dinge zu hören.

»Das war doch harmlos«, sagte Greta. »Ich hoffe wirklich, dass da alles gut läuft für sie.«

Sie konnten Juna leise reden hören. Mika nickte nur, aus der Küche war ein leises Seufzen zu hören, so, als müsse Juna einmal tief Luft holen, dann kam sie zu ihnen an den Tisch zurück. Ihr Blick hatte sich verändert, auch das einnehmende Lächeln war verschwunden. Sie setzte sich, sah Mika an, dann Greta, griff zu ihrem Weinglas.

»Wer kocht denn bei euch gern orientalisch? Ich habe das Kochbuch gesehen.«

Greta sah Mika an, etwas verwirrt von der plötzlichen Frage.

»Also in der Regel kocht ja Mika«, sagte Greta.

»Habe ich mir schon gedacht«, Juna lächelte jetzt, aber ihr Lächeln wirkte etwas gequält, »Mika hat das immer schon gern gemacht, kochen und Rad fahren, das war sein Ding. Weißt du, an Weihnachten hat er bei uns zu Hause immer gekocht, hat alles selbst gemacht, den Weihnachtsschinken, Karottenauflauf, Heringstatar. Unsere Mutter hat er aus der Küche geschickt, sie solle sich mal entspannen.«

»Ich kann eben nur kochen, wenn ich in der Küche allein bin«, verteidigte sich Mika. »Und Mama hat es doch genossen. Sie fragt mich ja vor Weihnachten immer, ob ich komme und kochen würde.«

»Das ist doch ein Grund, mal wieder nach Tampere zu kommen«, sagte Juna. »Du kochst dann eine Woche für uns alle.«

»Und du planst dann die Einkäufe, oder?«

Die beiden Geschwister grinsten sich an.

Greta schwieg und nippte an ihrem Wein. Als sie Juna vor ein paar Jahren kennengelernt hatte, verstanden sich die beiden sofort, aber schon damals hatte Greta zum ersten Mal dieses seltsame Ziehen in der Brust verspürt, das sie auch jetzt wieder wahrnahm; wenn sie den beiden Geschwistern zuhörte, sie miteinander reden, lachen sah, glaubte sie, etwas nicht genau zu verstehen, als lausche sie einer fremden Sprache.

Greta schenkte sich noch Wein ein. Juna wirkte seit dem Telefonat verändert, es schien, als müsste sie sich zum Lächeln zwingen, als bemühte sie sich darum, gute Stimmung zu verbreiten, indem sie Anekdoten aus ihrer Kindheit erzählte. Und sie schien Gretas Irritation zu bemerken, sah immer wieder zu ihr. Mika stand auf und schlug vor, rüber nach Schwanheim zu gehen, um dort ein Eis zu essen, das Wetter sei ja so gut. Juna war sofort einverstanden, und auch Greta hatte nichts gegen einen kleinen Spaziergang. Vielleicht würde sie das etwas entspannen, und so machten sie sich auf den Weg.

Sie hatten sich im Eiscafé Riviera drei große Becher Spaghettieis geholt und schlenderten jetzt die Straße Alt-Schwanheim hinunter zum Main. Der Ortskern Schwanheims war geprägt von alten Fachwerkhäusern, die eng beieinanderstanden, es gab schmale Hofeinfahrten und wild blühende Gärten. Trotzdem wirkte der Ort unbelebt, die Lokale schienen zwar gut besucht, die Straßen aber verwaist. Die Fensterfronten vieler Ladengeschäfte waren mit Zeitungspapier abgeklebt, Schilder verwiesen auf die Möglichkeit, den Laden zu mieten; besonders traurig war Greta über die Schließung der örtlichen Buchhandlung gewesen, aber der junge Buchhändler hatte ihr in einem kurzen Gespräch erklärt, dass sich der Laden einfach nicht mehr lohne, es komme keine Laufkundschaft, und von den paar Bestellungen könne er nicht leben. Gemeinsam fantasierten sie dann über eine verkehrsberuhigte Straße mit Cafés und buntem Leben, nur um dann beide etwas ernüchtert den Kopf zu schütteln und sich gegenseitig alles Gute zu wünschen.

Juna schien der Spaziergang gutzutun, sie wirkte nun gelöster, erkundigte sich nach dem Befinden von Marx und Engels, den beiden Katern, fragte, wie es Greta im Job gehe, und wiederholte, dass sie sich alle mal wieder in Tampere treffen müssten, im Sommer, dann könnte man zusammen fischen und Kanu fahren.

Sie überquerten den Main an der Schleuse Griesheim, blieben oben auf der Brücke stehen und sahen hinunter, wo gerade ein mit Sand beladenes Binnenschiff langsam vom Wasser angehoben wurde. Juna lehnte neben Greta am Geländer, Mika machte mit seinem Smartphone Fotos.

»Wir hätten vorhin nicht anstoßen sollen«, sagte Juna leise, sah dabei weiter hinunter auf das Wasser und das Schiff.

»Wieso nicht?« Greta wandte sich ihr zu.

»Man soll doch auch nicht jemandem vor seinem Geburtstag gratulieren, weil's Unglück bringt.«

Juna sah sie an, ernst, der Mund schmal.

»Was ist passiert?«

Juna atmete einmal durch.

»Wegen der Konferenz«, sagte sie. »Wir arbeiten hier in Frankfurt mit einem Berater zusammen, Leif Andresen, der bei diesem Projekt und der Veranstaltung eine wichtige Rolle spielt. Seit Freitag haben wir nichts mehr von ihm gehört, und heute kam er nicht zu einer wichtigen Besprechung. Am Samstag ist sogar einer unserer Mitarbeiter bei ihm vorbeigefahren, aber niemand war da, die ganze Familie scheint weg zu sein.«

Juna strich sich eine Strähne hinters Ohr, sie wirkte plötzlich unsicher.

»Ich weiß, wahrscheinlich ist da nichts, aber trotzdem mache ich mir langsam Sorgen. Ich will jetzt aber auch nicht zur Polizei, und da dachte ich …«

Greta ahnte, auf was Juna hinauswollte. Aber sie war nicht die Polizei, sie konnte nichts tun.

»Du hast doch sicher viele Kontakte, ich meine, als Staatsanwältin kennst du eine Menge Leute bei der Polizei«, fuhr Juna fort. »Vielleicht gibt es eine Meldung zu einer vermissten Person, vielleicht hat es einen Unfall gegeben. Kann sein, dass Andresen einfach nur abgetaucht ist wegen dem ganzen Stress, aber das hat er noch nie gemacht, er war immer zuverlässig, immer ansprechbar, sogar am Wochenende.«

Greta sah über den Fluss. Wie stellte Juna sich das vor? Dass die Kollegen der Polizei sie einfach so in die Systeme schauen ließen, bereitwillig Informationen herausgaben? Sie konnte unmöglich private Dinge auf der Arbeit abfragen, zumindest nicht über die gängigen Systeme. Juna würde nichts anderes übrig bleiben, als zur Polizei zu gehen und eine Vermisstenanzeige aufzugeben.

»Juna, ich …«

»Weißt du, ich kenne Leif ganz gut«, unterbrach sie Juna, »und ich glaube wirklich, dass etwas passiert ist. Ich sage dir das jetzt als Juna, das hat nichts mit der Arbeit zu tun. Leif ist ein netter Typ, manchmal etwas großmäulig, aber das müssen Berater auch sein. Dass er einfach so verschwindet, ohne etwas zu sagen, und dann noch vor so einem wichtigen Meeting, das kenne ich nicht von ihm, das hat er noch nie gemacht.«

Greta schwieg.

»Eigentlich musst du zur Polizei und eine Vermisstenanzeige aufgeben«, sagte Greta, »ich kann da wirklich nichts machen.«

»Und was ist mit Uwe?«, warf Mika ein.

Greta sah ihn irritiert an. Die ganze Zeit hatte er geschwiegen, aber das Gespräch anscheinend aufmerksam verfolgt. Er stand hinter seiner Schwester, überragte sie etwas, zwei Niemis gegen eine Vogelsang. Dass er so schnell Partei für Juna ergriff, wunderte sie doch etwas, und wieder verspürte sie dieses Gefühl, das sie aus ihrer Kindheit kannte, wenn sich ihre Mitschüler nach den Ferien über die Urlaubsreisen unterhalten hatten, wenn sie mit neuen Schuhen oder Klamotten ankamen; dasselbe Gefühl, dass sie zu Anfang verspürt hatte, als sie die beiden Geschwister Mika und Juna zusammen sah, ihre vertraute Innigkeit wahrnahm: Ausgeschlossensein. Aber sie war nicht mehr zwölf. Sie zog die Schultern etwas nach oben.

»Du könntest ihn doch fragen«, sagte Mika. »Ihr hängt doch ständig am Telefon.«

Lag da ein leiser Vorwurf in seiner Stimme, eine Kränkung? Andererseits, ganz unrecht hatte er nicht. Es würde Greta nur einen Anruf und eine Frage kosten, es würde niemand erfahren. Und seit wann war sie so prinzipientreu? Suchte sie selbst nicht ständig nach Wegen und Möglichkeiten, die abseits der Vorschriften lagen?

»Wir hängen nicht ständig am Telefon, wir haben seit Wochen nicht mehr miteinander gesprochen«, wehrte sie sich zaghaft, sah zu Juna, sah, dass sie ehrlich ihre Hilfe wollte. »Aber gut, das kann ich versuchen. Ich frage Uwe. Wenn einer was weiß, dann er.«

»Danke dir«, Juna umarmte sie.

Die ganze Sache mit dem Berater schien ihr doch näherzugehen, als sie zugeben mochte. Kurz spekulierte Greta, ob die beiden, Juna und dieser Leif, ein Verhältnis hatten, aber dann versagte sie sich weitere Gedankengänge in diese Richtung. Sie hakte sich bei Mika ein und Juna bei ihr. So schlenderten die drei über die Brücke Richtung Griesheim, wie drei gute Freunde, drei Freunde, die noch einiges zusammen vorhatten.

# 4
## MEDHI

Medhi Faras rieb sich die Augen und lehnte sich in seinem Bürostuhl zurück. Über ihm summte leise und gleichmäßig die Klimaanlage. An das Geräusch hatte er sich mittlerweile gewöhnt, wie auch daran, dass immer mal wieder unangekündigt ein Techniker erschien und sich des grauen Kastens annahm, irgendetwas kontrollierte, obwohl die Anlage tadellos lief. Aber wahrscheinlich war es eine routinemäßige Überprüfung, wie alles hier einer regelmäßigen, routinemäßigen Überprüfung unterzogen wurde, weil man sich keine Fehler erlauben wollte, weil die Maschinen rund um die Uhr im Einsatz waren und technische Fehler unter allen Umständen vermieden werden sollten.

Medhi war den Vormittag über die Performance- und Auslastungszahlen seines Bereichs durchgegangen, die er monatlich zu melden hatte, und hatte sich anschließend an die Checklisten der halbjährlich anstehenden Sicherheitsprüfung gemacht, die es zum Glück seit einiger Zeit online gab. Er musste Checkboxen anklicken, sicherheitsrelevante Fragen beantworten und die Zahlen für die zur Verfügung stehenden Warnwesten, Schutzhelme und Sicherheitsschuhe eingeben, merkte aber, dass er die Zahlen nicht auf seinem Rechner hatte und jetzt umständlich in den Inventarordnern danach suchen musste. Er mochte seinen Job als Ingenieur, aber es gab Tage, da wünschte er sich zurück in seine Wohnung, auf den Balkon mit dem Blick zum Meer, da wünschte er sich in seinen klimatisierten Wagen, um bei lauter Musik und einer Mentholzigarette die Küste hinaufzufahren, zusammen mit seinem Cousin Youssef. Sie würden vielleicht baden, würden in einem Restaurant zu Mittag essen, und Youssef würde ununterbrochen reden, einfach, weil er gerne und viel redete. Medhi lächelte bei dem Gedanken daran, dann stand er auf und ging zu dem schmalen Aktenschrank in einer Ecke seines Büros und begann nach den Ordnern zu suchen.

Das Werk Safi I lag etwa zehn Kilometer südlich der Stadt Safi, direkt am Meer. Seit zwei Jahren arbeitete Medhi dort als Ingenieur, er war zuständig für die Stromversorgung. Das Werk galt in ganz Nordafrika als die modernste Anlage für die Gewinnung von grünem Wasserstoff, sein Chef sagte, es sei sogar die modernste Anlage weltweit, ein Pilotprojekt mit dem Potenzial, die Energiegewinnung auf ein völlig neues Level zu heben und die Menschheit aus der Abhängigkeit von Gas und Öl zu befreien, ein Projekt, das meilenweit ausstrahle, dessen immaterieller Wert seinen realen, in harten Dollars festgelegten Wert bei Weitem übersteige. Safi I sei eine Vision, hatte sein Chef immer wieder betont und ihn dabei ernst angesehen, eine Utopie für eine zukünftige Menschheit. Und Medhi glaubte ihm. Das, was hier geschah, was sie hier aufbauten, konnte nicht nur Marokko, sondern die ganze Welt zu einem besseren, zu einem wohlhabenderen und friedlicheren Ort machen, davon war er überzeugt. Und er war stolz, daran mitarbeiten zu können.

Bei der Eröffnung vor zwei Jahren waren neben dem König und dem Ministerpräsidenten auch hochrangige Politiker aus Europa vor Ort gewesen, Wirtschaftsleute und Wissenschaftler aus der ganzen Welt reisten seitdem an, um sich das Werk genauer anzusehen. Sie alle glaubten an den grünen Wasserstoff, glaubten daran, dass eines Tages Pipelines aus der Wüste übers Meer nach Spanien und Frankreich führen würden und Marokko, ganz Nordafrika plötzlich wichtig wären, geopolitische Schwergewichte, weil sie die Energieversorgung der halben Welt sicherstellten. Natürlich waren noch nicht alle Fragen geklärt, vor allem die Speicherung und der Transport des Wasserstoffs bereiteten nach wie vor Probleme, und die Mengen, die hier in Safi I produziert wurden, würden nicht mal ausreichen, um eine Stadt wie Rabat oder Marrakesch mit genügend Strom zu versorgen. Aber sein Chef hatte immer wieder betont, dass hier andere Maßstäbe gälten, dass Safi I eine Art Labor sei, ein Versuchsaufbau, um die besten und geeignetsten Methoden der grünen Wasserstoffgewinnung zu erproben und Verfahren zu entwickeln, diese dann zu skalieren und in noch größeren und leistungsfähigeren Werken entlang der nordafrikanischen Küste umzusetzen. Safi I sei nicht dazu da, Profite zu machen, sondern um die Idee des grünen Wasserstoffs Wirklichkeit werden zu lassen.

Auch da hatte ihm Medhi zugestimmt, sich aber dann doch gefragt, wer sein Gehalt, wer die Gehälter aller Mitarbeiter hier bezahlte, wenn das Werk nicht genug erwirtschaften würde, und leise Zweifel hatten sich angeschlichen, ob man ihn dann nicht in einigen Jahren einfach entlassen würde, weil der Versuch beendet und die Anlage geschlossen werden würde.

Aber dann waren da wieder seine Wohnung, der neue Wagen, und Medhi konzentrierte sich auf die Gegenwart und darauf, seine Arbeit so gut wie nur irgend möglich zu machen.

Er zog einen der schweren Ordner aus dem Schrank, klappte ihn auf, um zu sehen, ob er den richtigen erwischt hatte, als zwei beschriebene Papiere, die lose im Ordner gelegen hatten, zu Boden schwebten. Medhi stöhnte leise auf, trug den Ordner zum Schreibtisch und hob die Papiere auf. Sie waren maschinengeschrieben, aber war das da am Rand nicht die Handschrift seines Chefs? Er schlug den Ordner auf, blätterte und fand tatsächlich zwischen den eingehefteten Papieren eine unscheinbare Mappe, die jemand dazwischengeschoben haben musste. Er schlug die Mappe auf, sah sich die Papiere an. Einiges war geschwärzt, handschriftlich ergänzt oder durchgestrichen. Medhi überflog die Zeilen, und je länger er las, desto unruhiger wurde er.

Er blätterte um. Konnte das wirklich sein?

Seine Augen rasten über das Geschriebene, schnappten manchmal nur halbe Sätze auf, einzelne Worte, aber das genügte, um ihm begreiflich zu machen, was er hier vor sich hatte.

Scheiße.

Medhi setzte sich, sah sich um. Die Unterlagen gehörten seinem Chef, und er fragte sich, was sie hier in seinem Büro machten. Obwohl sein Chef ein Büro in Deutschland hatte, war er regelmäßig hier gewesen, und sie hatten sich mit den Jahren angefreundet. Zusammen hatten sie an den Wochenenden Ausflüge ans Meer und ins Gebirge gemacht, hatten in kleinen Dörfern übernachtet und die Wüste bei Nacht erlebt.

Aber diese Papiere hier, die hatte Medhi noch nie gesehen, sein Chef hatte mit ihm auch nie darüber gesprochen. Und nach all dem, was er hier las, hatte er dafür auch seine Gründe gehabt.

Medhi fuhr sich über den Mund.

Aber warum waren die Unterlagen bei ihm, in seinem Büro? Hatte sein Chef sie vergessen? Oder sie bewusst hier gelagert? Er sah sich um, fühlte sich plötzlich beobachtet, dabei war er allein. Die Papiere hatten das Potenzial, die ganze Sache hier zum Einsturz zu bringen, das begriff er sofort; sie würden nicht nur die Hochglanzbroschüren und Imagefilme als Lügen entlarven, sondern auch ihn selbst als einen, der diese Lügen mitgetragen hatte. Natürlich lief im Werk nicht alles glatt, vor allem die Stromversorgung war eine Herausforderung, und immer wieder kam es zu einem Spannungsabfall, sodass die Produktion gedrosselt werden musste. Aber damit hatte man gerechnet. Die Strompipeline ins Solarkraftwerk Ouarzazate verlief über eine Strecke von dreihundert Kilometern durch den Hohen Atlas und lieferte noch nicht zuverlässig, weswegen man sich zum Bau einer zweiten Trasse entschieden hatte. Damit würde die Versorgung mit grünem Strom kein Problem mehr darstellen.

Zumindest hatte er das geglaubt.

Aber was Medhi hier las, zeichnete ein ganz anderes Bild der Situation.

Vielleicht war das aber auch alles ein großer Betrug. Vielleicht versuchte irgendjemand, der ganzen Sache zu schaden, versuchte, ihre Arbeit zu manipulieren und das Vertrauen in das Werk zu sabotieren. Die Öl-Lobby war nach wie vor mächtig und würde nicht so einfach akzeptieren, dass es mit dem grünen Wasserstoff plötzlich einen ernst zu nehmenden Konkurrenten gab.

Egal, was es schlussendlich war, die Unterlagen konnten nicht bei ihm bleiben. Er hatte damit nichts zu tun, er machte nur die ihm aufgetragene Arbeit, er würde sich da nicht mitreinziehen lassen. Dafür hatte er nicht studiert, Mathematik, Physik, Englisch und Französisch gebüffelt, sich reingehängt und weder Wochenenden noch feste Arbeitszeiten gekannt. Er war immer da gewesen, wenn man ihn gebraucht hatte. Bald, hatten sie zu ihm gesagt, bald dreht sich was, und dann profitierst auch du, dann wirst auch du aufsteigen.

Und jetzt war er an der Reihe. Jetzt war er dran, das zu bekommen, was man ihm versprochen hatte, einen sicheren Job, ein gutes Einkommen und eine Zukunft. Das würde er sich nicht von so ein paar Papieren kaputtmachen lassen.

Als Medhi das Büro verließ, die Mappe in einer Hand, hielt er kurz inne und sah sich um. Nein, da war niemand, der ihm folgte. Trotzdem war er nervös. Er ging los, bog um die Ecke, mit dem festen Vorsatz, die Papiere schnell loszuwerden – und hielt inne. Vor der Tür zum Büro seines Chefs stand einer vom Wachschutz, ein kleiner, bulliger Mann mit Sonnenbrille und Knopf im Ohr. Medhi durfte sich nichts anmerken lassen, es waren nur ein paar Papiere, die er zurückbringen wollte. Trotz der Sonnenbrille spürte er die Blicke des Wachmanns auf sich.

»Ist alles in Ordnung?«, fragte Medhi und ging auf den Mann zu.

Der Mann sagte nichts, schien ihn zu mustern.

»Gibt's Probleme?« Medhi versuchte selbstbewusst zu klingen. Er merkte, wie er zu schwitzen begann. Irgendwas stimmte nicht, das merkte er. Irgendwas ging hier vor.

»Es gab einen Alarm«, sagte der Mann, ohne auch nur einen Millimeter von der Tür abzurücken. »Wir überprüfen das gerade.«

»Was denn für einen Alarm? Ich habe nichts mitbekommen.«

»Dann geht es Sie auch nichts an.«

Hinter der Tür waren dumpfe Geräusche zu hören, so, als würde man Möbel verschieben. Dadrin war jemand, und schien etwas zu suchen. Und es war klar, dass Medhi eigentlich nichts davon mitkriegen sollte. Der Wachmann machte einen Schritt auf ihn zu und legte den Kopf schräg, ein untrügliches Zeichen, dass Medhi verschwinden sollte.

»Alles klar«, er versuchte zu lächeln. »Dann noch einen schönen Tag.«

Er drehte sich um und ging zu seinem Büro zurück, blieb aber vor der Tür stehen.

Was verdammt noch mal ging hier vor?

Er hörte jetzt Stimmen, wusste aber nicht genau, woher sie kamen. Waren sie auch in seinem Büro? Er legte eine Hand auf den Türgriff, aber die Tür war nur angelehnt. Er war sich sicher, dass er sie eben geschlossen hatte. Er ließ den Griff schlagartig los, als stünde er unter Strom. Die Stimmen kamen vom Gang her, wurden lauter.

Und plötzlich wusste Medhi, dass er keine Zeit verlieren durfte.

Er wandte sich um und drückte die Tür zum Treppenhaus auf, sah sich nicht um, lief schnell hinunter und hinaus auf den Parkplatz, wo ihn die staubige Hitze mit einem Faustschlag empfing. Die Luft war salzig und trocken, das Licht fast weiß. Er blinzelte einige Male und ging mit gespannten Schritten weiter zum Parkplatz, wo sein Wagen, ein neuer Audi, stand. Nach der Eröffnung des Werks hatten alle Mitarbeiter in gehobenen Positionen so einen Wagen bekommen, und er war sehr stolz darauf gewesen, hatte seine Mutter gleich zu einer Rundfahrt eingeladen und zusammen mit Youssef Touren ins Gebirge und ans Meer unternommen.

Er stieg ein, die Armaturen leuchteten auf, dann startete er den Motor. Im Rückspiegel sah er, dass zwei Wachleute aus dem Treppenhaus kamen, sich kurz umsahen und dann auf ihn zugingen. Er parkte rückwärts aus. Die Wachmänner gaben ihm Zeichen, zu stoppen. Medhi sah auf die Papiere neben sich auf dem Beifahrersitz.

Wenn er vernünftig war, würde er den Motor abstellen und auf die Wachleute warten. Er würde ihnen die Papiere aushändigen, alles sei nur ein Missverständnis, eine dumme Unachtsamkeit seinerseits, er habe angenommen, die Papiere direkt seinem Chef geben zu müssen, aber natürlich standen die Sicherheit und das Interesse des Werks über allem.

Die beiden Wachleute waren jetzt fast bei ihm. Alles krampfte sich in Medhi zusammen. Er wollte die Augen schließen und sich zurücklehnen, er wollte hoch in sein Büro, wo die Klimaanlage leise rauschte.

Aber dann gab er Gas.

Er wusste, dass es dumm war, dass er einen Fehler machte. Trotzdem stoppte er den Wagen nicht. Er fuhr langsam auf die Schranke und das kleine Wachhaus zu, sah, wie dort vorne ein Wagen stoppte und zwei Typen in dunklen Anzügen ausstiegen und sich vor der Schranke postierten, ihm zu verstehen gaben, langsamer zu werden.

Medhi beschleunigte. Nein, er würde nicht anhalten.

Die beiden Männer sahen sich an, sahen wieder zu Medhi, dann wichen sie zur Seite aus. Medhi beschleunigte den Wagen weiter, er raste auf die Schranke zu, beide Hände umklammerten das Lenkrad. Vor ihm splitterte die Schranke mit einem dumpfen Schlag auseinander, im selben Moment hörte er ein helles, lautes Knallen hinter sich und wusste sofort, was es war.

Er nahm den Kopf runter, ließ das Lenkrad aber nicht los. Der Wagen drohte seitlich auszubrechen, aber Medhi gelang es, ihn in der Spur zu halten. Die Heckscheibe zerbarst. Medhi erreichte die Hauptstraße, schwarz leuchtete der Teer, zwei Palmen warfen schmale Schatten. Er riss das Lenkrad herum und bog ab, der Sicherheitszaun des Werks zog an ihm vorüber und blieb schließlich hinter ihm zurück, genau wie das Werk selbst mit seinen in der Sonne glänzenden Rohren und Leitungen. Er beschleunigte auf 160 Stundenkilometer.

Er fuhr nicht nach Hause, sondern weiter nach Süden, am Meer entlang.

Medhi starrte auf die Papiere neben sich. Seine Hände umklammerten immer noch das Lenkrad, obwohl er den Motor längst abgestellt hatte. Anscheinend war ihm niemand gefolgt, oder er hatte seine Verfolger abgehängt. Einige Zeit hatte er die Lücke zwischen zwei Lkws als Schutz und Versteck genutzt, dann hatte er erneut Gas gegeben und in einem Kreisverkehr den Wagen von der Hauptstraße gelenkt. Jetzt stand er an einer Straße in Souria Kedima, vor sich noch ein Stück Strand und dann das Meer. Er war früher schon ein paarmal hier gewesen, zusammen mit Youssef, sie hatten in einem kleinen Restaurant Fisch gegessen und gebadet. Er konnte gerade keinen klaren Gedanken fassen, in seinen Ohren rauschte es, er starrte hinaus aufs Meer, ohne irgendetwas zu sehen.

Sie hatten auf ihn geschossen.

Wie zum Beweis spürte er die ganze Zeit schon einen warmen Wind im Nacken, der durch die zerstörte Heckscheibe zu ihm hereinströmte, roch die salzige Luft.

Er hatte immer geglaubt, alles richtig gemacht zu haben. Sein Studium der Ingenieurwissenschaften mit dem Schwerpunkt Erneuerbare Energien in Rabat, wo ihm als einem der wenigen die horrenden Studiengebühren erlassen worden waren, womit er schlussendlich auch seine Mutter beruhigen konnte; die Entscheidung, in Marokko zu bleiben und nicht nach Europa oder in die Vereinigten Staaten zu gehen, wie es viele seiner Kommilitonen getan hatten, um etwas zurückzugeben, um dabei zu helfen, dass Marokko die große Zukunft bekommen würde, von der ihm alle erzählt hatten.

Und jetzt sollte das alles falsch sein, seine Arbeit für das Werk, sein Engagement, sein Ehrgeiz, das alles sollte auf einer Lüge basieren? Das alles konnte nicht wahr sein, da wollte ihnen jemand schaden.

Er griff nach seinem Smartphone. Er musste mit seinem Chef sprechen, der würde alles aufklären können.

Der Empfang war schlecht, niemand nahm ab.

Er erinnerte sich an seinen letzten Besuch in Safi, daran, dass er schweigsamer, verschlossener gewesen war als sonst, aber Medhi hatte damals nicht näher nachgefragt. Und er erinnerte sich auch wieder an die Besprechung, die sie in seinem Büro abhielten, auf ausdrücklichen Wunsch seines Chefs, was Medhi damals als Vertrauensbeweis aufgefasst hatte. Aber vielleicht hatte sein Chef auch nur eine günstige Gelegenheit gesucht, um die Papiere bei ihm zu deponieren.

Medhi schwirrte der Kopf, er starrte hinaus aufs Meer. Irgendwo dahinten, am Horizont, lag die Küste der USA, New York City. Vielleicht hätte er damals auch gehen sollen. Aber jetzt war es zu spät.

Er dachte wieder an Youssef. Seit Medhi für das Werk arbeitete, hatte es zwischen seinem Cousin und ihm immer mal wieder Streit gegeben. Youssef hatte ihm abgeraten, für das Werk zu arbeiten, hatte ihm stattdessen nahegelegt, sein Wissen in der Umweltorganisation einzusetzen, für die Youssef arbeitete, er könne ihn da reinbringen. Aber Medhi hatte abgewunken, zu verlockend war das Angebot gewesen. Er hatte immer angenommen, dass Youssef insgeheim neidisch auf ihn gewesen war, auf die Wohnung am Stadtrand in einem der Neubauviertel, auf seinen Wagen und darauf, das Medhi in den Restaurants meist die Rechnung bezahlte.

Schon vor der Eröffnung hatten Umweltorganisationen gegen das Werk demonstriert, hatten die Folgen der Wasserstoffproduktion für die Natur angeprangert, die Entnahme des sowieso schon raren Grundwassers, die Versalzung des Meeres; andere kritisierten die illegale Landnahme durch den Staat und den Ausschluss der Bevölkerung von jeder Entscheidung, was Bau und Betrieb des Werks betraf. Medhi hatte in den Diskussionen mit Youssef versucht dagegenzuhalten. Es habe doch Studien gegeben, die im Meer keinerlei Schäden durch die Ausleitungen festgestellt hätten, außerdem habe man die betroffenen Menschen für ihr Land entschädigt. Da hatte Youssef nur bitter gelächelt.

»Natürlich haben die nichts gefunden. Weil das Werk indirekt für die Studien bezahlt«, hatte er gesagt. »Und glaubst du wirklich, dass ein paar Dirham ausreichen, um ein ganzes Leben zu bezahlen? Die Leute wurden in Blechhütten gesteckt, mussten das Fischen aufgeben und arbeiten jetzt in der Konservenfabrik. Soll das die Zukunft sein? Du bist ganz schön naiv, Medhi.«

Medhi schossen die Tränen in die Augen. Lange Zeit hatte er das Werk und seine Arbeit verteidigt, hatte den Leuten dort vertraut und daran geglaubt, mit seiner Arbeit wirklich etwas verändern zu können. Und jetzt? Er fühlte sich leer und hilflos, konnte kaum einen klaren Gedanken fassen. Und trotzdem musste er überlegen, wie es weitergehen sollte.

Nach Hause konnte er nicht, dort würden sie auf ihn warten. Doch nach Süden konnte er auch nicht. Er war nie weiter als bis nach Agadir gekommen, dahinter begann die Wüste, Westsahara und Mauretanien, Gebiete, die er nie bereist hatte.

Seine Mutter war nach dem plötzlichen Tod des Vaters vor ein paar Jahren geschwächt und würde nur noch panischer werden, wenn Medhi ihr alles erzählte. Seinen Chef erreichte er nicht, außerdem war der in Europa und kaum in der Lage, ihm jetzt zu helfen. Blieb nur noch Youssef.

Medhi startete den Wagen. Das Meer lag scheinbar ruhig und glänzend vor ihm, aber er wusste, dass es unsichtbare Strömungen gab, die einen immer weiter hinaustrugen. Und je mehr man dagegen ankämpfte, desto schwächer wurde man, desto eher musste man sich dem Unausweichlichen fügen.

# 5

In den Gängen der Staatsanwaltschaft an der Konstablerwache standen übereinandergestapelte Stühle und Tische, gerade waren zwei Männer dabei, einen Schrank auseinanderzunehmen, andere schleppten Umzugskartons aus einem Zimmer. Uwe wich zur Seite aus und ließ sie vorbei. Wo es sonst ziemlich ruhig zuging, sich ab und zu nur mal eine Tür schloss oder Schritte zu hören waren, herrschte nun Chaos. Irgendwo wurde gebohrt, irgendjemand brüllte, überall standen Möbel herum.

Die Bürotür von Sandra Brandt war noch geschlossen. Uwe klopfte, wartete kurz, dann trat er ein. Brandt sah hinter ihrem Bildschirm hervor und lächelte. Sie stand auf, die beiden gaben sich die Hand. Brandt war eine Staatsanwältin der jungen Generation, die hier nach und nach die Büros übernahm. Sie war ehrgeizig und wusste schon ziemlich genau, was sie wollte, das imponierte Uwe. Als junger Polizist war er ganz anders drauf gewesen, wie alle Neuen damals. Man hielt sich zurück, schaute, was die Erfahrenen so machten, eiferte ihnen nach und entwickelte erst viel später so etwas wie einen eigenen Stil, eine eigne Art, die Fälle anzugehen. Brandt, das wusste Uwe, war von Greta Vogelsang angelernt worden, als die noch in der Abteilung für Kapitalverbrechen gearbeitet hatte. Er verstand bis heute nicht, warum Greta die Abteilung gewechselt hatte und sich jetzt um Umweltstrafsachen kümmerte. Aber er musste auch nicht alles wissen, und schlussendlich war es auch egal, denn Vogelsang und ihn verband nach wie vor über die Arbeit hinaus eine Freundschaft, was er von Brandt und sich nicht sagen konnte. Sie war zielstrebig und kam schnell auf den Punkt.

»Ganz schönes Chaos hier«, sagte Uwe und setzte sich auf den Stuhl, den Brandt ihm anbot. Ob er Kaffee wolle? Er schüttelte den Kopf, fragte nach Wasser.

»Ich will gar nicht dran denken«, Brandt reichte ihm ein Glas Wasser und setzte sich wieder. »Nächste Woche geht's auch hier los.«

Seit Wochen, ja schon seit Monaten beschäftigte die Abteilungen neben ihren Fällen nichts so sehr wie der anstehende Umzug der Staatsanwaltschaft in den Stadtteil Niederrad. Das Gebäude an der Konrad-Adenauer-Straße war ziemlich in die Jahre gekommen, sollte jetzt abgerissen und dann in den nächsten Jahren neu aufgebaut werden. Natürlich glaubte niemand an diesen Zeitplan, und die meisten richteten sich wohl oder übel auf lange Jahre im Niederräder Exil ein, wo man ein leer stehendes Bürogebäude in der Hahnstraße beziehen würde. Auch Brandt würde das nicht erspart bleiben, wohingegen die Kollegen von der Wirtschaftsabteilung, die im Helbergerhaus in der Großen Friedberger saßen, vom Umzug nicht betroffen waren, dazu gehörte auch die kleine Abteilung von Greta Vogelsang.

Brandt blätterte durch die Akte, die sie zum Fall des getöteten Leif Andresen angelegt hatte.

»Also«, sagte sie und sah auf, »wir haben einen toten Berater, vermutlich ermordet, nach dem Bericht der Rechtsmedizin, und wir haben einen geständigen Täter, so weit, so korrekt?«

Brandt hatte ihrem Büro so gut wie keinen persönlichen Anstrich gegeben, es gab weder Bilder noch sonstige Dinge, die dem technisch Kühlen dieses Raumes etwas entgegensetzten. Uwe trank einen Schluck Wasser.

»Dann können wir Anklage erheben«, sagte Brandt.

Er richtete sich in seinem Stuhl auf.

»Na ja, der Fall hat, ich würde sagen, einige Ungereimtheiten.«

Und dann erzählte er ihr, was ihm so schwer im Magen lag, die Fragen, die ihn umtrieben, seit er den Fuchs das erste Mal verhört hatte: Warum hatte sich der Mann freiwillig gestellt, bevor sie überhaupt die Leiche gefunden hatten? Warum schwieg er zu allen Fragen, die seine Person betrafen? Nicht mal einen Namen hätten sie von ihm. Wo war die Tatwaffe? Und schlussendlich: Was war sein Motiv? War es wirklich »nur« ein kaltblütiger Raubmord, weil er von Andresen überrascht wurde?

Uwe schwieg kurz, aber als Brandt nichts sagte, fuhr er fort:

»Warum fesselt er den Mann dann an einen Stuhl und traktiert ihn mit Schlägen? Das sieht eher danach aus, dass er genau wusste, was er da tat, also keine Affekthandlung. Ja, er hat den Mord gestanden, aber das ist auch alles. Nach den ersten Auswertungen der KTU gibt es keinerlei Spuren unseres Verdächtigen am Tatort, keine Fingerabdrücke, keine DNA, nichts. Vielleicht finden sie noch was, aber für mich passt da nicht viel zusammen. Im übrigen Haus gab es keinerlei Einbruchspuren. Und wo ist die Familie von Andresen? Wir haben keine Spur von der Frau und den Kindern. Das macht mir wirklich Sorgen.«

Er konnte sehen, wie es hinter Brandts Stirn arbeitete. Sie wusste genauso gut wie er, dass sie sich bei einer Anklage nicht alleine auf das Geständnis des Fuchses würde stützen können, auch wenn der Mann verurteilt werden würde. Es würde zu einer Berufung kommen und der Fall neu aufgerollt werden. So einfach konnten sie es sich als Ermittler nicht machen, die Gerichte waren mittlerweile dazu angehalten, auch Beweise einzufordern, die das Geständnis untermauerten.

Brandt schlug die Akte zu. In ihrem Blick lagen Entschlossenheit und Missbilligung zugleich. Uwe ahnte, dass sie ihm widersprechen wollte, es aber aus taktischen Gründen nicht tat.

»Dann müssen wir diese Lücken jetzt füllen«, sagte sie nur, wobei sie mit *wir* eigentlich nur ihn meinte. »Ich denke, dass wir hier schnell zu Ergebnissen kommen sollten, um nicht unnötig Ressourcen zu binden. Der Fall scheint ja recht offensichtlich.«

Ja, die Lücken füllen, das würde er wohl müssen. Mehr gab es dazu auch nicht zu sagen. Irgendwas würde er schon finden, irgendjemand auftreiben, der die Aussage des Fuchses zumindest in Teilen bestätigen konnte, denn Uwe war sich ziemlich sicher, dass der Fuchs nicht alleine gehandelt hatte, dass es weitere Beteiligte gab, die zumindest mittelbar etwas mit der Sache zu tun hatten.

Er stand auf, Brandt ebenfalls, sie reichten sich über den Tisch die Hände.

»Na dann Hals und Beinbruch für den Umzug«, sagte er.

Brandt lächelte kurz, und Uwe war sich sicher, dass hinter dieser professionellen Fassade noch ein anderer Mensch steckte, einer, der gern und herzhaft lachte, der zu viel Rotwein trinken und lange schlafen konnte.

Uwe verspürte einen leichten Anflug von Kopfschmerzen, als er sein Büro betrat. Er trank den Rest des Grüntees, den er sich heute Morgen gemacht hatte, setzte sich und knetete den kleinen Stressball. Seine Gedanken glitten für einige Momente ab, zur anstehenden Exchange, den fehlenden Schlafmöglichkeiten und Doras Aufregung, die auch ihn irgendwann würde hibbelig werden lassen.

Dann ging die Tür auf, und Anne kam herein, die Haare etwas zerzaust. Sie habe Neuigkeiten zu Leif Andresen, und Uwe hoffte schon, dass sie endlich seine Frau Silke aufgespürt hatten, aber das war es nicht. Es ging um Andresens Vergangenheit, sein Leben als Einzelkind in einer gut situierten Frankfurter Familie, die ihm aber außer materieller Sicherheit nicht viel hatte bieten können: Schon vor Jahren habe Andresen den Kontakt zu den Eltern abgebrochen, diese seien nun beide bereits verstorben. Uwe hörte zu, knetete seinen Stressball.

»Alles klar, Uwe?«

Er sah erstaunt auf, war wohl mit seinen Gedanken wieder abgeschweift.

»Ja, ja, alles klar. Ich war gerade bei der Staatsanwaltschaft. Die wollen eine Anklage, obwohl wir bis jetzt keine Beweise für die Aussage des Fuchses haben.«

»Wer ist denn der Fuchs?«

Uwe fühlte sich kurz ertappt, dabei hatte er den Namen gerade selbst ausgesprochen.

»Unser vermeintlicher Täter.«

Anne beließ es bei einem Nicken.

»Und Silke Andresen?« Uwe ließ den kleinen Ball über den Schreibtisch rollen.

»Nichts. Ist weiter wie vom Erdboden verschluckt.«

»Und die Schwester?«

»Reagiert nicht.«

»Und gibt es irgendwas Verwertbares auf Andresens Computer, auf seinem Handy?«

»Nur das übliche, Urlaubsbilder, Exceltabellen zu Projekten, nichts Auffälliges. Aber die KTU ist noch dran.«

Uwe atmete hörbar aus.

»Okay, dann fahre ich jetzt zu Silke Andresens Schwester. Irgendwo müssen wir ansetzen.«

»Soll ich mitkommen?«

»Nein, nicht nötig. Kannst du mir ihre Adresse geben?« Uwe stand auf und griff nach seinem alten Nokia-Handy. »Wenn der Fuchs den Mund nicht aufmacht, wird uns die Verteidigung ziemlich auseinandernehmen.«

Uwe begleitete Anne noch in ihr Büro, wo sie ihm die Adresse aufschrieb. Dann betrat er den Aufzug und fuhr hinunter ins Erdgeschoss.

Christiane Heitkamp lebte in einer unscheinbaren Reihenhaushälfte nah am Wald in Aschaffenburg, der kleine Vorgarten war ordentlich gepflegt, die Mülltonnen standen akkurat aufgereiht nebeneinander. Sie war eine schmale Frau, trug eine Strickweste, hatte sich die Haare hinters Ohr gestrichen. Sie reichte Uwe eine kraftlose Hand, Mentholatem schlug ihm entgegen, und sie bat ihn in die Küche, wo sie Kaffee gekocht hatte. Sie schien von seinem Besuch nicht besonders überrascht. Auch in der Küche war alles fein säuberlich aufgeräumt, fast zu sauber, zu geordnet, an der Wand tickte eine altmodische Uhr. Auf einem kleinen, mit einer Wachstischdecke bedeckten Tisch stand ein Teller mit Keksen. Sie saßen sich einige Augenblicke schweigend gegenüber, Uwe nippte am Kaffee.

»Man hat Sie schon informiert?«, fragte er.

Sie nickte nur.

»Warum haben Sie nicht auf unsere Anrufe reagiert?«

Sie schwieg, zuckte nur leicht mit den Schultern.

»Wissen Sie, wo Silke und die Kinder sind?«

Christiane starrte in ihre Tasse, dann sah sie auf und lächelte müde.

»Ihnen geht es gut«, sagte sie.

»Wo sind sie?«

»An einem sicheren Ort. Ich weiß es selbst nicht.«

»Aber Sie haben Kontakt zu Ihrer Schwester?«

»Sie hat sich nur einmal kurz bei mir gemeldet. Seitdem habe ich nichts mehr von ihr gehört.«

»Wann war das?«

»Ich weiß nicht mehr genau, vor einer Woche oder so.«

Uwe fragte sich, ob ihm Christiane die Wahrheit erzählte. Hatte sie Angst? Warum mussten sich Silke und die Kinder verstecken?

»Ist Ihre Schwester in Gefahr? Wenn das so ist, müssen Sie mir das jetzt sagen. Wir können sie beschützen.«

Christiane lachte auf, aber es klang mehr wie ein kehliger Seufzer.

»Das mit dem Beschützen habt ihr bisher nicht so gut hingekriegt«, sagte sie, nahm sich einen Keks, biss aber nicht hinein, sondern betrachtete ihn nur wie ein interessantes Insekt.

»Sie meinen die Anzeige wegen Körperverletzung? Was ist da passiert?«

»Leif war ein komplizierter Mensch«, Christiane schob sich den Keks in den Mund und spülte mit etwas Kaffee nach. »Er konnte sehr nett sein, sehr einnehmend, er war keiner von denen, für die die Arbeit alles war. Oft ist er nachmittags mit den Jungs zum Fußball oder ins Schwimmbad, oder sie sind spontan am Wochenende ins Ferienhaus gefahren. Er war großzügig, hat uns oft alle zum Essen eingeladen«, sie zögerte kurz, sah auf ihre Hände. »Aber er konnte auch ein richtiges Arschloch sein.«

»Hat er Silke geschlagen?«

»Mitgekriegt hab ich das nie, aber sie hat mir erzählt, dass ihm manchmal die Hand ausrutscht. Dann wurde er furchtbar jähzornig, hat rumgebrüllt und sich komplett vergessen. Hinterher tat es ihm immer leid, hat versprochen, sich zu bessern. Er war sogar in Therapie.«

»Aber es wurde nicht besser?«

»Ich weiß nicht. Wir hatten eigentlich immer ein gutes Verhältnis, Silke und ich, aber irgendwann hat sie kaum mehr was erzählt, und ich habe dann auch nicht mehr nachgefragt.« Sie sah zum Fenster, vor dem eine weiße, gestickte Gardine hing, dahinter waren dunkle Tannen zu erahnen. »Vor einem Jahr hat sich Silke verliebt, in einen Kindergartenvater, Architekt war der, glaube ich. Sie hat es mir erst auf Nachfrage erzählt, denn sie wirkte plötzlich so anders, so glücklich. Sie sagte, Leif dürfe das auf keinen Fall herausfinden, er würde sonst komplett ausflippen.«

»Wusste er denn von der Affäre?«

»Ich glaube, er hat es geahnt. Silke hatte Angst vor ihm, ein paar Tage war sie mit den Jungs bei mir, sie wollte weg.«

»Und wo ist sie jetzt?«

»Wie gesagt, es geht ihr gut. Mehr weiß ich nicht.«

Christine stand auf, stellte ihre Tasse in die Spüle, ein untrügliches Zeichen, dass das Gespräch für sie vorbei war. Auch Uwe erhob sich, er reichte ihr seine Karte und bat sie, sich sofort bei ihm zu melden, wenn sie etwas von Silke höre.

»Danke für den Kaffee.«

Sie begleitete ihn durch den Flur zur Tür, blieb stehen. Uwe hob die Hand. Sie wirkte etwas verloren in diesem sauberen Haus, so, als wundere sie sich selbst darüber, wie das alles zustande gekommen war, die tadellos gepflegten Beete, die geschnittene Rasenkante. Uwe schloss das Gartentor, setzte sich in seinen Wagen und atmete einmal tief durch.

Das Haus lag schweigend und geduckt unter den schwarzen Tannen, es wirkte nicht gerade einladend. Uwe sah immer wieder hinauf zu den Fenstern, und einmal glaubte er, Christiane Heitkamp hinter einer Gardine erkannt zu haben, kurz war da ein dunkler Schatten. Er war sich sicher, dass sie ihm nicht alles erzählt hatte, dass sie wusste, wo Silke war. Trotzdem war das Gespräch wichtig gewesen. Uwe lehnte seinen Kopf gegen die Heckstütze, dann startete er den Wagen. Konnte es denn sein, dass er es hier mit einer Beziehungstat zu tun hatte? Hatte Silke Andresen ihren Mann Leif umgebracht oder umbringen lassen und war nun auf der Flucht? Dass sich erschütternd viele Menschen den Tod ihres Partners wünschten, war kein Geheimnis, und dass einige von ihnen diese Gedanken dann auch in die Tat umsetzten, ebenfalls nicht. Im Affekt taten Menschen anderen grauenvolle Dinge an, vor allem jenen, mit denen sie vertraut waren. Aber einen Killer zu beauftragen, erforderte einen kühlen Kopf. Es war nichts, was einfach so passierte, so etwas musste geplant werden.

Uwe lenkte den Wagen durch die Aschaffenburger Innenstadt zurück zur Autobahn. Gerade als er auf der rechten Spur beschleunigte, klingelte wieder die Freisprechanlage. Uwe sah, dass es Greta Vogelsang war, die ihn anrief, aber wieder war er sich unsicher, wie er den Anruf entgegennehmen sollte, außerdem musste er sich auf den vor ihm fahrenden Lkw konzentrieren, und so wartete er einfach, bis das Klingeln aufhörte. Er ärgerte sich und nahm sich vor, Greta später zurückzurufen.

Er folgte der A3 zurück nach Frankfurt. Hatte Silke Andresen den Fuchs angeheuert, um ihren Mann zu töten? War es überhaupt vorstellbar, dass sie entsprechende Kontakte hatte, um einen Killer zu engagieren? Die standen ja nicht in den Gelben Seiten oder warben mit Flyern für ihre Dienste. Und warum hatte sich der Fuchs dann gestellt und war mit dem Geld, dass er für den Mord bekommen haben musste, nicht längst abgehauen? Nichts hätte ihn daran gehindert. Uwe würde den erneuten Verhörtermin am späten Nachmittag nutzen, um den Fuchs mit seinen neuen Erkenntnissen zu konfrontieren, auch wenn diese ihm selbst alles andere als schlüssig erschienen.

Er hatte sich in einem Supermarkt ein Brötchen mit Leberkäse besorgt, und als er es jetzt auf dem Parkplatz vor der JVA aus der Tüte fischte, war es feucht und in sich zusammengesunken. Aber der Duft war überwältigend, hungrig biss Uwe hinein. Eigentlich wollte er nicht nur seinen Kaffeekonsum etwas reduzieren, sondern sich auch gesünder ernähren, Bowls mit Hülsenfrüchten und Avocado, frische Pasta, belegte Hummusstullen, aber er war ja auch nur ein wankelmütiger Mensch, gefangen in Gewohnheiten und getrieben von plötzlich auftretenden Gelüsten. Er kaute zufrieden, wischte sich Mund und Hände an einer Serviette ab, dann stieg er aus und strich sich die Krümel von der Hose.

Der Fuchs saß ihm genauso ausdruckslos gegenüber wie beim letzten Mal. Er hatte nichts Gehetztes mehr, schien seltsam ruhig. Dem Pflichtverteidiger war anzusehen, dass ihm der Termin nicht passte, dass ihm Uwes Hartnäckigkeit nicht passte, der ganze Fall schien ihm unangenehm, lästig, weil er wusste, dass es hier nichts zu gewinnen gab.

Diesmal würde Uwe in die Offensive gehen.

»Pass auf«, sagte er und lehnte sich auf den Tisch. »Wir wissen, dass du nur ein kleiner Fisch bist. Wir wissen, dass du den Mann im Westend nicht getötet hast. Warum also bist du noch hier, vor was hast du Angst?«

Der Fuchs wich seinem Blick aus. Der Verteidiger sagte leise etwas, aber der Fuchs reagierte darauf nicht, er starrte auf seine gefalteten Hände.

»Wir haben nichts gegen dich in der Hand außer deiner Aussage, es gibt keine Tatwaffe und keine Spuren am Tatort von dir. Also werden wir dich laufen lassen.«

Der Fuchs fuhr zusammen. Uwe konnte sehen, wie ein Zittern durch den Körper des Mannes ging, und Uwe wusste, dass er den richtigen Punkt getroffen hatte. Der Fuchs wollte gar nicht raus.

»Ich war es«, sagte der Fuchs mit brüchiger Stimme, »ich hab den getötet.«

»Nein, hast du nicht. Du hast aber vor irgendwas Angst, vor was?«

Der Fuchs knetete seine Finger.

»Ich war es.«

»Dann gib mir verdammt noch mal was an die Hand. Warum hast du den Mann getötet, wo ist die Waffe? Hat dich jemand beauftragt?«

Der Fuchs hob den Blick, sah ihn an. Es lag Hilflosigkeit darin, eine stille Verzweiflung, für die er aber offensichtlich keine Worte finden konnte.

»Ich hab Geld bekommen«, sagte er jetzt.

Der Verteidiger wollte wieder etwas einwerfen, aber der Fuchs schüttelte nur den Kopf, und der Anwalt lehnte sich zurück, verschränkte die Arme vor der Brust.

»Du hast Geld bekommen, um Andresen zu töten? Von wem?«

Der Fuchs zuckte nur mit den Schultern.

»Von einer Frau? Von Leif Andresens Frau? Solltest du Andresen in ihrem Auftrag ermorden?«

Der Fuchs schwieg.

»Das sind doch alles nur vage Vermutungen«, mischte sich jetzt der Verteidiger mit dünner Stimme ein, »Sie haben doch keinerlei Beweise für Ihre Thesen.«

»Du hast den Mann getötet, Geld bekommen und dich dann gestellt?«, sagte Uwe und ignorierte den Einwurf des Anwalts. »Warum bist du nicht abgehauen? Das ergibt doch überhaupt keinen Sinn. Du bist kein Killer, glaub ich nicht. Wenn du einer wärst, würdest du jetzt nicht hier sitzen. Kapierst du das?«

Der Fuchs sah ihn jetzt wieder ausdruckslos an. Uwe stand auf. Er fühlte eine dumpfe Wut in sich aufsteigen, auf diesen Typen, der ihm nicht mal seinen Namen sagte und sich vermutlich insgeheim über ihn lustig machte; auf den Verteidiger, der seit Minuten immer nur leicht den Kopf schüttelte und seine auswendig gelernten Sätze herunterspulte. Er hasste es, belogen zu werden, hasste es, wenn er glaubte, für irgendwas benutzt zu werden.

»Du hast jetzt noch vierundzwanzig Stunden. Wenn wir bis dahin nichts finden, fahre ich dich persönlich ins Bahnhofsviertel und stelle dich da mitten auf die Kreuzung. Und dann schauen wir, was passiert. Es ist deine verdammte Entscheidung!«

Als Uwe zurück im Büro war, stand er erst eine Weile am Fenster und sah hinunter in den Hof. Er drehte sich im Kreis, kam nicht voran. Kein schönes Gefühl, aber eines, das ihm nicht unbekannt war. Er musste jetzt die Ruhe bewahren, sich nicht verrückt machen lassen. Um wirklich weiterzukommen, sah er im

Moment nur eine Möglichkeit: Er musste Silke Andresen finden. Also schrieb er sie über das SIS, das Schengener Informationssystem, europaweit zur Fahndung aus, trug ihre Daten in die Eingabemaske ein. Viel mehr als Abwarten blieb ihm jetzt nicht übrig. Und er merkte, wie sich seine Wut nicht legte, wie sie nur etwas schwächer wurde, ihm auch ein paar angedeutete Tanzschritte nicht halfen, sich zu entspannen. Brandt saß ihm im Nacken und wollte Ergebnisse. Und ja, der Fall schien so offensichtlich, es gab eine Leiche und einen Täter. Jetzt musste er nur noch für die Beweise sorgen, um damit den Fuchs festzunageln.

Es war also mal wieder Zeit für den Uwe-Weg, für ein Hinaushorchen in die Nacht, für ein Herumstochern, er brauchte mal wieder einen Vermittler, einen Boten, jemand, der ihm etwas geben konnte, einen Namen, einen Ort. Er schrieb die Nachricht über sein privates Mailkonto, fügte als Anhang das Foto des Fuchses bei und schickte die Mail ab. So hatte er jetzt zumindest zwei Eisen im Feuer und kam sich nicht ganz so hilflos vor.

Auf dem Heimweg erinnerte er sich plötzlich wieder daran, dass Greta Vogelsang versucht hatte, ihn zu erreichen. Da das Wetter einigermaßen gut war, ging er noch durch den Sinaipark und setzte sich in der Nähe des Basketballfelds auf eine Bank. Nach dem dritten Klingeln ging Greta ran.

»Lange nichts gehört«, sagte er.

Das letzte Mal hatten sie kurz nach dem Jahreswechsel miteinander gesprochen.

»Können wir uns morgen im Hafis treffen?«, fragte Vogelsang unvermittelt.

»Ist was passiert?«

»Nichts, was dich beunruhigen müsste. Ich will dich nur was fragen.«

»Und das geht nicht übers Telefon?«

»Besser persönlich.«

»Oha, jetzt werde ich nervös«, Uwe lächelte.

»Morgen um eins?«

»Ja, passt. Bis dann.«

Er kannte Greta Vogelsang schon eine halbe Ewigkeit und schätzte sie und ihre Arbeit, obwohl es ihm lieber gewesen wäre, sie wäre beim Kapitalverbrechen geblieben. Aber auch in ihrer neuen Abteilung für Umweltstrafsachen hatte sie längst ihren untrüglichen Instinkt bewiesen, was in Kombination mit ihrer Hartnäckigkeit und Durchsetzungskraft zu einigen spektakulären Fällen und deren Aufklärung geführt hatte. Er streckte die Beine aus. Und dann kam ihm plötzlich eine Idee: Vielleicht sollte ich Greta fragen, dachte er. Sie wohnte drüben in Griesheim in einem ziemlich großen Haus, hatte Platz. Zwei bis drei Leute würde man dort sicher unterkriegen. Sie könnte mitkommen, Greta und Uwe auf dem Opernplatz, er würde ihr den Grundschritt zeigen und war sicher, dass sie den ziemlich schnell draufhaben würde. Und dann würden sie tanzen. Man würde einen Kreis um sie bilden und sie lautstark anfeuern, dann gäbe es nur noch sie beide, Greta und Uwe, und die Musik.

# 6

Vogelsang war zu früh dran. Sie hatte sich von Amon, dem Besitzer des Hafis, einen Tee bringen lassen und kurz mit ihm gesprochen. Sie sah auf ihr Smartphone, aber da war nur eine neue Nachricht von Mika, der sie darüber informierte, dass Marx noch immer nicht aufgetaucht war. Der Kater war seit zwei Tagen nicht mehr zu Hause gewesen, obwohl er eigentlich immer recht zuverlässig zum Fressen kam.

»Ist hier noch Platz?«

Vogelsang zuckte zusammen und sah auf. Vor ihr stand Uwe und grinste.

»Eigentlich wollte ich meine Ruhe, aber wenn du jetzt schon mal da bist«, sie grinste ebenfalls.

Uwe setzte sich, und sie bestellten den Mittagstisch, Reis mit Lammspießen, Hummus und Auberginen. Uwe nippte an seiner Cola und sah Vogelsang erwartungsvoll an.

Als sie am Morgen die aktuellen Polizeimeldungen gecheckt hatte, war sie sofort an einer kurzen Notiz hängen geblieben: Tötungsdelikt im Westend. Der Unternehmensberater Leif A. wurde in seiner Wohnung ermordet aufgefunden, Hinweise an die Kriminalpolizei. Ihr war sofort klar gewesen, dass der Tote jener Leif sein musste, den Juna seit ein paar Tagen vermisste. Sie hatte sie aber nicht sofort angerufen, sondern wollte erst einmal das Gespräch mit Uwe abwarten.

»Was kann ich für dich tun?«, fragte Uwe.

»Du weißt, dass ich eigentlich nicht so mit der Tür ins Haus falle«, begann Vogelsang, der es immer noch etwas unangenehm war, Uwe auf das Thema anzusprechen, »aber was kannst du mir zu der Sache um den toten Unternehmensberater sagen?«

Uwe sah sie erstaunt an.

»Warum interessierst du dich denn dafür? Du mischst dich doch sonst nicht in meine Fälle ein.«

Greta wusste, dass sie Uwe nichts vormachen konnte, und wollte sich auch nicht irgendeinen halbseidenen Grund ausdenken, um mehr über diesen Leif Andresen herauszufinden. Dazu war ihr die Freundschaft zu Uwe dann doch zu wichtig, schon oft hatte er ihr bei Fällen geholfen, sie miteinbezogen, obwohl sie eigentlich gar nicht direkt zuständig gewesen war.

»Mikas Schwester Juna ist gerade in der Stadt«, sagte Vogelsang. »Sie arbeitet für einen norwegischen Energiekonzern, der grünen Wasserstoff nach vorn bringen will. In ein paar Tagen findet hier in der Stadt eine Konferenz statt, zu der auch die Wirtschaftsminister aus Deutschland und anderen Ländern kommen, es ist also wirklich eine große Sache, da werden Milliarden investiert. Leif Andresen ist einer der Berater des Konzerns, der wohl für diese Wasserstoff-Sache und die Konferenz wichtig ist beziehungsweise war, denn er ist ja wohl tot …«

Amon brachte ihnen das Essen, stellte noch eine Schale mit Kräutern dazu, nickte und verschwand wieder. Uwe begann mit der Gabel das gebratene Lamm von seinem Spieß zu fummeln, und Vogelsang befürchtete schon, sie habe ihn verärgert, weil er nichts mehr sagte.

»Und was willst du jetzt von mir?«, Uwe sah auf. »Wir wissen, dass Andresen als Berater tätig war und dass er jetzt tot ist.«

»Für den Konzern ist das gerade maximal unglücklich mit dem Toten, vor so einer wichtigen Konferenz.«

Uwe schob sich ein Stück Lammfleisch in den Mund, runzelte die Stirn.

»Ich verstehe noch immer nicht genau, warum das für dich interessant ist. Hast du gerade einen Fall am Laufen?«

»Na ja, nicht so richtig, also, es ist kein Fall«, Vogelsang stocherte in ihrem Reis herum. »Juna hat mich um einen Gefallen gebeten, und ich dachte, ich löse das auf dem kurzen Weg.«

Uwe sah sie kauend an. Dann grinste er wieder.

»Aha, daher weht der Wind«, sagte er und bestrich ein Stück Fleisch mit Hummus. »Wir stecken mitten in den Ermittlungen. Ich darf darüber eigentlich gar nicht reden.«

»Ja, kann ich verstehen. Ich habe zu Juna gesagt, dass sie damit zur Polizei gehen muss …«

»Ich habe gesagt, *eigentlich*. Das ist ja hier nur ein zwangloses Gespräch beim Mittagessen, wir plaudern ein bisschen.«

Greta zögerte, sah ihn an. »Sehe ich auch so.«

Auch Uwe zeichnete eine gewisse Bauernschläue aus, der Instinkt und die Überzeugung, dass sich nicht immer alles über die offiziellen Wege lösen ließ und man manchmal Abkürzungen suchen musste, um voranzukommen.

»Pass auf«, Uwe nahm einen Schluck Cola, dann beugte er sich über den Tisch, sah sie an, »der Fall ist merkwürdig. Am Sonntagabend hat sich ein Mann gestellt und behauptet, Andresen getötet zu haben. Aber zu sich, zur Tatwaffe oder zur Tat selbst sagt er kein Wort, und auch die Spurensicherung hat nichts von ihm am Tatort finden können. Dann gibt es noch

Silke Andresen, Leifs Frau, die mit den Kindern verschwunden ist. Ich war bei ihrer Schwester in Aschaffenburg, die vorgibt, nichts zu wissen, aber ich glaube ihr nicht. Sie hat mir erzählt, dass Leif seine Frau geschlagen habe, sie hat sich wohl neu verliebt. Silke hat ihn sogar angezeigt, aber die Anzeige dann wieder zurückgezogen.« Er lehnte sich wieder zurück, fuhr sich mit der Serviette über den Mund. »Wir haben gerade verschiedene Hypothesen, Familiendrama, Raubmord, wir müssen uns auch noch Andresens Arbeit genauer anschauen, was er da gemacht hat. Du siehst, es passt nichts richtig zusammen, obwohl alles so offensichtlich scheint.«

Vogelsang legte das Besteck zur Seite. Uwe sah müde aus, aber vielleicht war es auch bloß das Licht, das sein Gesicht so bleich wirken ließ.

»Respekt«, sagte sie. »Da hast du ja wirklich was Großes an der Angel.«

»Vielleicht muss ich mir diesen Konzern mal näher anschauen«, sagte Uwe, der schon wieder in Gedanken war. »Hattest du den Namen erwähnt?«

»Liquid Lights, aber mehr weiß ich auch noch nicht.«

Uwe wirkte nachdenklich, dann sah er sie plötzlich an, als habe er eine Idee.

»Grüner Wasserstoff, sagst du? Das fällt doch in dein Ressort, oder nicht, ich meine, so eine Umweltsache?«

»Kommt drauf an, aber ja, ist noch am ehesten für uns ein Thema.«

»Könntest du dich denn mal umhören, was deren Geschäftsmodell ist mit diesem Wasserstoff? Und welche Rolle Andresen dabei spielte? Dieser Konzern, Liquid Lights, der ist vielleicht wichtig, ich glaube sowieso nicht an die Raubmord-These, da gibt es mir zu viele Ungereimtheiten.«

Vogelsang hatte insgeheim gehofft, dass mit diesem Gespräch die Sache für sie abgeschlossen sein würde, und jetzt bat sie Uwe um Hilfe in ihrer Funktion als Staatsanwältin. Aber eine Hand wäscht die andere, er hatte ihr ein paar Infos gegeben, also konnte sie ihm jetzt auch helfen. Die Arbeit, das hatte sie schon früh gelernt, bestand auch darin, geben und nehmen zu können, kleine Deals zu machen, Absprachen zu treffen. Warum also nicht? Sie konnte sich zumindest einmal umhören.

»Ich schau mal, was ich tun kann«, sagte sie.

Und für einen Augenblick hatte sie den Eindruck, Uwe wollte sie noch etwas fragen, etwas, das ihm unter den Nägeln zu brennen schien, aber dann lächelte er bloß und aß weiter.

»Aber jetzt mal was Erbauliches«, sagte Vogelsang. »Wir wollten doch schon ewig mal wieder ins Stadion, davor Bratwurst und Bier. Was meinst du?«

»Klingt nach einem Plan.«

»Also haben wir ein Date?«

»Wir haben ein Date«, sagte er.

»Ich besorge Karten, und du sagst, wo wir uns treffen.«

»Eisenbahnbrücke am Stadion, wie immer, auf ein Aufwärm-Bier.«

Zurück im Büro zog sich Vogelsang die Schuhe aus und legte sich auf ihr rotes Sofa, schloss die Augen, atmete tief und konzentriert ein und aus, versuchte den Raum um sich zu vergessen, konzentrierte sich nur auf ihre Atmung. Doch es half nichts, sie war zu unruhig, da waren zu viele Gedanken.

Sie war froh, dass ihrer Abteilung der Umzugsstress erspart bleiben würde, auch wenn das Helbergerhaus so seine Macken hatte, ständig fielen die Aufzüge aus, und im Sommer wurde es drückend warm in den Büros.

Ihr ging es im Moment erstaunlich gut. Abgesehen von der Sache mit Marx waren die letzten Wochen seit dem Jahreswechsel zwar nicht stressfrei, aber doch entspannter gewesen als die Zeit zuvor. Sie war, so ihr Eindruck, endlich einmal etwas zur Ruhe gekommen. Ihre Mutter, die sie liebevoll nur die Königin nannte, war seit dem Herbst in einem Pflegeheim untergebracht, das auf demenzkranke Menschen spezialisiert war, eine Erleichterung vor allem für Alfred Vogelsang, der nun wieder zu Atem kam, auch wenn ihn die finanziellen Sorgen umtrieben; der Heimaufenthalt fraß Alfreds Ersparnisse, viel war es sowieso nie gewesen, sodass Vogelsang inzwischen nicht nur den Garten übernommen hatte, sondern ihrem Vater auch jeden Monat Geld überwies, was dieser erst abgelehnt, dann aber mit Blick auf seinen Kontostand doch angenommen hatte.

Auch auf der Arbeit hatte es sich über den Winter etwas beruhigt, weniger Touristen waren unterwegs, es kam seltener zu Einfuhrdelikten, allerdings hatte die illegale Entsorgung von Müll stark zugenommen. Immer wieder fanden sich mitten im Stadtwald Haufen von Bauschutt, Autoreifen oder Industriemüll, und sie hörte auch von anderen Umweltabteilungen in Dortmund oder Potsdam, dass der illegal entsorgte Müll zu einem immer größeren Problem wurde. Zusammen mit den Kollegen hatte sie beschlossen, dieses Thema auf die Agenda des nächsten Treffens der europäischen Umweltstaatsanwaltschaften zu setzen, das im Sommer in Dublin stattfinden sollte. Hierzu war sie bereits in Kontakt mit Kolleginnen aus Spanien, Frankreich und Österreich.

Doch die scheinbare Ruhe erwies sich gerade als trügerisch.

Sie richtete sich auf, wartete einige Augenblicke, dann zog sie sich die Schuhe wieder an und setzte sich vor ihren Computer.

Sie rief die Website von Liquid Lights auf. Einer dieser glatt polierten Webauftritte mit den allerschönsten Stockfotos unberührter Natur, Sonnenaufgängen in verwunschenen Wäldern, hier und da ein Windrad, lächelnde Arbeiter mit weißen Schutzhelmen und Sicherheitswesten vor einem Industriewerk irgendwo in einer baumlosen Gegend. »Die Zukunft beginnt hier«, war einer der Slogans, den sie über die Website verteilt immer wieder las. Es ergab sich das Bild eines scheinbaren Vorzeigeunternehmens, dem das Wohl der Menschen wichtiger war als die Renditen, das suggerierten zumindest Texte und Bilder; ein Unternehmen, das mithilfe von Partnern und Regierungen neue Energieträger durchsetzen wollte, die im Gegensatz zu Öl und Gas unendlich zur Verfügung stehen würden, ein Schlaraffenland grüner Technologien, wasserstoffbetriebene Züge und Flugzeuge, lachende Kinder, Erwachsene mit gesunder Haut und weißen Zähnen. Alles aalglatte PR.

Vogelsang stöberte etwas durch den konzerneigenen Blog, großspurig »Magazin für Nachhaltigkeit« genannt. Dort stieß sie auf einen Artikel aus Marokko. Er beschrieb die Eröffnung des weltweit ersten Wasserstoffwerks, das mit grünem Strom aus einem Solarkraftwerk betrieben wurde. Auf den Fotos waren hochrangige Politiker aus Europa zu sehen, der König von Marokko lächelte selbstsicher, man sprach von einem Leuchtturmprojekt, das den Weg in die Zukunft weisen würde. In einem PR-Video sprach eine Frauenstimme von den neuen wirtschaftlichen Perspektiven zwischen Europa und Afrika, während eine Drohne über die Dünen einer Wüste hinwegflog, um dann für einige Sekunden über den leuchtenden Paneelen eines Solarparks zu verharren.

Weiter unten im Artikel stieß sie dann tatsächlich auf ein

Bild von Leif Andresen. Ein gut aussehender Mann, das weiße Hemd tadellos, ein klein wenig verwegen durch den Dreitagebart. Ein breites Lachen stand ihm im Gesicht, den linken Arm hatte er um die Schultern eines jungen Mannes mit Schutzhelm gelegt. »Leif Andresen, Energieberater, und einer der jungen Ingenieure im Werk Safi I«, war als Bildunterschrift zu lesen. Sie beugte sich etwas nach vorn, und kurz schoss ihr wieder der Gedanke durch den Kopf, ob Juna ein Verhältnis mit Andresen gehabt haben könnte. Aber sie verdrängte den Gedanken schnell wieder, hier ging es nicht um Juna.

Das Wasserstoffwerk lag in Safi, einer Stadt mit etwas mehr als dreihunderttausend Einwohnern an der Westküste Marokkos, und wurde über eine Stromtrasse mit grünem Strom aus dem Solarwerk Ouarzazate versorgt. Beides waren Großprojekte, für die Marokko mit Unternehmen und Regierungen aus Europa zusammenarbeitete, die EU beteiligte sich mit Milliarden an der Finanzierung.

Sie hatte weder von Safi noch von Ouarzazate jemals zuvor gehört. Und auch Liquid Lights kannte sie bisher nur aus den Erzählungen von Juna.

Vogelsang griff zum Telefon. Sie wollte Juna anrufen, ihr die Informationen weitergeben, die sie von Uwe bekommen hatte. Juna nahm sofort ab, schien etwas außer Atem.

»Greta«, sagte sie. »Schön, dass du anrufst.«

Vogelsang kam sofort zum Punkt.

»Ich habe mit meinem Kollegen gesprochen«, sagte sie und versuchte sachlich zu klingen. »Leif Andresen ist tot, vermutlich ermordet. Es gibt einen geständigen Täter, die Hintergründe sind allerdings noch unklar.«

Sie hörte Juna atmen.

»Bist du noch da? Alles klar?«

»Ich hatte es befürchtet«, sagte Juna, aber sie klang eigenartig gefasst.

»Welche Rolle spielte Andresen in eurem Unternehmen?« Vogelsang konnte die Sache nicht so einfach auf sich beruhen lassen, dafür war sie zu sehr Ermittlerin.

»Er war einer von unseren Beratern«, sagte Juna, »hat für uns die Geschäfte mit den Partnern in Marokko koordiniert.«

»Das Wasserstoffwerk in Safi?«

»Ja, genau.« Juna war kurz die Überraschung in der Stimme anzuhören, schnell fasste sie sich aber wieder.

»Aber er gehörte nicht zu Liquid Lights?«

»Nein, wir haben ihn als Externen dazugeholt, weil er große Expertise und viel Erfahrung im Bereich Energie und Transformation hat.«

Beide schwiegen einen Moment. Vogelsang war klar, dass Juna ihr nur das Nötigste erzählen würde, sie wirkte angespannt, sprach jetzt im Hintergrund mit jemand anderem.

»Ich muss jetzt Schluss machen, Greta«, sagte sie dann auch. »Danke für deine Hilfe. Das ist eine furchtbare Sache, für uns alle. Wir sehen uns dann heute Abend.«

Dann war sie weg. Vogelsang legte auf, erhob sich und trat ans Fenster zur Calla, nahm die kleine Kanne und goss die Pflanze. Juna war über die Nachricht von Andresens Tod nicht besonders überrascht oder bestürzt gewesen, zumindest hatte sie sich nichts anmerken lassen. Hatte sie schon Bescheid gewusst? Wahrscheinlich aber gehörte genau das zu ihrem Job, sich nichts anmerken zu lassen, immer professionell zu reagieren. Und trotzdem fragte sie sich, seit wann Juna wohl vom Verschwinden Andresens wusste und ob sie auch aus diesem Grund in der Stadt war.

Vogelsang ermahnte sich zur Zurückhaltung. Das war nicht ihr Fall, und es würde auch nicht ihrer werden. Sie hatte getan, was sie tun konnte, und musste sich jetzt wieder auf ihre eigentliche Arbeit konzentrieren.

In der Teeküche traf Vogelsang auf Sonja, die junge Staatsanwältin, die zusammen mit Kollege Martin Abel und Referendar Rafik Atashi ihr Team bildete.

»Was ich dich fragen wollte«, Sonja holte eine Tasse aus dem Schrank und hängte einen Teebeutel hinein, dann wandte sie sich Vogelsang zu. »Was ist eigentlich an den Gerüchten dran?«

»Was meinst du?« Vogelsang gab sich ahnungslos, obwohl sie genau wusste, was Sonja meinte: Seit man Oberstaatsanwalt Richard Wassermann-Schlotz im letzten Herbst wegen Korruption verhaftet hatte, war ein Beben durch die Abteilungen gegangen und es begann ein große Stühlerücken. Leute wechselten innerhalb der Abteilungen, andere wurden nach Kassel oder Wiesbaden versetzt, an allen Ecken und Enden fehlten Leute.

»Wegen der Versetzung«, sagte Sonja und reichte Vogelsang den Tee.

»Hier wird niemand versetzt«, sagte sie. »Es geht nur um die kommissarische Leitung, für ein paar Wochen. Eine Versetzung steht nicht zur Debatte.«

Anfang der Woche hatte sie ein Gespräch mit Zöllner gehabt. Vogelsang sollte zusammen mit Kollege Alexander Pankratz kommisarisch die Leitung der Abteilung Kapitalverbrechen übernehmen, bis man einen Nachfolger für Wassermann-Schlotz ernannt hatte. Sie hatte sich auf der einen Seite geschmeichelt gefühlt, dass man ihr diese Aufgabe zutraute, auf der anderen Seite wusste sie, dass das vor allem noch mehr Arbeit und Stress bedeutete, ihr Gehalt aber nicht angehoben werden würde; es war vielmehr eine Art Test, um herauszufinden, ob sie wirklich für Höheres geeignet war.

Sonja nickte und lächelte.

»Dann bin ich ja beruhigt«, sagte sie.

Vogelsang strich ihr über den Arm. Das Letzte, was sie tun würde, war, ihr Team im Stich zu lassen.

Während der Fahrt mit dem Rad nach Hause begann es leicht zu regnen. Der Asphalt glänzte dunkel, und der Geruch des nahen Frühlings lag in der Luft. Als sie abstieg, fror sie etwas. Sie sah sich um, rief nach Marx, aber es war nur Engels, der laut miauend vom Garten kam und um ihre Beine strich. Greta ging in die Hocke und streichelte den Kater.

»Wo hast du bloß deinen Bruder gelassen?«, fragte sie und ging hinein.

Mika war noch unterwegs, er hatte ihr geschrieben, dass er für eine Kollegin im Fitnessstudio einspringe, im Ofen sei vegetarische Lasagne, die sie auf 180 Grad erwärmen solle. In der Küche standen zwei Weingläser, und jetzt konnte sie aus dem Wohnzimmer auch Juna hören. Anscheinend telefonierte sie, sprach schnell, Greta verstand sie nicht. Sie schaltete den Backofen ein und wollte leise ins Bad, als Junas Stimme plötzlich immer lauter wurde. Greta blieb stehen, lauschte. Sie wusste, dass es sie eigentlich nichts anging, aber sie hatte wieder das Bild von Andresen vor sich, sah den ratlosen Uwe ihr gegenübersitzen. Sie ging noch ein paar Schritte, blieb im offenen Übergang zum Wohnzimmer stehen. Sie konnte Juna nicht sehen, sie nun aber deutlich verstehen.

»I've got everything under control, it'll go as planned.«

Das war kein Privatgespräch. Telefonierte sie mit jemandem aus dem Konzern? Schwach war auch die andere Stimme zu hören, schnell und aufgeregt.

»Ich werde alles tun, damit das Projekt weiterläuft, das verspreche ich«, sagte Juna, weiterhin auf Englisch. »Aber bitte, bleib jetzt ruhig. Es ist eine Familientragödie, da sind wir uns doch alle einig, das ist unsere Linie. Und ich fliege nach der Konferenz sofort nach Marokko, um mit ME zu sprechen. Wir müssen jetzt ruhig bleiben, verstehst du?«

Greta schwieg, hörte zu.

»Die Dokumente sind wahrscheinlich noch in Marokko, ja. Ich werde mich darum kümmern.«

Juna ging ein paar Schritte, und Greta huschte wie ein Kind, das man bei etwas Verbotenem erwischt hatte, zurück in die Küche und raus in den Flur, trippelte ins Bad und schloss die Tür. Während sie sich auszog und die Dusche anstellte, fragte sie sich, ob Juna ihnen etwas in Bezug auf Leif Andresen verheimlichte, der Polizei, Mika, ihr, selbst dem Konzern. Warum sprach sie plötzlich von einer Familientragödie, woher hatte sie diese Informationen? Oder war das jetzt die Linie, von der sie gesprochen hatte, die Strategie des Konzerns, mit der ganzen Sache umzugehen? Eine Familientragödie.

Greta ließ das warme Wasser über Kopf und Schultern laufen, war so in Gedanken, dass sie sich statt Shampoo das Duschgel in die Haare rieb, es brannte in den Augen, und sie fluchte leise, hielt ihr Gesicht unter die Brause. Konnte sie Juna vertrauen? Sie stieg aus der Dusche, trocknete sich ab und stellte den Fön an, betrachtete ihr gerötetes Gesicht im angelaufenen Spiegel. Obwohl sie Juna sehr mochte, sagte ihr etwas, dass Juna ihr, dass sie ihnen allen gegenüber nicht aufrichtig war. Juna steckte allem Anschein nach in einem Konflikt. Wie viel Geheimnis vertrug ihre Beziehung zu Mika und ihr? Der Mord an Andresen war von dem Moment an, in dem Juna von ihm gesprochen hatte, auch zu Gretas Sache geworden, etwas, das sie nicht mehr losließ, obwohl sie wusste, dass sie sich hier in Ermittlungen einmischte, die sie eigentlich gar nichts angingen. Aber der gewaltsame Tod eines Menschen verstörte sie immer noch auf eine Weise, die sie alle Vorbehalte vergessen ließ. Sie konnte nicht so tun, als wäre nichts geschehen.

Die Lasagne! Greta riss die Badezimmertür auf und stürmte, ein Handtuch umgeschlungen, in die Küche. Der Ofen war bereits geöffnet, Juna stand an die Spüle gelehnt da und tippte etwas auf ihrem Smartphone, sah auf. Die Lasagne hatte sie herausgenommen und auf einen Untersetzer gestellt.

»Ich glaube, die ist fertig«, sagte sie und lächelte. »Den Tisch habe ich auch schon gedeckt.«

»Danke dir.«

»Wie war dein Tag?« Juna legte ihr Smartphone zur Seite und sah Greta interessiert an.

»Ja, ich …«, das Handtuch war Greta etwas verrutscht, sie zog es wieder hoch und verschränkte die Arme, »ja, ganz gut … und bei dir?«

»Etwas stressig, aber das bin ich ja gewohnt.«

Greta wollte Juna nach Andresen fragen, aber irgendwas hielt sie zurück. Kurz fragte sie sich, ob sie im falschen Film war, ob sie hier gerade wirklich mit Juna Smalltalk über einen normalen Arbeitstag machte, während die Kripo den Mordfall an einem ihrer Mitarbeiter aufzuklären versuchte. Aber vielleicht war das Junas Strategie, mit der Situation umzugehen, vielleicht war es die Strategie von Liquid Lights: die Ungeheuerlichkeit in einer schnöden Pressemitteilung anzuerkennen und dann weiterzumachen, schließlich musste die Maschinerie am Laufen gehalten werden, große Dinge standen an.

Die Haustür ging auf, Mika kam heim.

»Ich ziehe mir schnell was über«, sagte Greta, »dann können wir essen.«

Beim Abendessen erzählte Mika auf Junas Nachfrage kurz von der Arbeit, bei der er noch zwei junge Business-Typen gecoacht hatte, einer wäre ihm fast kollabiert, so verausgabt hätte der sich. Dann sprachen sie über den noch immer verschwundenen Kater Marx, Juna stellte ein paar Überlegungen hinsichtlich seines Verbleibs an, vielleicht mache er eine größere Tour, sie habe das schon öfter gehört, dass gerade Kater manchmal tagelang unterwegs seien, um ein neues Revier zu erschließen. Sie versuchte dabei zuversichtlich und aufrichtig zugleich zu klingen. Wieder fragte sich Greta, wie Juna die Vorkommnisse um Andresen so schnell wegstecken konnte. Sie wirkte nicht gestresst, nur in kurzen Augenblicken, wenn sie sich unbeobachtet fühlte, spannte Juna ihre Kiefermuskulatur an, und ihr Gesicht gefror für Sekunden zu einer Grimasse.

Später saßen sie auf der Terrasse zusammen, es war kühl, und sie trugen Pullover und Westen.

»Gibt es denn im Fall Andresen was Neues?« Greta wandte sich an Juna, glaubte, jetzt nach dem Essen sei der richtige Zeitpunkt, um das Thema Andresen noch einmal anzusprechen, denn totschweigen konnte sie es nicht.

»Wir lassen die Polizei ihre Arbeit machen und unterstützen sie, wo wir können.«

Greta nickte. Junas Sätze klangen wie auswendig gelernt.

»Könnte es denn mit seiner Familie zu tun haben?«, hakte Greta weiter nach.

Juna nippte an ihrem Glas, und ihr Blick verriet eine leichte Irritation, ihre Nasenflügel zitterten.

»Ja, Leif hatte wohl Probleme in der Familie«, sagte Juna. »Mehr wissen wir auch nicht. Wir tun alles, um bei der Aufklärung des Falls zu helfen.«

»Vielleicht solltest du mal mit Uwe reden, er leitet den Fall bei der Kripo.«

»Ich gehe hier in enger Abstimmung mit Liquid Lights vor«, Juna hatte sich aufgerichtet, sie war nun ganz die PR-Beauftragte des Konzerns, wirkte wie eine fremde Person. »Es bringt jetzt nichts, in Panik zu verfallen.«

»Niemand verfällt in Panik«, Greta sah Juna an. »Es geht um ein Menschenleben und darum, wer für Andresens Tod verantwortlich ist.«

»Das ist mir klar!« Juna wich Gretas Blick nicht aus, sah sie direkt an.

Da bin ich mir nicht so sicher, wollte Greta sagen, sah aber aus den Augenwinkeln, wie Mika sich aufrichtete und nach vorn lehnte, wie er ihr einen Blick zuwarf, der sagte: Jetzt halt bloß den Mund! Greta spürte, wie ihr die Hitze plötzlich in den Kopf schoss; sie fühlte sich zwischen den Geschwistern eingeklemmt, so, als säße sie in einer vollgepackten U-Bahn und nicht entspannt auf ihrer Terrasse, als wäre sie es, die sich zu rechtfertigen hätte, die heimliche Telefonate führte und so tat, als wäre überhaupt nichts passiert. Merkte Mika denn nicht, was hier lief? Dass seine Schwester im schönsten PR-Sprech einen Tod zu relativieren versuchte?

Jeden Moment würden Greta die Tränen in die Augen schießen. Sie stand ruckartig auf, stellte ihr Weinglas ab und ging hinunter in den Garten, zu den Beeten. An einigen Stellen hatten sich erste Osterglocken geöffnet, um den Schwimmteich herum blühten gelbe

Windröschen. Sie ging ans Wasser und sah auf die spiegelglatte, fast schwarze Oberfläche. Im Sommer kühlte sie sich hier regelmäßig ab, groß schwimmen konnte man natürlich nicht, aber der See reichte für ein paar Züge, dafür, einmal unterzutauchen. Jetzt schwamm welkes Laub auf dem Wasser, faltig und braun.

Sie hörte Schritte hinter sich, drehte sich aber nicht um.

»Was ist los mit dir?« Mika war stehen geblieben.

»Nichts, alles bestens!«

»Dein Zynismus ist manchmal echt zum Kotzen, Greta!«

Sie fuhr herum. Mika stand da, in seinen Badelatschen, die er schon den ganzen Winter über trug, die Hände in die Taschen seiner Jogginghose geschoben.

»Was erwartest du von mir? Ich meine, kriegst du denn nicht mit, was hier läuft? Ein Mensch ist umgebracht worden, und Juna tut so, als wäre das alles kein großes Problem. Hauptsache der Konzern steht gut da.«

»Sie macht ihren Job. Soll sie in Tränen ausbrechen?«

»Ja, sie macht ihren Job. Sie kannte diesen Leif Andresen aber anscheinend ganz gut. Ich bin mir fast sicher, dass sie etwas verheimlicht.«

»Das ist doch Blödsinn, jetzt komm mal runter«, Mika wurde ihr gegenüber selten laut, aber jetzt hob sich seine Stimme, wurde kehlig. »Du bist hier nicht bei der Arbeit, und Juna ist meine Schwester und keine Verbrecherin! Für dich ist doch jeder irgendwie verdächtig, wenn er sich nicht so verhält, wie du es erwartest. Wenn du ein Problem mit Juna hast, dann sag es, dann treffe ich sie halt zukünftig im Hotel.«

»Ich habe kein Problem mit ihr. Ich habe ein Problem mit deiner Naivität. Ja, schon klar, sie ist deine Schwester, aber deswegen ist sie nicht hier. Sie hat mich um Hilfe gebeten, und jetzt, wo sie hat, was sie will, braucht sie uns nicht mehr.«

Mika sah sich um, trat einen Schritt näher auf Greta zu. Sein Gesicht wirkte verhärtet.

»Das könntest du sein«, sagte er. »Du schaust doch auch nur danach, wer dich weiterbringen könnte.«

»Solltest du vielleicht auch mal tun«, Greta verschränkte die Arme vor der Brust. »Weil ich eine Frau bin, soll ich mich zurückhalten, lieb und nett sein, ist es das, was du mir sagen willst?«

»Ich will damit sagen, dass für dich zuerst dein Job kommt und dann lange nichts.«

Sie schwiegen. Ein Windstoß ließ Greta frösteln.

»Ich weiß nicht, Greta«, Mikas Stimme wurde leise, fast brüchig. »Ich weiß nicht, wie wir weitermachen sollen. Seit Wochen, schon seit Monaten leben wir nur noch nebeneinander her. Alles ist irgendwie ganz nett, aber das war's auch. Ich weiß nicht, ob ich das noch so kann.«

Greta spürte, wie ihr die Wut im Bauch rumorte, jetzt wurde Mika auch noch grundsätzlich.

»Ob du was noch kannst?« Sie sah ihn herausfordernd an. »Auf deiner Rennmaschine hocken und stundenlang durch die Gegend fahren, und abends kriegst du den Mund nicht auf, weil du so müde bist, von Sex oder so was ganz zu schweigen.«

»Das Gleiche könnte ich von dir sagen.«

»Und warum tust du dann nichts dagegen? Warum redest du nicht? Du fährst lieber zweimal den Feldberg rauf als mit mir mal zu reden.«

»Weil ich's aufgegeben habe«, sagte Mika leise.

Greta starrte ihn schweigend an.

»So läuft es doch schon seit Jahren«, fuhr er fort. »Für dich gibt es nur die Arbeit, deine Fälle und Kollegen, Uwe, Sandra,

Martin. Ich fand das lange Zeit toll, ich war stolz auf dich, dass du so erfolgreich warst, aber irgendwann war mir klar, dass das nicht aufhören würde. Du machst einen tollen Job, ganz sicher, du hast viel Verantwortung, aber ich frage mich, wie viel noch für uns übrig bleibt?«

Greta konnte nichts sagen. Tränen schossen ihr in die Augen, ein kalter Windzug erfasste sie. Sie wollte zu Mika, ihn in den Arm nehmen und diesen schmalen, so vertrauten Menschen nah bei sich spüren. Zugleich war da aber auch ein Gefühl der Abstoßung, jedes seiner Worte war wie eine feine Nadel, die ihr sanft unter die Haut drang, mit einem plötzlichen, gleißenden Schmerz.

»Du hast dich für deinen Job entschieden, das war mir immer klar. Trotzdem dachte ich, dass ich vielleicht auch noch eine kleine Rolle spiele.« Mika stand jetzt da, verloren in dem noch winterbraunen Garten, er schien zu frieren. »Dass wir keine Kinder haben, ist für mich okay, dafür gibt es ja die beiden schnurrenden Jungs, aber wenn du auch an mir kein Interesse mehr hast, wenn es für dich zu anstrengend ist, neben der Arbeit auch noch diesen Typen zu Hause zu haben, dann sag es mir bitte.«

Greta musste weg. Sie konnte keine Sekunde länger hierbleiben und sich Mikas Worte anhören. Mit welchem Recht redete er so mit ihr, und warum verdammt brachte er plötzlich das Thema Kinder ins Spiel, als ob sie es gewesen wäre, die sich dagegen entschieden hatte. In all den Jahren schien es ihm damit auch gut zu gehen, nie hatte er etwas anderes gesagt. Und jetzt, wo er Juna an seiner Seite wusste, warf er ihr alles vor die Füße, was er jahrelang nicht zur Sprache gebracht hatte.

Sie sagte kein Wort, ließ Mika im Garten stehen. Sie ging rasch zurück zur Terrasse, wo Juna saß und auf ihr Smartphone glotzte, stürmte in die Wohnung, weiter ins Schlafzimmer. Dort schnappte sie sich ihren Rucksack, stopfte ein paar Sachen rein, Unterwäsche, ihre Binden und die Geldbörse, griff nach dem Autoschlüssel und verließ die Wohnung.

# 7

Alfred Vogelsang hatte seine Tochter einigermaßen überrascht angesehen, als sie am Abend zuvor plötzlich vor seiner Haustür gestanden und ihm gesagt hatte, sie werde heute bei ihm übernachten. Aber dann hatte er nur genickt und sie gefragt, ob er ihr noch etwas zu Essen machen solle. Greta hatte den Kopf geschüttelt. Alfred machte daraufhin eine Flasche Bier auf und verteilte sie auf zwei Gläser, dann saßen sie im Wohnzimmer auf dem Sofa und schauten *tagesschau*, Greta rannen die Tränen über die Wangen, ihr Vater reichte ihr ein Taschentuch und legte einen Arm um sie. Nach den Nachrichten folgte eine Dokumentation über den Amazonasregenwald, und als Greta zusammen mit Alfred den riesigen Fluss hinauffuhr, als sie durch den Wald streifte, es um sie tropfte und wisperte, da vergaß sie für einige Momente Mika und ihren Streit, da folgte sie dem Lauf des Stroms bis in die Berge Perus. Als der Abspann lief, stand sie auf und streckte sich. Alfred erhob sich ebenfalls, sie umarmte ihn und sagte, dass sie jetzt schlafen gehen werde.

Aber an Schlaf war nicht zu denken.

Greta lag in ihrem alten Jugendzimmer, das jetzt ein Gästezimmer war, lag in ihrem Jugendbett und lauschte den Geräuschen, die ihr zugleich vertraut und fremd waren, lauschte dem Atmen des Hauses. Mika schrieb ihr eine Nachricht. Er bat sie, ihm zu sagen, wo sie war, und sie schrieb zurück, sie sei bei ihrem Vater.

Dann hatte sie wieder an die Decke gestarrt, in ihrem Kopf ein einziges großes Rauschen. Sie fühlte sich von Mika ungerecht behandelt, aber sie wusste auch, dass seine Worte einen wahren Kern berührten, dass sie ja selbst bemerkt hatte, wie schwierig es ihr in letzter Zeit fiel, sich auf Mika und ihr Zuhause einzulassen, dass sie sich in manchen Momenten gewünscht hatte, alleine zu sein, ganz für sich, ohne noch etwas sagen, etwas erklären zu müssen. Sie hatte nie so werden wollen wie viele ihrer Kolleginnen in der Staatsanwaltschaft, die auf eine große Karriere aus waren und diesem Ziel alles unterordneten, Überstunden um Überstunden, Arbeit auch an den Wochenenden, um irgendwie voranzukommen. Und in ihrem Bemühen, nicht so zu sein, war sie in eine andere Falle getappt: Sie hatte ihr eigenes Ding gemacht, sich abgeschottet, nichts preisgegeben. So wie sie es schon immer getan hatte, damals, als man ihr zu verstehen gab, das Abitur sei wohl eine Nummer zu groß, sie solle doch eine vernünftige Ausbildung machen; damals, als man sie im Jurastudium belächelte, ein ahnungsloses Mädchen, der Vater Straßenbahnfahrer, die Mutter Verkäuferin beim Kaufhof, wie will die sich jemals durchsetzen? Aber sie hatte es geschafft, hatte sich durchgesetzt. Und seitdem nicht mehr damit aufgehört, es anderen zu beweisen, ihre Herkunft zu verschleiern, ihre Ängste zu verstecken.

Und jetzt war es Mika, der all das hinterfragte.

Wütend wälzte sie sich herum, aber in ihrer Wut konnte sie ihn auch verstehen. Er hatte sich ja nie beklagt, hatte alles mitgetragen, die Bereitschaftsdienste am Wochenende, die langen Abende vor einer wichtigen Verhandlung, hatte sich um den Haushalt gekümmert, die Einkäufe, hatte ihr oft spät noch etwas zu essen gemacht. Trotzig richtete sie sich auf. Aber das alles war ja nur so, weil sie eine Frau war, weil Mika und sie die Rollen getauscht hatten. Würde sie zu Hause sitzen und Mika die Tage in einem Büro verbringen, alles wäre in Butter. Warum beschwerte er sich überhaupt? Warum sollte sie es sein, die zurücksteckte?

Irgendwann war sie eingeschlafen, und gegen halb acht hatte sie Alfred geweckt, es gebe Frühstück, wenn sie wolle.

Greta saß jetzt ihrem Vater gegenüber. Er hatte Brötchen geholt, zwei Eier gekocht und Kaffee gemacht.

Im Halbschlaf am Morgen hatte Greta zuerst wieder an Mika denken müssen, war dann über Juna aber zum Fall Andresen gekommen, hatte sich entnervt umgedreht, schon wieder die Arbeit, war dann aber noch genervter davon, dass sie sich das Nachdenken verbot, und hatte ihre Gedanken umherziehen lassen. Dabei war ihr plötzlich eine spanische Kollegin in den Sinn gekommen, die sie letztes Jahr auf dem Treffen der Umweltstaatsanwälte in Barcelona kennengelernt hatte und die ihr von der Klage einer Umweltorganisation gegen ein marokkanisches Energieunternehmen erzählt hatte, es war um vermeintliche Umweltverbrechen gegangen, Meeresverschmutzung und so. Greta hatte sich mit einem Mal aufgerichtet. Wie aus dem Nichts stand diese Unterhaltung plötzlich vor ihr, sie erinnerte sich an den etwas schmucklosen Raum, das spätere Essen in einem Tapas-Restaurant. Sie würde der Kollegin schreiben. Schnell tippte sie eine kurze Notiz in ihr Smartphone.

Und als sie jetzt ihr Ei köpfte und mit Salz bestreute, hatte sie eine Entscheidung getroffen: Sie würde sich näher mit Liquid Lights und dem Fall Andresen befassen. Sie würde ihrem Instinkt folgen, der ihr sagte, dass es da einen Zusammenhang gab.

Junas Verhalten, die seltsamen Umstände des Mordes, Marokko, das Geschäft mit grünem Wasserstoff: Noch waren das lose Fäden, aber sie ahnte, dass sie miteinander verknüpfbar waren.

»Willst du länger bleiben?«, fragte Alfred.

»Vielleicht für ein paar Tage. Wenn es dir nichts ausmacht.«

»Es macht mir nichts aus. Dann habe ich mal wieder einen Anlass, ordentlich zu kochen. Was willst du? Gulasch? Ja, das mache ich uns, ein schönes Gulasch mit Klößen. Ist nicht Sonntag, aber wenn du jetzt schon mal da bist.« Seine Augen leuchteten, und er begann, einen Einkaufszettel zu schreiben.

Greta lächelte und aß ihr Ei samt Brötchen, dann ging sie unter die Dusche, machte sich für die Arbeit fertig. Keine Nachricht von Mika. Auch sie verspürte nicht den Drang, ihm zu schreiben. Sie verabschiedete sich von ihrem Vater und machte sich auf den Weg ins Büro.

Sie war noch nicht lange da, hatte sich gerade noch einen Kaffee geholt und in der Teeküche kurz mit Rafik und Abel gesprochen, als Uwe sie auf ihrem Smartphone anrief. Sie stellte ihre Tasse auf das Fenstersims neben die Calla und nahm ab.

»Morgen, Uwe.«

»Morgen.« Seine Stimme klang rau, als hätte er die Nacht durchgesoffen. Aber das war eigentlich nicht Uwes Art.

»Was gibt's?«, fragte sie, als Uwe nichts sagte.

»Ich will dich ja nicht nerven mit Sachen, die dich nicht betreffen«, sagte er. »Und ich weiß, dass du mit dem Fall offiziell nichts zu tun hast. Trotzdem gibt es neue Entwicklungen. Auf den Mann, der sich gestellt hat und in U-Haft sitzt, wurde ein Anschlag verübt.«

»Ein Anschlag?«

»Ja, er wurde verprügelt, und zwar so, dass er jetzt im Koma liegt. Mehr weiß ich auch noch nicht, ich fahre später noch in die JVA.«

»Glaubst du, es hat was mit Andresen zu tun?« Vogelsang nahm einen Schluck Kaffee. »Liquid Lights hat anscheinend beschlossen, dass der Mord eine Familientragödie ist, die scheinen nervös. Zumindest habe ich das gehört.«

»Wo hörst du denn so was?«

»Ich hab dir doch von Juna erzählt, Mikas Schwester. Ich hab sie gestern am Telefon gehört.«

»Du belauschst sie?«

»Es hat sich so ergeben, du profitierst doch auch davon. Andresen hat als Berater ein Projekt in Marokko verantwortet, grüner Wasserstoff, habe ich dir ja erzählt. Und ich habe das Gefühl, dass Liquid Lights versucht, von sich abzulenken.«

»Kann schon sein,« sagte Uwe. »Aber im Moment deutet nichts darauf hin, dass der Konzern irgendwie in die Sache verwickelt ist. Andresen hat für Liquid Lights gearbeitet, das ist alles. Andererseits …«, Uwe zögerte, atmete aus, »andererseits tappen wir weiter im Dunkeln, was das Motiv unseres Geständigen angeht, Brandt geht von Raubmord aus, sie glaubt, dass der Täter überrascht wurde und Andresen im Affekt getötet hat, dann Gewissensbisse bekam und sich stellte. Warum er Andresen an den Stuhl fesselte und schlug, kann auch sie nicht beantworten. In ihren Augen ist der Täter jedenfalls kein Killer, sondern nur einer, der die Kontrolle verloren hat.«

»Diese These ist auch nicht besser als alle anderen«, sagte Vogelsang.

»Es gibt ja eindeutige Spuren von Gewalt gegen Andresen, kurz vor seinem Tod. Da wird jeder Richter nachhaken. Woher stammen die? Ich glaube ja nicht, dass Brandt mit ihrer These ernsthaft eine Anklage vorantreiben wird, aber sie braucht halt was. Ich denke, dass der mutmaßliche Täter Angst hatte, vor was auch immer. Warum sollte er sich sonst stellen? Und jetzt der Anschlag auf ihn.«

»Na ja, dass im Knast jemand vermöbelt wird, ist ja jetzt nicht ungewöhnlich«, Vogelsang nahm ihren Kaffee und setzte sich.

»Nein, ist es nicht«, sagte Uwe, »andererseits hat er behauptet, Geld bekommen zu haben, ihn hat wahrscheinlich jemand beauftragt. Wer das war, hat er natürlich nicht gesagt. Warum verschweigt er das? Aus Angst? Will er jemanden schützen, Silke Andresen? Hat sie ihm den Auftrag erteilt, ihren prügelnden Ehemann umzubringen? Da hätten wir dann die Familientragödie, die Liquid Lights hier sieht. Oder steckt da am Ende doch der Konzern dahinter? Das ist ein beschissenes Durcheinander, obwohl wir doch alles haben: eine Leiche und einen geständigen Täter.«

Kurzes Schweigen. In der Leitung knackte es.

»Pass auf«, sagte Uwe, »Silke Andresen ist nicht auffindbar, also können wir der Sache mit der Familiengeschichte im Moment nicht weiter nachgehen. Stellen wir also mal die These auf, dass Liquid Lights da irgendwie involviert ist, wie du sagst, und gehen wir weiter davon aus, dass es mit dem grünen Wasserstoff zu tun hat, was dann ein Thema für dich wäre. Und nehmen wir mal an, du hast noch immer gute Kontakte in die Umweltszene und nutzt diese Kontakte, um mehr über Liquid Lights herauszufinden. Wie hört sich das für dich an?«

»Nach Verzweiflung.«

Jetzt musste Uwe lachen.

»Absolut«, sagte er. »Aber nicht verzweifelt genug, um es nicht zu versuchen.«

»Ich werde sehen, was ich tun kann.« Sie verabschiedeten sich voneinander, dann legte Vogelsang auf.

Den Vormittag über machte sie ihre Arbeit und versuchte so gut es ging, alles andere auszublenden, Mika, Juna, den Fall Andresen. Sie traf sich mit Sonja und Abel zur Vorbereitung eines Vortrags über die illegale Müllwirtschaft im Rhein-Main-Gebiet, den sie beim Treffen der Umweltstaatsanwälte halten wollte; sie prüfte eine Anklageerhebung wegen Tierquälerei, die Rafik verfasst hatte, korrigierte ein paar Dinge und besprach diese mit ihm. Aber während sie all das tat, während sie versuchte, in ihrer kleinen Welt für etwas Ordnung zu sorgen, die Dinge zusammenzuhalten, wartete die Welt hinter der Fassade des Helbergerhauses auf eine Antwort von ihr, darauf, dass sie zumindest irgendeine Art von Reaktion zeigte.

Sonja, Rafik und Abel wollten auf dem Erzeugermarkt zu Mittag essen, und Vogelsang versprach, nachzukommen, sie habe noch etwas zu erledigen. Dann saß sie in ihrem Büro auf dem roten Sofa, die einzige wirklich exquisite Sache, die sie sich hier gönnte, und starrte auf das Display ihres Smartphones. Mika hatte sich nicht gemeldet, und sie merkte, dass sie das irgendwie erleichternd fand; sie scrollte durch ihre Kontakte, blieb beim Namen »Rakete« hängen. Seit dem Bushmeat-Fall und dem Tod von Robert Altmann hatte sie nichts mehr von ihm gehört, aber sie wusste, dass er noch aktiv war, wusste, dass er Roberts Arbeit als Journalist weiterführte und Artikel schrieb, die sich mit den großen Themen befassten: Wohnungsmangel, Umweltzerstörung, Pflegenotstand. Wie Robert schrieb und argumentierte er von einem dezidiert linken Standpunkt aus – klar in seiner Meinung, der Analyse der Umstände, der Schlussfolgerung: Umverteilung von oben nach unten, gewaltloser Widerstand und so weiter. Seine Texte hatten allerdings nicht die bissige Schärfe wie die von Robert.

Sie wählte seine Nummer.

Nichts passierte, niemand nahm ab. Sie wollte schon wieder auflegen, als plötzlich ein Rauschen zu hören war, dann eine Stimme.

»Ja, hallo?«

»Hallo, Rakete, hier ist Greta Vogelsang. Wir kennen uns, die Sache mit dem Wildfleisch und Robert, du erinnerst dich?«

Schweigen. Vielleicht war es ein Fehler gewesen, ihn anzurufen, denn Rakete war ihr gegenüber immer misstrauisch gewesen.

»Ja, ich erinnere mich«, sagte er.

»Ich bräuchte deine Expertise. Es geht um eine Sache, an der ich gerade arbeite. Sagt dir der Name Liquid Lights etwas?«

Wieder eine kurze Pause.

»Ja, tut er.«

»Können wir uns treffen? Ich habe ein paar Fragen zu dem Unternehmen.«

Rakete schwieg, und Vogelsang ahnte, dass er ihr nach der Sache mit Robert noch immer nicht vertraute, dass er dem Staat und seinen Vertretern immer noch ein gehöriges Maß an Misstrauen entgegenbrachte.

»Ich bin auf dem besetzten Platz am Ostbahnhof«, sagte er und legte auf.

Rasch aß Vogelsang am Stand der Landmetzgerei, an dem sie sich oft zum Mittagessen trafen, ihre Erbsensuppe, während Abel von seiner Tochter Hanna erzählte, davon, dass sie jetzt Handball spiele und ganz schön ruppig geworden sei, aber das brauche sie auch, um sich im Training und bei den Spielen durchzusetzen, Handball sei ja ein extrem körperbetonter Sport, viel mehr als Fußball, das habe er so gar nicht erwartet, Hanna habe ständig blaue Flecken. Vogelsang hörte zu und aß, wischte die Schüssel mit einem Stück Brot aus und sagte dann, dass sie noch einen Termin habe und losmüsse.

Zum Ostbahnhof war es nicht weit, zwei Stationen mit der U-Bahn. Sie kannte das besetzte Gelände am Danziger Platz, hinter hohen Bäumen hatten die Aktivisten ihre Busse abgestellt und ein Lager errichtet, am Eingang hing ein Banner, auf dem stand: »We need homes to stay at home«. Vogelsang zögerte hineinzugehen, zu sehr erinnerte sie das alles an früher, an ihre Jugend, an die Zeit mit Robert Altmann. Andererseits war das Jahre her, und spätestens seit Roberts Tod im letzten Jahr hatte sie sich mit ihrer Vergangenheit versöhnt, zumindest so, dass sie keine Panikattacken mehr bekam, wenn sie wieder einmal an Genua und die furchtbaren Ereignisse dort denken musste.

Ein kleiner Hund kam ihr entgegen, umsprang sie interessiert, und Vogelsang folgte ihm auf den Wagenplatz, wo sie Rakete schon von Weitem in einem weißen Plastikstuhl sitzen sah. Die Bewohnerinnen hatten aus dicken Ästen ein Waschbecken gebaut, sie quadratisch aufgeschichtet und in der Mitte eine Plastikwanne eingesetzt, hatten aus einer Plane und Holzpaletten ein Bett errichtet, zwischen den Wagen waren Wimpelketten aufgespannt, es gab sogar einen alten Strandkorb, in den der Hund jetzt sprang und sich auf dem Kissen zusammenrollte.

Vogelsang trat auf Rakete zu. Er trug einen schwarzen Kapuzenpullover, seine Haare waren wieder länger geworden, zwirbelten sich in feinen Locken um seine Stirn, er hatte sich auch einen Bart wachsen lassen und lächelte schmal.

»Danke für deine Zeit«, sagte sie.

»Willst du Tee?«

Ohne eine Antwort abzuwarten, stand Rakete auf und verschwand in einem der Wagen, kam kurz darauf mit zwei Tassen zurück und reichte ihr eine.

»Was genau willst du wissen?«

Vogelsang probierte den Tee, er schmeckte herb, fast salzig.

»Liquid Lights, der Energiekonzern. Was kannst du mir zu denen sagen?«

Rakete kniff die Augen zusammen, taxierte sie. Seine Offenheit überraschte sie, sie hatte mit mehr Reserviertheit gerechnet.

»Nichts Positives, Überraschung, obwohl sie alles dafür tun«, Rakete strich sich eine Locke aus der Stirn. »Die geben sich, als wären sie die Retter der Menschheit mit ihrem Wasserstoff, aber dass diese Technik überhaupt noch nicht reif für den Massenmarkt ist, ein Nischenprodukt mit einer katastrophalen Umweltbilanz, das verschweigen sie natürlich. Da hörst du nur Märchen. Dass in Zukunft alles besser wird, dass die Menschheit gerettet ist, so einen Bullshit. Dabei verdienen die immer noch am meisten mit Öl und Gas, gerade bauen sie eine neue Plattform in Norwegen, aber darüber liest du nichts. Die verarschen uns. Aber da sind sie ja nicht die Einzigen.«

»Die haben da ein Wasserstoffprojekt in Marokko, dagegen gibt es auch schon Klagen, soweit ich weiß.«

»Das ist alles eine riesige Luftnummer. Liquid Lights wird massiv von der EU gefördert, Marokko hat ein eigenes Unternehmen für die Zusammenarbeit gegründet, natürlich nicht frei, sondern staatlich gesteuert, Moroccan Energy, kurz ME. Die haben in Safi ein Wasserstoffwerk gebaut, gefördert mit Millionen von der Europäischen Investitionsbank und der Weltbank. Und das alles natürlich unter dem Label »Grün« und »Nachhaltig«. Klar, erst mal sieht es ja auch so aus, als wäre da alles gut und sauber, wir müssen die Treibhausgasemissionen verringern, und Wasserstoff scheint die ideale Lösung zu sein, alle gewinnen also: die großen Firmen und die Länder des Globalen Südens. Win-win, alles fein.«

»Aber das ist es natürlich nicht.«

Rakete grinste jetzt.

»Du lernst schnell«, sagte er. »Klar ist es das nicht, das ist alles nur Augenwischerei, PR, die Beruhigungspille für uns Europäer, damit wir nichts an unserem Lebensstil ändern müssen, damit alles so bleiben kann, wie es ist. Ein guter grüner Kapitalismus, der niemandem wehtut und allen nur Vorteile bringt. Dabei ist es bloß eine neue Form von Kolonialismus, grüner Kolonialismus oder auch Green Grabbing.«

»Noch nie gehört.«

»Wundert mich nicht. Es wird natürlich alles dafür getan, um das zu verschleiern. Green Grabbing beschreibt grob gesagt den Prozess der Landnahme unter grünen Aspekten, also die Aneignung von Ressourcen im Rahmen einer grünen Agenda zu vermeintlich ökologischen Zwecken. Die Ausbeutung hat sich von fossilen Stoffen auf grüne Ressourcen verlagert, aber die Mechanismen dahinter sind noch immer dieselben: Vertreibung und Entrechtung der lokalen Bevölkerung, Ausbeutung von Ressourcen, Auslagerung von sozioökologischen Kosten. In Marokko zum Beispiel, da haben sie ein Solarkraftwerk gebaut, für dessen Betrieb riesige Mengen an Wasser benötigt werden, um die Paneele zu kühlen und zu reinigen, und dieses Wasser, das ja in dieser Gegend eh schon rar ist, fehlt jetzt der Bevölkerung. Und natürlich hat keiner gefragt, wem das Land gehört, es wurde einfach gebaut.«

»Und Liquid Lights ist kräftig daran beteiligt.«

»Das sind die zukünftigen Märkte, wenn Öl und Gas an ein

Ende kommen, die tun ja im Grunde nur, was ein Konzern tun muss: neue Märkte erschließen, expandieren.«

Sie schwiegen, Vogelsang sah zwei Frauen dabei zu, wie sie ein Fahrrad auf den Kopf stellten, den Schlauch lösten und den platten Reifen zu flicken begannen. Rakete musterte sie.

»Ist das alles?«, fragte er. »Was willst du jetzt genau von mir? Arbeitest du an einem Fall, der mit Liquid Lights zu tun hat?«

Vogelsang konnte ihm eigentlich nichts über die laufenden Ermittlungen erzählen, aber Rakete schien ihr zu vertrauen, teilte sein Wissen mit ihr, da war es nur fair, ihn zumindest ein Stück weit ins Bild zu setzen.

»Einer von Liquid Lights' externen Beratern wurde ermordet, ein gewisser Leif Andresen«, sagte sie. »Der hat auch in Marokko zu tun gehabt, in Safi, im Wasserstoffwerk.«

»Also daher dein Interesse. Es geht dir nicht um deren dreckige Arbeitspraxis, hätte ich mir denken können.«

»Es geht um ein Menschenleben«, sagte sie.

»Soll ich dir auflisten, wie viele Leben Liquid Lights auf dem Gewissen hat?«

»Ich bin nicht hier, um das mit dir zu diskutieren«, sagte Vogelsang und stellte die Tasse neben den Stuhl auf den Boden. »Ich wollte dich um deine Hilfe bitten.«

Rakete stand auf.

»Du weißt, wie es läuft«, sagte er. »Vielleicht kenne ich Leute, die Leute kennen, die noch etwas wissen. Aber was bekommen wir dafür? Was gibt uns der Staat, wenn er von unserem Wissen profitiert?«

Auch Vogelsang war aufgestanden. Ihr war kalt, und das Gespräch mit Rakete verlief nun doch so, wie sie erwartet hatte: ganz ohne Gegenleistung würde er nichts mehr preisgeben.

»Was willst du?«

Rakete zog die Schultern hoch.

»Ihr habt Robert damals ziemlich schnell zu den Akten gelegt, zu schnell für meinen Geschmack.«

»Das ist Sache der Kripo.«

»Aber du kennst dort viele Leute, du hast Einfluss.«

»Viel weniger, als du glaubst.«

Rakete schob sich beide Hände in die Taschen seines Hoodies.

»Du weißt ja jetzt, wo du mich findest«, sagte er.

Dann drehte er sich um und ging zu den beiden Frauen, sah sich kein einziges Mal nach ihr um.

Vogelsang schwirrte der Kopf, die Begriffe flogen nur so durcheinander: Green Grabbing, grüner Kolonialismus, Ressourcen, Ausbeutung. Es war ein bisschen wie bei einem Goldfund: Plötzlich taten sich für Liquid Lights glänzende Möglichkeiten auf, es winkten hohe Renditen und Gewinne, also stürzten sie los, blindlings, nahmen keine Rücksicht mehr. Es war absurd. Jetzt, wo der westlichen Welt klar zu werden schien, dass die fossilen Ressourcen endlich waren und der damit verbundene Wohlstand tatsächlich verloren gehen könnte, wurden die nordafrikanischen Länder plötzlich wertvoll, wurden zu »Partnern«, weil sie etwas im Überfluss besaßen, was Europa nicht hatte: Sonne und Platz. Und wie bei einem Goldrausch strebte man in die Wüste, vor allem chinesische Konzerne waren es, die hier voranpreschten. Sonnenlicht und Wind wurden zum neuen Gold, sie sollten die Maschinerie weiter am Laufen halten, koste es was es wolle.

Und hatte Juna bei ihrem Telefonat nicht irgendwelche Dokumente erwähnt? Hatten die irgendetwas mit den schmutzigen Geschäften zu tun, mit den falschen Versprechen, die Liquid Lights den Menschen machte?

Den ganzen Tag über ging Vogelsang das Gespräch mit Rakete nicht mehr aus dem Kopf. Er verlangte anscheinend tatsächlich von ihr, den Fall Altmann noch einmal aufzurollen beziehungsweise Uwe dazu zu bewegen. Aber ihr waren die Hände gebunden, außerdem war sie froh gewesen, die ganze Sache hinter sich zu lassen. Nein, sie würde nicht auf Raketes Forderung eingehen.

Und sie dachte auch wieder an die Unterhaltung mit der spanischen Kollegin damals in Barcelona. Sie schrieb ihr eine Mail mit der Bitte um einen kurzen Austausch zum Thema Umweltverbrechen eines marokkanischen Energiekonzerns. Außerdem würde sie Uwe mit den neuen Informationen versorgen, obwohl diese jetzt nicht direkt mit dem Fall in Verbindung standen. Aber es wurde deutlich, dass Liquid Lights und deren Partner ME in Marokko anscheinend nicht zimperlich waren, wenn es um die Durchsetzung ihrer Interessen ging. Wo auch immer sie diese Spur hinführte, sie ahnte, dass es nichts mit den blumigen Worten und hübsch aufbereiteten Fotos der Broschüren und Websites zu tun hatte, dass dahinter knallharte Geschäftsinteressen standen, die allem anderen untergeordnet wurden.

Am Abend hatte Alfred tatsächlich Gulasch gekocht, und Greta aß mit großem Appetit. Es schmeckte wie früher, Erinnerungen an ihre Kindheit stiegen in ihr auf, sie sah die Familie um den Tisch sitzen, sie mit den Nudeln spielend und ihre Mutter mit mahnendem Blick. Nach dem Essen half sie ihrem Vater beim Abwasch, und als sie sich gerade zu ihm ins Wohnzimmer setzen wollte, um Nachrichten zu schauen, meldete sich Mika: ob er sie treffen könne. Kurz zögerte Greta, aber dann schrieb sie, dass er vorbeikommen solle. Fünfzehn Minuten später klingelte er, und Greta öffnete. Mika lächelte. Sie wollte keine unangenehme Pause entstehen lassen und ging voran in die Küche; Mika folgte ihr, warf einen kurzen Blick ins Wohnzimmer und grüßte Alfred, dann schloss Greta hinter ihm die Küchentür und setzte sich.

»Ist Marx zurück?«

Mika schüttelte den Kopf. Sie hatte insgeheim gehofft, er sei auch deswegen gekommen.

»Ich soll dir von Juna ausrichten, dass es ihr leidtut«, sagte er und blieb an die Spüle gelehnt stehen. »Sie hätte dich da nicht mit reinziehen dürfen.«

»Ist jetzt ein bisschen spät. Aber es muss ihr nicht leidtun. Ich hätte wahrscheinlich genauso gehandelt wie sie.«

»Ja, hättest du.«

Wieder lag da ein leiser Vorwurf in seiner Stimme, auf den Greta aber nicht einging.

»Und das wolltest du mir jetzt sagen, dass es Juna leidtut? Hätte sie dafür nicht selbst kommen können?«

»Sie schläft ja kaum noch.«

»Und dann schickt sie dich vor.«

»Was ist denn mit dir los?«

»Was soll los sein? Du wirfst mir doch vor, nur für den Job zu leben, und das mache ich jetzt, ich lebe für den Job. Genau wie Juna. Vielleicht bist du es, der damit klarkommen muss.«

Mika starrte sie an.

»Mit was klarkommen? Dass ich nicht so einen tollen Job hab wie du, dass ich nicht studiert hab? Dass ich *nur* Fitnesstrainer bin, meinst du das? Dass du dich eigentlich für mich schämst? Dass du mich für einen Versager hältst?«

»Das ist doch völliger Quatsch, Mika, und das weißt du auch. Hältst du mich wirklich für so beschränkt? Glaubst du, ich mache das alles, weil ich mir dabei so wahnsinnig großartig vorkomme? Ich weiß ehrlich gesagt nicht, was du von mir erwartest. Seit Juna da ist, bist du so aggressiv, aber sagst auch nichts. Also nicht das, was wirklich los ist. Du schmeißt mir nur irgendwelche Sachen an den Kopf, und dann soll ich schauen, wie ich damit klarkomme.«

»Ich glaube, das bringt hier gerade nichts«, Mika stieß sich von der Spüle ab und ging zur Tür.

»Nein, wahrscheinlich nicht.«

»Ich melde mich, wenn Marx wieder auftaucht«, sagte er, und dann ging er. Greta hörte die Haustür ins Schloss fallen, sie saß da, leise drang die Stimme der Nachrichtensprecherin aus dem Wohnzimmer zu ihr, und sie spürte nichts weiter als große Müdigkeit, eine Leere.

# 8
# MEDHI

Er hätte nie geglaubt, dass es einmal so weit kommen würde.

Er hätte es nie für möglich gehalten, dass er, Medhi Faras, einmal davonlaufen würde.

Aber er war hier, am großen Seehafen Tanger Med, hielt Youssefs Pass in der Hand und starrte vor sich auf den glänzenden Boden. Um ihn das sanfte Rauschen des Terminals, das Tanger Med Port Center, zwei Kinder sprangen herum, sonst herrschte die geschäftig konzentrierte Stimmung einer Behörde, man mied den Blickkontakt, sah auf die Displays der Smartphones und Laptops, es roch nach Kaffee und Putzmittel. Medhi blickte auf seine Armbanduhr, es war kurz nach acht am Morgen. Gestern um diese Zeit – er richtete sich auf, er musste einen gefassten Eindruck machen, das wusste er. Trotzdem sah er sich um, wie er sich schon die halbe Nacht immer wieder umgesehen hatte, im Zug von Rabat nach Tanger; dann war er für einige Zeit eingenickt und im Traum seiner Mutter begegnet, die, plötzlich viel jünger, ihn gebeten hatte, ihr bei irgendeiner Arbeit zu helfen, aber er hatte ja keine Zeit, ich muss los, Mutter, ich muss jetzt wirklich los. Dann war er wieder aufgeschreckt, der Zug fuhr durch die Dunkelheit, er wusste, dass links von ihm das Meer sein musste, und als er Tanger erreicht hatte, war die Sonne aufgegangen. Und schließlich, im Zug nach Tanger Med, hatte er es tatsächlich gesehen, die andere Seite, die geschwungenen Berge am Horizont, hinter dem Meer, Spanien, Europa, aber wie alle anderen Reisenden hatte er sich nichts anmerken lassen, er war ja wie sie ein Geschäftsreisender, der Dringendes zu erledigen hatte.

Gestern um diese Zeit – es war ein ganz normaler Morgen, die regelmäßigen Sicherheitsprüfungen standen an –, da hatte er Tee getrunken, da hatte er noch einmal in den Spiegel geschaut und sich doch dafür entschieden, den obersten Knopf seines Hemdes offen zu lassen, er hatte einen leichten Druck im Magen verspürt, vielleicht wegen der anstehenden Sicherheitsüberprüfungen, die er immer auch als Prüfung seiner eigenen Arbeit empfand – aber wie lächerlich klein und unbedeutend kamen ihm jetzt diese Empfindungen vor, wie lächerlich sein bisheriges Leben aus Essen, Schlafen und Arbeit, jetzt, da sie wegen der Papiere hinter ihm her waren, jetzt, da er ein Gejagter war.

Er fuhr sich übers Gesicht, klappte wieder Youssefs Pass auf und starrte auf das Foto seines Cousins. Sie sahen sich überhaupt nicht ähnlich, obwohl Youssef ihm das Gegenteil versichert hatte. Ja, sie beide trugen einen schmalen Bart, und ja, ihre Züge wiesen gewisse Ähnlichkeiten auf, aber Youssefs Augen standen weiter auseinander, seine Nase war schmaler und länger, die Wangenknochen ausgeprägter. Es war vollkommen irrsinnig zu glauben, sie würden ihn damit einfach durchlassen.

Aber er hatte keine andere Wahl.

Er konnte nicht zurück. Sie hatten auf ihn geschossen, sie suchten nach ihm, und sie würden nicht zögern, noch einmal auf ihn zu schießen, das wusste er. Die Ledertasche, die ihm Youssef gegeben hatte, stand zwischen seinen Beinen. Darin waren die Papiere, diese verdammten Dokumente, die er nie hätte finden, die er sofort aus der Hand hätte legen sollen, aber jetzt war es zu spät. Ohne Details zu kennen, war ihm sofort klar gewesen, dass der Inhalt der Papiere das Aus für das Werk, für all ihre Bemühungen sein würde. Auf der Zugfahrt hatte er immer wieder den Drang verspürt, eines der Fenster zu öffnen und die Papiere einfach rauszuwerfen, die ganze Sache zu vergessen und umzukehren. Er würde sagen, es handele sich um ein Missverständnis, er würde sagen, er habe die Papiere vernichtet, er habe ganz im Sinne von ME gehandelt, und sie könnten jetzt wieder zur Tagesordnung übergehen.

Aber dann sah er wieder seinen Cousin Youssef vor sich, sein ernstes, schmales Gesicht. Er hatte nicht gelächelt, als Medhi bei ihm aufgetaucht war, abgehetzt und immer noch panisch, als er ihm stotternd alles erzählte und ihm die Papiere zeigte – da hatte Youssef nicht gelächelt, ihm nicht den Arm um die Schulter gelegt, ihn nicht beruhigt.

»Du musst verschwinden«, hatte er gesagt, »du kannst nicht hierbleiben!«

Medhi war übel geworden, und Youssef hatte gefragt, ob er etwas trinken wolle, aber Medhi hatte abgelehnt. Youssefs kleine Wohnung lag in der Rue Ourika, in der Nähe des großen Friedhofs von Safi im zweiten Stock. Ein Ventilator drehte sich an der Decke, und Youssef hatte sich gerade eine Zigarette angezündet, drückte sie jetzt aber wieder aus, als er sah, wie schlecht es Medhi ging.

Youssef war ziemlich überrascht gewesen, Medhi zu sehen. Eigentlich trafen sie sich immer abends oder an den Wochenenden, in letzter Zeit hatten sie sich aber kaum noch gesehen. Youssef engagierte sich schon seit einigen Jahren für eine Umweltorganisation, deren Koordinator er hier in Safi war; meist handelte es sich dabei um Demonstrationen oder Vorträge, die alle eines zum Thema hatten: das Wasserstoffwerk von ME. Schon während der Planung des Werks hatten die Aktivisten den Betreibern vorgeworfen, Umweltaspekte außer Acht zu lassen, ganz zu schweigen von der in ihren Augen illegalen Landnahme, um das Werk überhaupt bauen zu können.

Youssefs Engagement war auch ein Grund gewesen, warum Medhi ihn in letzter Zeit gemieden hatte. Er hatte keine Lust auf Diskussionen mit ihm, die meist dazu führten, dass sein Cousin das letzte Wort behielt, sie sich anschwiegen und der Abend ruiniert war. Youssefs Vehemenz, mit der er gegen das Werk und ME anging, hatte mit jedem Mal zugenommen, er hatte von Betrügern gesprochen, davon, dass man die Menschen in Marokko an den Gewinnen beteiligen müsse, stattdessen stopften sich wie immer nur ein paar wenige das Geld in die Taschen, versickerten die Millionen aus Europa irgendwo im Beamtenapparat und bei den Behörden, eine himmelschreiende Ungerechtigkeit sei das, man müsse den Leuten die Augen öffnen, dürfe sie nicht für blöd verkaufen, aber genau das tue ME, die zögen einfach ihr Ding durch, ohne Rücksicht auf die Leute.

Atemlos hatte Medhi Youssef von den Ereignissen im Werk erzählt, hatte ihm die Papiere wie selbstverständlich gezeigt, als könnte sie Youssef problemlos entziffern. Aber Youssef hatte ihn nur verständnislos angesehen und ihn gefragt, warum er die Dokumente nicht einfach zurückgebe.

»Was erwartest du von mir?«, hatte er gesagt. »Was soll ich da machen? Du arbeitest für ME, also musst du das auch wieder in Ordnung bringen.«

Medhi packte Youssef am Arm und zog ihn zu einem Fenster, von dem aus man hinunter auf die Straße blickte.

»Die haben auf mich geschossen«, sagte Medhi. »Schau dir mein Auto an. Die haben wirklich auf mich geschossen.«

Die zersplitterte Heckscheibe war gut zu erkennen, Youssef runzelte die Stirn. Er ging zum Tisch zurück, nahm die Papiere.

»Was soll das denn sein?«

»Ich weiß es nicht genau, aber es hat etwas mit unserer Produktion zu tun.«

Youssef begann, die Papiere zu überfliegen, und je länger er las, desto angespannter wurde sein Gesichtsausdruck. Er sah auf, legte die Papiere zurück auf den Tisch.

»Ich muss telefonieren«, sagte er und verschwand im Nebenzimmer, schloss die Tür.

Medhi lehnte sich neben dem Fenster an die Wand, er zitterte so stark, dass er glaubte, nicht mehr stehen zu können. Wieso dauerte das bei Youssef so lange? Glaubte er ihm nicht? Medhi wusste nicht, was er sonst tun sollte, ja, er musste sich verstecken, aber wo? Konnte er überhaupt hier in Safi bleiben? Beim Gedanken daran, die Stadt verlassen zu müssen, überkam ihn Übelkeit. Er hatte doch niemandem etwas getan.

Endlich kam Youssef zurück, deutete auf die Papiere.

»Die Leute müssen davon erfahren«, sagte er. »Das hier ist der Beweis, dass ME seit Jahren betrügt. Und anscheinend ist ihnen jedes Mittel recht, um das geheim zu halten.«

»Die werden mich töten«, murmelte Medhi. »Wenn sie mich finden, dann töten sie mich.«

Youssef sah ihn schweigend an, blickte wieder auf die Unterlagen.

»Du kannst nicht hierbleiben«, sagte er. »Hier bist du nicht mehr sicher.«

»Wo soll ich denn hin? Nach Rabat?«

»Ich habe gerade mit ein paar Leuten telefoniert. Du musst

nach Europa. Die Öffentlichkeit muss von diesen Schweinereien erfahren, hier können wir wenig ausrichten. Ich habe Kontakte in Frankreich, denen musst du die Papiere geben, die haben dort unabhängige Ermittlungsbehörden. Das wird sicher einige in Europa interessieren, was mit den ganzen Geldern der EU passiert.«

Europa, Frankreich. Die kleine Wohnung begann sich langsam um Medhi zu drehen, kurz glaubte er ohnmächtig zu werden. Er war vor ein paar Jahren mal in Paris gewesen, zu einem Studentenaustausch, und mit der Familie hatte er Youssefs Mutter Latifa in Marseille besucht. Aber er konnte doch nicht einfach so verschwinden, er hatte kein Visum, wie sollte er denn nach Europa kommen?

Youssef kam in Bewegung, stand auf, ging im kleinen, aufgeheizten Zimmer umher, sah aus dem Fenster hinunter auf die Straße, sah Medhi an.

»Pass auf, Medhi. Du fährst nach Marseille. Meine Mutter wird sich freuen, dich zu sehen. Du bist Geschäftsmann, okay? Du hast hier wichtige Papiere, du fährst zu einer Konferenz oder so. Du nimmst die Fähre von Tanger rüber nach Spanien, von da aus gehen Züge. Wie gesagt, ich kenne da Leute, die werden dir helfen. Ja, so machen wir das.«

Hastig ging er in ein Nebenzimmer, Medhi hörte ihn hantieren, kurz darauf kam er mit einer Tasche zurück, hatte ein paar Klamotten von sich hineingepackt, Hemden, Socken, eine Hose, schob jetzt auch die Unterlagen hinein, ganz nach unten.

»Aber wir müssen jetzt los. Kapierst du das, Medhi, wir müssen jetzt sofort los. Hast du Geld? Wenn nicht, dann holen wir in Rabat welches, aber nicht hier.«

Medhi war noch immer übel, aber Youssefs Klarheit beruhigte ihn auch.

»Wie soll ich denn nach Marseille kommen. Ich habe kein Visum, die werden mich nie reinlassen.«

»Hast du dein Jackett im Wagen? Zieh es an. Du bist Geschäftsmann, kapiert? Du hast ein wichtiges Treffen, denk dir was aus. Und damit kommst du durch den Zoll.« Youssef reichte ihm seinen Pass. Medhi sah ihn verwirrt an.

»Wir sind doch fast Brüder«, sagte Youssef und lächelte. »Schau dir mal mein Bild an. Das könntest auch du sein. Ich meine, so genau werden die nicht hinschauen, wenn du da als Geschäftsreisender auftauchst. Komm, wir müssen los.«

Youssef hatte inzwischen einen klaren Plan für Medhi: Sie würden mit Youssefs Wagen nach Rabat fahren, wo Medhi in den Zug steigen und entlang der Küste bis Tanger fahren würde, um dort eine der Fähren nach Spanien zu besteigen. Medhi war zu erschöpft, um etwas dagegen einzuwenden. Mittlerweile war es dunkel geworden, und sie folgten der Autobahn A1 Richtung Norden, entlang der Küste. Ein warmer Wind zog durch die geöffneten Fenster, manchmal waren in der Dunkelheit Lichter zu sehen, hin und wieder überholte Youssef einen Lkw, aber die meiste Zeit waren sie allein.

Zu Beginn der Fahrt hatte sich Medhi immer wieder umgesehen, aber es schien ihnen niemand zu folgen. Youssef rauchte. Er schob eine Kassette ins Deck, und die ersten Takte von *On the Run* erklangen; Youssef war ein großer Fan von Progressive Rock, liebte die alten Sachen von Pink Floyd und King Crimson genauso wie neuere Platten von Porcupine Tree oder der polnischen Band Riverside, hörte aber auch Bands wie Tamikrest oder Tinariwen, die die traditionelle Musik der Tuareg mit Elementen aus Rock und Popmusik mischten. Eine Zeit lang hatte er selbst in einer Band gespielt, aber Medhi wusste nicht, was daraus geworden war. Youssef sah zu Medhi, versuchte zu lächeln, aber die Anspannung blieb.

Kurz nach Mitternacht erreichten sie die ersten Ausläufer von Casablanca, wie eine Haube lagen die Lichter der Stadt über dem Horizont. Youssef lenkte den Wagen von der Autobahn auf den Parkplatz eines Schnellrestaurants, und obwohl Medhi überhaupt keinen Hunger hatte, willigte er in eine kurze Pause ein. Während Youssef bestellte, ging Medhi auf die Toilette, schlug sich kaltes Wasser ins Gesicht und betrachtete sich einige Augenblicke lang im Spiegel. Er sah aus, als würde er krank werden, bleich, die Augen tief in den Höhlen. Hätte er seiner Mutter etwas sagen sollen? Bei dem Gedanken an sie überkam ihn plötzlich eine kalte Panik, die Angst, das alles nie mehr wieder zu sehen, Safi, Youssef, seine Mutter.

Er setzte sich zu Youssef an den Tisch, schob sich ein paar Pommes frites in den Mund und trank einen Schluck Cola. Auch Youssef schien keinen richtigen Appetit zu haben.

»Latifa wird sich freuen, dich zu sehen«, sagte er.

Medhi hatte Youssefs Mutter zuletzt vor ein paar Jahren gesehen, als sie die ganze Familie zu ihrem fünfzigsten Geburtstag nach Marseille eingeladen hatte; manchmal zeigte ihm seine Mutter Fotos ihrer Schwester, Latifa arbeitete in der Küche eines Restaurants, hatte sich dort über die Jahre hochgearbeitet und kochte nun französische und marokkanische Gerichte. Immer mal wieder hatte Medhi mit dem Gedanken gespielt, sich in Frankreich nach Arbeit umzusehen, aber dann hatte er das Angebot von ME bekommen, das sehr attraktiv gewesen war, außerdem konnte er so in Safi bleiben, in der Nähe seiner Mutter, die seit dem Tod des Vaters ihren Sohn noch öfter bei sich haben wollte. Medhis Schwestern waren beide verheiratet und lebten in Rabat, zu ihnen hatte er nur gelegentlich Kontakt.

»Bist du sicher, dass das mit dem Pass klappt?«

»Hast du eine andere Idee? Willst du dich lieber in ein Schlauchboot setzen?«

Youssef hatte sowohl die französische als auch die marokkanische Staatsbürgerschaft. Er war in Marseille geboren und dort aufgewachsen, hatte sich dann aber entschieden, nach Safi zurückzukehren, in die Stadt, aus der seine Familie kam. Medhi hatte lange nicht verstanden, warum Youssef zurückgekehrt war, bis er begriff, dass der Grund nicht irgendeine Sentimentalität war, sondern Youssefs Arbeit für die Umweltorganisation; das Werk Safi I war nicht nur Medhis Arbeitgeber, es war auch Youssefs »Projekt«, er war derjenige, der die Proteste vor Ort koordinierte und am Laufen hielt.

Im Restaurant war nicht viel los, die beiden Mitarbeiter hinter der Theke begannen bereits aufzuräumen und sauber zu machen. Als die beiden Männer hereinkamen, wusste Medhi sofort, dass es Sicherheitsleute von ME waren, obwohl der eine von ihnen ihm nur einen flüchtigen Blick zuwarf und dann bestellte. Aber Medhi war sich sicher. Die beiden trugen Alltagskleidung, Jeans und Hemden, aber die Art, wie sie sich bewegten, wie sie in einer seltsamen Vertrautheit zusammen an einen der Tische gingen, wie sie ihn demonstrativ ignorierten – das alles machte Medhi klar, dass sie wegen ihm hier waren und nur auf einen günstigen Augenblick warteten.

Scheiße.

Er drängte Youssef zum Aufbruch, und erst, als dieser den Wagen zurück auf die Autobahn lenkte, erzählte ihm Medhi von den beiden Männern.

»Bist du sicher?«, Youssef sah in den Rückspiegel. »Woher sollen die denn wissen, wo du bist? Ich glaube, du bist nur ziemlich müde.«

Aber dann verfiel auch er in ein ernstes Schweigen und beschleunigte den Wagen noch etwas mehr.

Medhi stand auf. Die Geräusche des Terminals drangen nur gedämpft zu ihm durch, und für einen Augenblick musste er sich klarmachen, wo er war, in Tanger, an den Fähranlegern, es kam ihm alles wie in einem Albtraum vor. Er griff nach der Tasche, sah sich um und ging los. Hier war er vorerst sicher, hier würden sie sich nicht an ihn herantrauen. Seit er in Rabat den Zug bestiegen hatte, hatte er darauf geachtet, immer von anderen Menschen umgeben zu sein, denn seit der Begegnung im Schnellrestaurant war er sich sicher, dass ihn die Leute von ME nicht einfach so ziehen lassen würden.

Und dann dachte er wieder an Youssef, daran, wie er ihn am Bahnhof von Rabat in den Arm genommen und gehalten hatte, da waren Medhi die Tränen über die Wangen gelaufen, vor Angst, vor Erschöpfung. Youssef hatte versucht, ihm Mut zu machen, hatte ihm gesagt, dass ihm die Leute in Spanien helfen würden, dass Latifa sich auf ihn freue, er tue das Richtige, bald würden sie sich wiedersehen. Im Zug hatte Medhi sein Smartphone ausgeschaltet, er solle es erst wieder auf der Fähre anmachen, hatte ihm Youssef gesagt, dann würde er ihm schreiben, wie es weitergehe.

Vor sich sah Medhi jetzt die Durchgänge von Zoll und Passkontrolle, sah die Beamten, die routiniert die wenigen Reisenden prüften. Medhi zog die Schultern hoch. Er war ein Geschäftsreisender auf dem Weg zu einer Konferenz in Spanien, seine Mutter Latifa lebte in Marseille, er selbst verbrachte dort auch einige Monate im Jahr, in einer kleinen Wohnung, die er sich vor ein paar Jahren gekauft hatte, er war wegen seiner Arbeit in Marokko gewesen, einer großartigen Arbeit, die das

Land nach vorne bringen würde, grüner Wasserstoff, der Energieträger der Zukunft. Bald würde es hier wie in Dubai sein, es wird breite Straßen geben und Hochhäuser, jeder Marokkaner würde ein eigenes Auto haben und Urlaub in Europa machen.

Er umfasste den Griff der Tasche noch etwas fester, tastete nach dem Pass, dann ging er auf die Beamten zu.

# 9

Es war Freitag, und Uwe hatte schlechte Laune. Er spürte eine dumpfe Wut in sich, schon seit dem Aufstehen, konnte aber nicht sagen, auf was genau. Er war fahrig, wäre fast mit dem Schlafanzug in die Dusche gestiegen, hatte dann bemerkt, dass alle seine Unterhosen in der Wäsche waren und er alte Boxershorts anziehen musste, die er eigentlich nicht mehr tragen wollte, weil dann alles viel zu locker war und er sich zwischen die Beine greifen musste, um alles wieder zurechtzuziehen, was ihm enorm unangenehm war. Also war er auch schon fünf Minuten vor dem Termin in den Besprechungsraum gekommen, hatte sich einen Platz am Fenster ausgesucht und sich gesetzt, hatte noch mal an seiner Hose herumgezogen, dann kamen die Kollegen, Anne, Jens, Kriminalrat Michels. Uwe nickte ihnen zu, Anne schenkte Kaffee aus, Uwe wollte keinen, was ihm einen etwas verdutzten Blick von Michels einbrachte.

»Dann mal los«, sagte Michels und rieb sich die Hände, ein Tick, es war das Zeichen, loszulegen, wobei klar war, dass Michels selbst nichts beitragen, sondern nur dasitzen und zuhören würde, um dann, wenn die Besprechungszeit längst überschritten war, irgendein Statement von sich zu geben, eine Art Fazit oder Zusammenfassung des gerade Gehörten, ehe er sich wieder die Hände rieb, aufstand und etwas sagte wie »dann an die Arbeit, Herrschaften«. Michels war ein paar Jahre älter als Uwe, mit jedem Jahr wurde sein Haar noch etwas dünner, behielt aber seine dunkle Farbe bei, was für Uwe ein untrügliches Zeichen war, dass er sich die Haare färbte. Michels wirkte nicht eitel, aber seine Kumpelhaftigkeit schien oft aufgesetzt, so, als probiere er etwas aus, das er in einem Seminar für Führungskräfte aufgeschnappt hatte. Es war allgemein bekannt, dass Michels nicht die hellste Kerze auf der Torte war, er dachte oft aber etwas zu eindimensional und zu sehr von seinem Schreibtisch aus. Wie auch immer er die Karriereleiter nach oben gefallen war, Uwe hatte keine Probleme mit ihm, weil Michels ihn respektierte und wusste, dass Uwe, wenn er es nicht verbockte, in ein paar Jahren auf seinem Stuhl sitzen würde.

Anne stöpselte ihren Laptop an den Beamer, Jens ließ die Jalousien etwas herunterfahren. Auf der Leinwand erschien das Foto von Leif Andresen, und Anne begann damit, den aktuellen Stand noch einmal zu rekapitulieren, was Uwes Laune nicht gerade besserte. Die Durchsuchung von Andresens Wohnung habe keine weiteren Erkenntnisse gebracht, trotzdem sei ein Raubmord nach wie vor die plausibelste Erklärung; dass Andresen gefesselt und geschlagen worden sei, falle aber etwas aus dem Bild, außerdem – auch das passe nicht zur Theorie eines Raubmords – hätten die Kriminaltechniker am Tatort keinerlei Spuren des Verdächtigen finden können.

»Wer ist denn dieser Mann?«, hakte Michels nach.

»Wissen wir nicht«, sagte Uwe. »Und jetzt dürfte es auch schwierig werden, ihn noch zu befragen.«

Anne erläuterte Michels kurz, dass der Verdächtige in der JVA angegriffen worden war und nun im Koma liege.

»Ich habe mit dem behandelnden Arzt telefoniert«, sagte Uwe, »der hat mir jetzt nicht gerade Hoffnungen gemacht. Unser Verdächtiger hat ein schweres Schädel-Hirn-Trauma erlitten, er wurde zwar umgehend operiert, aber die Prognosen sind schlecht. Wenn er jemals wieder wach wird, ist fraglich, ob er sich überhaupt noch an etwas erinnert.«

»Aber wir haben doch sein Geständnis«, sagte Michels.

»Ja, er behauptet, Andresen getötet zu haben«, bestätigte Uwe, »aber das ist auch schon alles. Keine Tatwaffe, keine Spuren am Tatort, kein Motiv. Ich lasse das Projektil von der Forensik untersuchen, damit kriegen wir zumindest heraus, was für eine Waffe benutzt wurde.« Er lehnte sich nach vorn, hatte keine Lust, sich hier groß im Kreis zu drehen. »Also, mal unter uns gesprochen: Ich bin der Meinung, dass das kein Raubmord war, und das Geständnis ist nicht mehr als eine Behauptung. Da steckt was anderes dahinter. Der Verdächtige hatte Angst, und dann hat er sich freiwillig gestellt. Er wollte von uns beschützt werden, oder er will jemanden beschützen. Wen genau? Keine Ahnung. Er sagt, er habe Geld bekommen, aber auch das ist nur eine Behauptung.«

»Wenn er in der JVA angegriffen wurde, muss doch etwas dahinterstecken«, mischte sich jetzt Michels wieder ein, der heute ungewohnt redselig war. »Das sieht doch nach etwas Größerem aus. War der Typ vielleicht bei der Mafia, wissen wir dazu was?« Er sah in die Runde. »Mensch, Leute, da muss doch mehr kommen. Vielleicht haben wir es hier mit organisiertem Verbrechen zu tun, mit dem Kampf rivalisierender Banden. Vielleicht eine Drogensache, vielleicht war Andresen auch darin verwickelt, und es kam zum Streit. Dieser Einbruch sieht mir sehr gezielt aus, die wollten gar nichts klauen, sondern an Andresen ran. Vielleicht hat er ihre Geschäfte gestört oder sie hintergangen, und da wollten sie ihm eine Lektion erteilen. Und unser Verdächtiger, der wusste auch was, vielleicht hat ihm Andresen tatsächlich was verraten, und dann wollte der da auch wieder von profitieren, hat dann aber Schiss gekriegt, weil auch er plötzlich im Fokus stand und umgebracht werden sollte. Ich denke nur laut nach, aber das sollten wir doch verfolgen.«

Uwe sah zu Anne, zu Jens und presste die Lippen zusammen. Michels Vortrag machte die Sache nicht besser, im Gegenteil.

»Dass sie sich jetzt im Knast gegenseitig an die Gurgel gehen, ist ja nichts Neues«, sagte Uwe und sah Michels an. »Unser Verdächtiger war ein Neuling, wahrscheinlich kam es zum Streit, Rangordnung und so.« Er versuchte, wieder etwas Klarheit in die Besprechung zu bekommen, und Anne sprang ihm bei, indem sie das Bild von Silke Andresen einblendete.

»Das ist Silke Andresen«, sagte sie. »Sie hat vor einem Jahr ihren Mann Leif angezeigt, anscheinend hat er sie geschlagen, hat die Anzeige dann aber wieder zurückgezogen. Jetzt hat sie wohl einen neuen Partner und ist zusammen mit den Kindern nicht auffindbar. Wir haben mit ihrer Schwester Christiane gesprochen, die etwas zu wissen scheint, aber nichts sagen will.«

»Silke Andresen soll in Sicherheit sein«, sagte Uwe. »Zumindest das hat uns die Schwester gesagt.«

»Also eine Beziehungstat?«, schaltete sich jetzt Jens ins Gespräch ein, Kriminalkommissar und einer von der ruhigen, besonnenen Sorte.

»Nicht auszuschließen, wenn auch mit einem Fragezeichen zu versehen«, sagte Anne. »Wir haben Silke Andresen zur Fahndung ausschreiben lassen, möglich, dass sie sich bereits ins Ausland abgesetzt hat. Aber neben der Raubmord-Theorie ist eine Beziehungstat durchaus möglich, das sollten wir nicht aus dem Blick verlieren.«

»Also, ich weiß ja nicht«, sagte Michels. »Das ist mir alles viel zu eng gesehen, wir müssen da viel breiter ermitteln. Ja, ich kenne die Statistiken, Morde sind oft Beziehungstaten, aber sie passieren dann doch mehr im Affekt. Dass eine gekränkte Ehefrau einen Killer engagiert, um ihren Mann loszuwerden, kommt mir doch eher wie im Kino vor, nicht? Ich meine, woher bekommt sie denn die Kontakte zu solchen Leuten? Woher hat sie das Geld?«

»Ich stimme Anne zu«, sagte Jens, »wir sollten eine Beziehungstat nicht von vornherein ausschließen, nur, weil es uns nicht schlüssig erscheint.«

Uwe nickte, dankbar, dass die Kollegen auf seiner Seite standen.

»Das denke ich auch«, sagte er.

»Gut, meinetwegen. Dann bin ich mal gespannt, was ihr da noch ausgrabt«, sagte Michels und lehnte sich zurück, dabei fasste er Anne in den Blick.

Uwes Handy brummte in seiner Tasche, er ignorierte es.

»Eine andere Spur, der ich gerade nachgehe, ist die Arbeit von Leif Andresen«, sagte er und wechselte das Thema, um Anne aus der Schusslinie zu nehmen. »Er war für den Energiekonzern Liquid Lights tätig, irgendeine Sache mit grünem Wasserstoff. Ich habe deshalb Kollegin Vogelsang von der Staatsanwaltschaft um Hilfe gebeten.«

»Mittlerweile hat sich das Unternehmen auch bei uns gemeldet«, sagte Anne. »Eine Sprecherin hat versichert, dass Liquid Lights an der lückenlosen Aufarbeitung des Falles mitarbeiten würde, das übliche Blabla, man sei tief erschüttert über diese Familientragödie und so weiter.«

»Wieso spricht Liquid Lights denn von einer Familientragödie?« Uwe stutzte, richtete sich etwas auf. »Das stand doch in keiner unserer Pressemitteilungen, soweit ich weiß. Wie kommen sie darauf?«

»Konzernstrategie, nehme ich an«, sagte Jens. »Für die ist so ein Mord ein PR-Problem, das wollen sie natürlich weit weg von der Firma halten.«

Uwe nickte, er hörte Michels leise seufzen.

»Das ist ja alles in allem ein ziemliches Durcheinander«, Michels stand auf und rieb sich die Hände, »da haben wir noch einiges an Arbeit vor uns, wir ermitteln jetzt in alle Richtungen, halten uns die Optionen offen: Beziehungstat, Andresens Arbeitsumfeld und Raubmord. Aber bleibt mal bitte an dem Thema organisiertes Verbrechen dran, mein Gefühl sagt mir, dass da was im Busch ist. Ich denke da an eine Einbruchbande, die fesseln Andresen, weil sie zum Beispiel den Code für den Tresor wissen wollen oder die Passwörter für Bankkonten. Die müssen nicht das ganze Haus auf den Kopf stellen, um zu bekommen, was sie wollen. Und dass Andresens Frau verschwindet, könnte auch Zufall sein, sie hatte vielleicht einfach die Nase voll und ist mit den Kindern abgehauen.«

Und was machen wir mit unserem Verdächtigen, fragte sich Uwe. Wenn es organisiertes Verbrechen sein soll, dann hätten die das alles gut geplant, das Verschwinden nach der Tat, wären untergetaucht, da würde sich keiner freiwillig stellen. Aber er sprach seine Gedanken nicht laut aus, wollte Michels das Gefühl geben, auch etwas beigetragen zu haben. So ließ er ihnen wahrscheinlich etwas mehr Spielraum, um die verschiedenen Theorien zu checken.

Anne klappte den Laptop zu, die Jalousien fuhren nach oben.

Im Flur wollte Uwe sein Handy aus der Tasche ziehen, als Michels zu ihm trat.

»Ich hatte Kontakt mit Frau Brandt von der Staatsanwaltschaft«, sagte er. »Ich wollte das jetzt dadrin nicht vor allen sagen, aber sie will auf jeden Fall Anklage erheben und erwartet von uns Ergebnisse, also entsprechende Beweise für die Täterschaft des Verdächtigen.«

»Der liegt im Koma.«

»Es gibt da wohl ein gewisses politisches Interesse, den Fall schnell aufzuklären«, sagte Michels, beugte sich dabei etwas vor und senkte die Stimme, als handele es sich hier um besonders vertrauliche Informationen. Michels liebte diese kleinen Spielchen. »Liquid Lights, der Energiekonzern, ist ein wichtiger Partner in Sachen Energie-Transformation, sowohl für die hessische Landesregierung als auch für das Wirtschaftsministerium in Berlin. Ich muss Ihnen ja nicht erklären, was das bedeutet. Das BKA hat uns schon seine Hilfe angeboten, sollten wir in diesem Fall nicht schnell zu einem Ziel kommen.«

Uwe spürte ein sanftes Stechen in den Schläfen. Ja, er kannte Gespräche wie dieses hier, und er hasste sie. Er hasste sie, weil sie zu nichts führten und ihn wie einen Idioten dastehen ließen. Druck von ganz oben, politische Einmischung, diese Floskeln benutzte Michels immer dann, wenn er selbst keine Verantwortung übernehmen wollte und es einfach eine Ebene nach oben schob, dorthin, wo in irgendwelchen Sitzungen Dinge besprochen wurden, die in keinem Protokoll und in keiner Akte auftauchten. »Jetzt mal unter uns, jetzt mal unter vier Augen«, so begann es da oft, und dann wurden Vereinbarungen getroffen. Und auf diese Weise entstand nach und nach ein unausgesprochenes Regelwerk, vorbei an allen offiziellen Stellen, nirgends niedergeschrieben, aber für den reibungslosen Ablauf innerhalb des Apparats bedeutsam; auch Uwe gab sich eigene Regeln, nur so konnte er viele Fälle überhaupt lösen. Aber wenn es wie jetzt ins Politische ging, wenn Michels von Ministerien und dem BKA raunte, dann fühlte sich Uwe hilflos, und diese Hilflosigkeit machte ihn wütend.

»Wir prüfen alle gerade besprochenen Theorien«, sagte Uwe knapp. »Wenn es da etwas gibt, melde ich mich.«

Damit ließ er Kriminalrat Michels stehen und ging zu den Aufzügen, schlug mit der flachen Handfläche auf den Knopf, stärker, als er gewollt hatte. Uwe wartete, bis sich die Aufzugtüren schlossen, dann fuhr er sich mit beiden Händen übers Gesicht, versuchte seinen Ärger loszuwerden. Als er den Aufzug verließ, erinnerte er sich wieder an die Nachricht, die er bekommen hatte, blieb stehen und zog sein Handy aus der Tasche. Es war einer seiner Kontakte, der sich auf seine Mail hin meldete. Uwe solle sich mal am Ostpark umschauen, gut möglich, dass sich da der Typ auf dem Bild herumtreibe. Uwe sah auf. Sollte Michels bei der Politik bleiben, er würde weiterhin sein Ding durchziehen, auf seine Art, so wie er es schon seit Jahren tat.

Im Büro wartete Anne schon auf ihn, sie habe gerade mit der Kriminaltechnik telefoniert: Die Auswertung der elektronischen Geräte habe nichts Verwertbares ergeben.

»Und wenn es da was Belastendes geben sollte, wird er das sicher gut gesichert und versteckt haben«, sagte Uwe.

»Was sollte das deiner Meinung nach sein?«

»Keine Ahnung. Etwas von seiner Arbeit vielleicht.«

Anne schien nicht überzeugt.

»Mir ist das alles zu vage«, sagte sie. »Diese ganzen Thesen mit dem organisierten Verbrechen, dass Andresen in irgendwelche dunklen Machenschaften verwickelt gewesen sein soll. Ich glaube ja, das ist so ein Beziehungsdings, und ich glaube, dass uns Silke Andresen einiges sagen könnte, was uns weiterhelfen würde. Vielleicht spreche ich doch noch mal mit Christiane Heitkamp.«

»Oder wir lassen es einfach mal laufen«, sagte Uwe mit einem Lächeln.

Anne sah ihn verwirrt an.

»Ich fahre gleich in den Ostpark, hab einen Tipp bekommen. Vielleicht ist es nichts, wir werden sehen.«

»Du und deine Kontakte«, sagte Anne, die um Uwes Arbeitsweise Bescheid wusste, viele wussten davon, und immer mal wieder kamen auch welche zu ihm, Kollegen aus anderen Kriminalinspektionen, von KI 30, Eigentums- und Vermögensdelikte, oder aus der alten Abteilung KI 60, Organisierte Kriminalität, Rauschgifte, in der Uwe zu Beginn seiner Polizeilaufbahn gearbeitet hatte, um Uwes Netzwerk zu nutzen.

Jetzt nickte er nur, zog sich die Jacke an.

»Wir sehen uns später«, sagte er und verließ das Büro.

Bei diesen Touren war Uwe immer alleine, er bestand darauf. Es hatte mit Vertrauen zu tun, damit, dass seine Kontakte nicht befürchten mussten, gleich von der gesamten Kavallerie aufgeschreckt zu werden. Natürlich spielten beide Seiten mit ihren eigenen Karten, ließen sich nicht ins Blatt schauen, aber spielen mussten sie, weil jede Seite sich davon Vorteile erhoffte. Was Uwe zugetragen wurde, tauchte in keiner Akte auf, wurde offiziell nicht erwähnt, und er konnte sich dann meist in Ruhe umschauen, mit ein paar Leuten sprechen, Informationen einholen.

Uwe nahm jetzt auch nicht den Dienstwagen, sondern stieg in seinen alten rotbraunen Volvo 240 Kombi und rangierte aus der Parklücke.

Er war schon seit einer halben Ewigkeit nicht mehr im Ostpark gewesen, hatte sich früher aber oft hier herumgetrieben, als er noch im Ostend gewohnt und den Ehrgeiz gehabt hatte, sich fit zu halten, und jeden zweiten Tag eine Runde durch den Park gejoggt war, vorbei am Weiher, unter den alten Pappeln hindurch, entlang der Gleise und um die Sportanlage vom FFC Olympia herum. Jetzt musste er lächeln, als er an sein damaliges Ich dachte, an seinen Ehrgeiz, den kleinen Bauchansatz irgendwie wieder zurückzudrängen, herumzusporteln, um dem schlechten Gewissen etwas entgegenzusetzen. Eine Zeit lang hatte er sich intensiv mit dem Thema Laufen beschäftigt, sich Magazine gekauft, in denen Schuhe getestet und Ernährungsmethoden vorgestellt wurden, hatte von Extremläufen gelesen und sich vorgestellt, auch mal einen zu machen. Ein paar Jahre hatte die Abteilung auch am JP-Morgan-Lauf teilgenommen, diesem völlig überdimensionierten Firmenlauf, der einen Tag lang die gesamte Stadt lahmlegte, es gab lange Tische mit Bergen von Bananen für die rund fünfzigtausend Läufer, und noch Wochen später sah man am Main die Jogger mit ihren »Finisher«-Shirts herumlaufen. Uwe war irgendwann die Absurdität dieser ganzen Sache klar geworden, die im Grunde nur eine riesige Werbeveranstaltung für eine Bank war, und alle feierten sich für die Teilnahme.

Jetzt hatte Uwe anderes zu tun. Er nahm die Papiertüte, die Flaschen darin schlugen sanft gegeneinander, dann machte er sich auf den Weg zur Obdachlosenunterkunft. Das Gebäude war erst vor wenigen Jahren neu errichtet worden, die Fassade bestand aus schimmernden Rauten und erinnerte Uwe an die Schuppenhaut eines Fisches. Vor dem Gebäude saßen ein paar Männer und Frauen zusammen, ein Hund sprang herum und lief sofort auf Uwe zu, beschnüffelte ihn. Uwe kannte weder Namen noch Gesicht seines Informanten, er wusste nur, dass er geduldig sein musste. Er ging an der kleinen Gruppe vorbei, nickte ihnen zu und setzte sich dann unweit von ihnen auf eine freie Bank, zog die Schachtel Marlboro aus der Jackentasche und zündete sich eine Zigarette an.

Dann wartete er. Am Mittag hatte es noch leicht geregnet, und Uwe fröstelte im frischen Wind. Er sah sich um. Es war nicht ungewöhnlich, wenn nichts passierte, manchmal bekamen seine Informanten kalte Füße, überlegten es sich anders, er kannte das schon und ärgerte sich nicht mehr darüber. Manchmal genügte es aber auch, wenn er einfach eine Weile herumsaß, er wusste, dass sie ihn in der Regel beobachteten, sichergehen wollten, dass er alleine da war.

Und trotzdem war es diesmal anders. Plötzlich fiel ihm wieder der Jogger ein, der ihn letztens im Sinaipark erschreckt hatte, und er fragte sich, warum er sich gerade jetzt an diese doch so belanglose Begegnung erinnerte. Wieder sah er sich um. Beobachtete ihn jemand? Warum kümmerte ihn das plötzlich? Ja, er war immer vorsichtig gewesen, aber Angst hatte er eigentlich nie gehabt, nicht mal ein mulmiges Gefühl. Er verstand nicht, was los war, und zum ersten Mal fragte er sich, ob es nicht leichtsinnig war, ohne seine Waffe zu diesen Treffen zu fahren. Er hatte es immer so gemacht, um bei seinen Informanten noch mehr Vertrauen zu gewinnen, aber was, wenn sie das eines Tages ausnutzen würden? Er sah auf die Tüte zwischen seinen Beinen. Zur Not hatte er eine Flasche Wodka, mit der er sich wehren konnte.

Aus dem Augenwinkel sah er jetzt, dass ein Mann langsam auf ihn zukam. Er blieb stehen, unterhielt sich kurz mit einem aus der Gruppe, dann näherte er sich Uwe. Der rauchte seine Zigarette zu Ende, behielt den Mann im Auge.

»Bist du von der Polizei?« Der Mann stand jetzt neben der Bank, ein schlaksiger Kerl mit dünnem Bartwuchs und kleinen, dunklen Augen.

»Setz dich«, sagte Uwe. »Willst du ein Bier?«

Der Mann zögerte. Uwe hielt ihm die Schachtel Marlboro hin,

der Mann nahm sich eine, ließ sich von Uwe Feuer geben und setzte sich neben ihn. Uwe holte zwei Henninger aus der Tüte, schnalzte die Kronkorken ab und reichte dem Mann eine Flasche. Dann zog er aus seiner Jackentasche das Bild des Fuchses, faltete es auseinander und hielt es dem Mann hin.

»Du kennst den?«

Die Augen des Mannes tasteten das Bild ab, er sagte aber nichts. Uwe griff nach der Tüte und stellte sie vor den Mann.

»Kannst du alles mitnehmen«, sagte er.

Der Mann warf einen schnellen Blick hinein. Uwe hatte neben dem Bier noch eine Flasche Wodka, Schokolade, Gummibärchen und Salami eingekauft.

»Er war ein paarmal hier«, sagte der Mann leise, zog hektisch an seiner Zigarette und griff nach seiner Flasche.

»Hast du einen Namen für mich?«

Der Mann schüttelte den Kopf.

»Hier heißt doch jeder Andreas oder Michael«, sagte er mit einem schiefen Lächeln. »Ich hab den mal auf einer Baustelle gesehen, also, wo wir nachts manchmal pennen dürfen, da war der auch mal. War immer mit ein paar anderen unterwegs, komische Typen, will ich nichts mit zu tun haben.«

»Was meinst du mit komisch?«

»Na, komisch eben«, er verzog den Mund. »Glaub, das waren Georgier, haben sich immer leise unterhalten. Die waren auf Brüche aus, jedenfalls hat man sich das so erzählt, also so richtig professionell, nicht den Kleinscheiß von den Junkies, die haben das wohl immer alles geplant und so, selbst mir haben diese Wichser den Schlafsack und meine Uhr geklaut, war plötzlich weg, und ich denke, was machen die überhaupt hier, was wollen die, sollen doch bei sich zu Hause klauen, ich würde die alle sofort rausschmeißen, diese Arschlöcher. Aber Radko lässt die immer wieder auf die Baustellen, ich glaub, der hat mit denen zu tun.«

Der Mann schnippte seine Zigarette weg, stand auf und griff nach der Tüte.

»Radko, sagst du?«

»Ja, der arbeitet auf der Baustelle, mehr weiß ich aber nicht. Mir ist kalt, ich geh jetzt wieder rein.«

»Alles klar, danke für deine Zeit.«

Der Mann lächelte, ein zuversichtliches Lächeln, dankbar dafür, dass er gerade gebraucht wurde. Uwe sah ihm nach und wendete in Gedanken den Namen Radko hin und her. Wenn er *den* Radko meinte, dann wäre das eine interessante neue Entwicklung. Uwe hatte Radko schon ein paarmal im Visier gehabt. Wegen Körperverletzung hatte man ihn vor ein paar Jahren auf Bewährung verurteilt, seitdem hielt er scheinbar die Füße still, aber Uwe wusste, dass Radko nach wie vor im Geschäft war, angeblich nur noch Dinge organisierte, Aufträge verteilte, aber wenn das Geld stimmte, auch noch selbst Hand anlegte. Es stand außerdem der Verdacht von Schwarzarbeit und Hehlerei im Raum, bisher hatte man ihm aber nichts nachweisen können. Außerdem war bekannt, dass Radko Leute für Baustellen anwarb, seit Neuestem versuchte er als seriöser Unternehmer aufzutreten.

Uwe stand auf und folgte dem Mann, kurz vorm Eingang in die Unterkunft fing er ihn ab.

»Auf welcher Baustelle war das? Wo arbeitet Radko?«

»Innenstadt, die neuen Hochhäuser.«

Uwe nickte, hob die Hand. Nun hatte er es eilig. Er sah auf seine Uhr, gerade heute war auch noch Training der Altherren der Concordia, eigentlich müsste er absagen. Aber sie hatten sowieso schon Probleme, genügend Leute für ein Spiel zusammenzubekommen, wenn auch er jetzt absagte, würde das Training komplett ins Wasser fallen. Er würde noch einen kurzen Abstecher in die Innenstadt machen und nicht mehr ins Büro fahren.

Außer Atem kam er bei seinem Volvo an und stieg ein.

In der Großen Gallusstraße waren die neuen Türme schon zu erahnen, drei skelettartige Rohbauten, die sich mit jedem Tag etwas weiter in den Himmel streckten, flankiert von den Armen der Kräne, die neben den Bauten fast zierlich wirkten. Eigentlich war hier überhaupt kein Platz mehr, und deswegen baute man in die Höhe statt in die Fläche. Uwe hielt einen Moment inne und stand, vom Roßmarkt kommend, an der Straße, schaute hinauf, dorthin, wo auf den Plattformen die Arbeiter zu sehen waren; laute, verworrene Geräusche fielen wie in einen Trichter und wurden von den umliegenden Gebäuden noch verstärkt, Stimmen, Gehämmer. Er ging am Bauzaun entlang zum Eingang der Baustelle, der mit einem kleinen Häuschen und einer Schranke gesichert war, zwei Sicherheitsleute lungerten dort herum.

Uwe trat auf sie zu, zog seinen Ausweis aus der Tasche. Er müsse mit einem Radko sprechen, wo der sei, er ermittle in einer Mordsache.

»Mal ganz langsam«, sagte einer der Wachleute, ein schmaler, hoch aufgeschossener Typ mit einer Narbe dicht über der rechten Augenbraue, und beugte sich über den Ausweis. »Du kannst hier nicht einfach so reinspazieren«, sagte er.

Uwe machte sich groß. Die üblichen Spielchen, wer hat die Hosen an, wer hat das Sagen.

»Passt mal auf, Jungs«, sagte er ruhig, steckte den Ausweis wieder ein. »Ihr habt zwei Möglichkeiten: Ihr lasst mich jetzt hier rein, keiner bemerkt mich, ich erledige meinen Kram. Oder ich komme morgen wieder, und dann steht hier alles erst mal still. Eure Entscheidung.«

Die beiden sahen sich unsicher an, und in dem Moment hörte Uwe schon seinen Namen hinter sich, jemand legte ihm den Arm auf die Schulter. Rolf Wondraschek! Typ Straßenboxer, alles an ihm war eine Spur zu wuchtig, glatzköpfig, vom Rücken zog sich ein mächtiges Tattoo in den Nacken und erfasste auch den Hinterkopf, aber er lächelte das Lächeln eines Jungen, der in jeder Situation noch etwas fand, worüber er sich amüsieren konnte. Uwe und Rolf hatten damals zusammen bei der Schutzpolizei begonnen, waren auf Streife gewesen, und während Uwe sich langsam, aber stetig nach oben arbeitete, nutzte Rolf seine neu gewonnenen Kontakte im Bahnhofsviertel, um voranzukommen. Genaues wusste Uwe nicht, aber von einem Tag auf den anderen hatte Rolf den Dienst quittiert und war für Jahre verschwunden, bevor sie sich vor einiger Zeit zufällig auf dem Museumsuferfest wiedergetroffen hatten, wo Rolf als Security arbeitete. Er erzählte, dass er lange im Ausland gewesen sei und jetzt eine Sicherheitsfirma führe, Objektschutz, Sicherheitskonzepte für Großveranstaltungen und so weiter.

»Mensch, Uwe«, sagte er, »in letzter Zeit laufen wir uns aber oft über den Weg. Gibt's Probleme?«

»Ich suche einen Arbeiter von der Baustelle, Radko, hat mit einem Mordfall zu tun. Deine Kollegen stellen sich etwas an. Du weißt ja, dass ich keinen Aufstand machen will.«

Rolf nickte, ging ins Häuschen und ließ die Schranke hochfahren.

»Den lasst ihr immer rein«, sagte Rolf zu seinen Mitarbeitern. »Der ist einer von den Guten, kapiert?«

Sie nickten einigermaßen bedröppelt und verzogen sich. Uwe dankte Rolf, man sehe sich sicher bald wieder, folgte der Fahrspur der Lkws hinüber zu einem weißen Container, vor dem einige wichtig aussehende Leute mit Unterlagen und Bauplänen herumstanden. Uwe grüßte knapp und zeigte seinen Ausweis, Fähndrich, Kripo Frankfurt, er suche einen Radko. Man sah ihn erstaunt, fast erschrocken an, keiner wollte was sagen, bis ein Mann auf ihn zukam, ihm einen Schutzhelm in die Hand drückte und die Fahrspur weiter wies, dort hinten beim Kran irgendwo.

Uwe erkannte Radko schon von Weitem, und Radko erkannte ihn. Kurz schien Radko zu zögern, dann drehte er sich um und verschwand zwischen zwei Baucontainern. Fuck, dachte Uwe, und ließ den Helm fallen. Er beschleunigte, lief in den schmalen Gang zwischen den Containern, und als er etwa in der Mitte war, hörte er hinter sich ein Geräusch, als würde jemand gegen die Außenwand des Containers schlagen. Uwe fuhr herum, nichts.

»So eine Scheiße«, fluchte er leise.

Er wollte weiter, doch im selben Augenblick stieß er mit dem Fuß gegen etwas Hartes, Metallenes, er strauchelte und schlug seitlich gegen die Containerwand. Mit letzter Kraft gelang es ihm, sich auf den Beinen zu halten, er sah an sich herunter und erkannte, dass er gegen einige rostige Moniereisen gelaufen war, die er anscheinend in der fahlen Dunkelheit zwischen den Containern übersehen hatte.

Wieder fluchte Uwe leise, rieb sich die Schulter.

Er stieg über die Eisen hinweg und trat zwischen den Containern hervor. Von Radko keine Spur. Uwe lief weiter, stand vor dem Eingang ins Gebäude, Betonwände, massive Stahlträger, irgendwo wurde gehämmert, schwere, dumpfe Schläge waren zu hören. Wo war der Kerl? Uwe betrat zögernd das Hochhaus, das Licht wurde diffus, die Schatten länger und dunkler. Seine Schritte hallten an den nackten Wänden, das Hämmern hatte aufgehört. Uwe wollte Radkos Namen rufen, aber etwas hielt ihn zurück, etwas, das ihm sagte, besser keine lauten Geräusche zu machen. Waren da Schritte? Hinter ihm? Er sah sich um. Da lag nur dieser riesige, leere Raum, aber irgendwo waren Schritte. Über ihm, in einem Gang? Wie sollte er hier Radko finden? Langsam ging er weiter, kniff die Augen zusammen, aber es nutzte nichts, er konnte im Halbdunkel nicht viel erkennen.

Plötzlich war ein Geräusch direkt über ihm, ein seltsames Kratzen, und Augenblicke später krachte nur wenige Schritte vor ihm ein Zementsack auf den Boden, platzte auf, eine Staubwolke stieg auf; Uwe taumelte zurück, duckte sich und sah nach oben. Da war ein Vorsprung, deutlich konnte er jetzt Schritte hören.

»Hey«, brüllte Uwe. »Seid ihr wahnsinnig?«

Er wartete, aber nichts geschah. Scheiße, das war knapp, dachte er und atmete einmal tief durch. Aber hier kam er nicht weiter, von Radko keine Spur. Mit hochgezogenen Schultern lief er zurück zum Eingang – und plötzlich sah er Radko, er stand mit dem Rücken zu ihm neben einem der Baucontainer und schien ihn nicht zu bemerken. Er glaubte wohl, ihn abgehängt zu haben, fühlte sich sicher. Uwe näherte sich ihm langsam, machte dann einen schnellen Schritt auf ihn zu und packte ihn am Arm.

»Was sollte das werden?«

Radko sah Uwe ausdruckslos an.

»Wolltet ihr mich umbringen?«

»Wer bist du?«

Uwe riss der Geduldsfaden, er packte Radko am Kragen seiner Jacke und knallte ihn mit dem Rücken gegen die Containerwand.

»Wir spielen jetzt nach meinen Regeln, kapiert?«, fuhr Uwe ihn an. »Ich weiß, wer du bist, mein Freund, und ich weiß, dass du Dinge weißt, die ich wissen will. Also hör auf, den Unschuldigen zu spielen. Entweder du kooperierst oder …«

»Oder was?«

Uwe ließ Radko los. Er musste sich beherrschen, sonst würde der Typ ihn später noch anzeigen. Er zog das Foto vom Fuchs aus der Tasche und hielt es vor Radko.

»Ich brauche nur eine Info von dir, dann bist du mich wieder los«, sagte Uwe. »Wer ist das?«

Radko zuckte mit den Schultern. Sein teilnahmsloser Gesichtsausdruck brachte Uwe auf die Palme, am liebsten hätte er dem Kerl einfach in die Fresse gehauen, aber er beherrschte sich.

»Ich ermittle in einem Mordfall«, sagte Uwe. »Und dein Name ist gefallen.«

Endlich eine Regung im Gesicht des anderen, seine Mundwinkel zuckten kurz, und Uwe wusste, dass er das Richtige gesagt hatte.

»Ich weiß von gar nichts«, Radko sprach ziemlich verwaschen, als habe er etwas im Mund. »Bin jeden Tag auf der Baustelle.«

»Ja, schon klar. Wer ist das da auf dem Foto?«

Radko schüttelte nur den Kopf, zog sich eine zerknitterte Zigarette aus der Hosentasche und versuchte, sie glatt zu streichen.

»Schau genau hin. Ich glaube, dass du ihn kennst.«

Radko zuckte wieder mit den Schultern.

»Ich kann dich auch vorladen lassen, und dann schicke ich

außerdem hier mal den Zoll vorbei. Bei deinen Leuten ist sicher alles in Ordnung, aber schwarze Schafe gibt's ja überall. Dann könnt ihr mal einen Tag Pause machen, während wir hier alles auf den Kopf stellen.«

Radko hatte sich die Zigarette zwischen die Lippen geschoben. Er glotzte Uwe an.

»So läuft das hier aber nicht, Bulle«, sagte er. »Ich weiß, du glaubst, du hast hier was zu sagen. Hast du aber nicht.«

»Wenn du Stress willst, bekommst du Stress.« Uwe trat einen Schritt zurück, zog sein Handy aus der Tasche und wählte die Nummer der Zentrale. Die diensthabende Polizistin meldete sich, er erkannte Melanies Stimme.

»Was kann ich für dich tun, Uwe.«

»Ich brauche hier Unterstützung, Innenstadt, die Baustelle am Roßmarkt. Ein Verdächtiger, Angriff auf Vollstreckungsbeamte.«

»Schota«, hörte er Radko sagen.

»Was?« Uwe sah zu Radko. »Warte mal kurz«, sagte er zu Melanie und nahm das Handy runter.

»So heißt der Typ, da auf dem Foto. Schota.«

»Nur Schota? Ist das ein Spitzname?«

»Schota Arweladse.«

Uwe nahm wieder das Telefon ans Ohr.

»Erst mal keine Verstärkung nötig, ich habe die Lage im Griff.«

»Sicher?«

»Ja, du weißt ja jetzt, wo ich bin.«

Dann legte er auf und trat zu Radko.

»Hat er für dich gearbeitet, dieser Schota?«

»Ja, ein paarmal. War aber unzuverlässig und faul, da hab ich ihn wieder rausgeschmissen. Ich glaub, der kommt aus

Georgien, hing mit anderen rum, die Brüche gemacht haben sollen, hab ich gehört.«

»Und weißt du auch, warum Schota in der JVA fast totgeschlagen wurde?«

»Keine Ahnung. Hab den schon seit Wochen nicht mehr gesehen.«

»Wo hat sich Schota sonst aufgehalten, wo hat er sich rumgetrieben?« Radko sah an ihm vorbei. »Er war sicher nicht alleine unterwegs.«

Radko presste die Lippen aufeinander. Von dem würde Uwe nichts mehr erfahren, dass wusste er. Er steckte das Bild wieder ein und warf Radko einen letzten Blick zu.

»Ich behalte dich im Auge«, sagte er, dann verließ er die Baustelle

Als er wieder im Wagen saß, merkte Uwe, wie sehr sein Herz raste. War das jetzt so eine neue Masche, dass man Leute gleich umzubringen versuchte, die mit einem Reden wollten? Was war mit den Typen denn los? Er wurde ruhiger, nahm einen Schluck Wasser und sah in den Rückspiegel. Die Straße war schon immer rau gewesen, aber es schien immer schlimmer zu werden. Vielleicht hatte er es zu lange nicht sehen wollen, hatte sich zu sicher gefühlt; dabei barg sein Netzwerk durchaus Gefahren, er war ja kein Zivilfahnder und bewegte sich hier in einem polizeilichen Graubereich, etwas, was er zwar immer gewusst, was ihn aber nie zurückgehalten hatte. Vielleicht ging ihm das Gespür verloren, die nötige Abgebrühtheit. Vielleicht ging da draußen aber auch was vor sich, vielleicht machten sich neue Gruppen breit, alle schienen jedenfalls ziemlich nervös zu sein.

Aber er hatte jetzt zumindest einen Namen. Er rief Anne an. Der Fuchs heiße Schota Arweladse, ob sie den einmal durch die

Systeme laufen lassen könne, er mache jetzt Feierabend, sei aber jederzeit erreichbar.

Uwe stemmte die Arme in die Seiten und atmete durch. Gerade hatte er wiederholt den Sprint angezogen und war die Seitenlinie langgegangen, aber der Pass von Mo war zu steil und schnell gewesen, sodass der Ball vor ihm über die Außenlinie rollte. Mo hob beide Arme als Entschuldigung. Uwe trabte langsam in die Hälfte seiner Mannschaft zurück. Sie spielten heute nur auf das halbe Feld, auf die kleineren Fünf-Meter-Tore, weil nicht genügend Leute zum Training gekommen waren, was Steffen, ihren Trainer, dazu veranlasst hatte, mal wieder die Grundsatzfrage zu stellen, ob es überhaupt noch Sinn habe, die Altherren weiterzuführen, jetzt, da immer weniger zum Training kämen; bei den Grillfesten und Ausfahrten hingegen herrsche ja immer reger Andrang, ob sie stattdessen besser eine Thekentruppe gründen sollten.

Im Licht der großen Flutlichtmasten schienen die einzelnen Regentropfen zu leuchten. Der Regen war nicht besonders stark und mischte sich mit dem Schweiß und dem Atemdunst. Uwe genoss es, auf dem Platz zu stehen. Hier gab es für ihn nur den Ball, die beiden Tore und seine Mitspieler, denen er kurze Anweisungen zurief oder sie anblaffte.

Er sprintete wieder nach vorn, vors Tor, und bekam diesmal den Ball sauber zugespielt. Er überlegte nicht lange und zog ab. Der Ball schoss kurz über der Grasnarbe Richtung Tor und schlug dann mit einem satten Schmatzer unten rechts ein. Uwe ballte die Faust, seine Mitspieler klatschten ihn ab.

»Uns Uwe!«, rief Steffen vom Seitenrand. »Schönes Ding! Und jetzt wieder Ruhe reinbringen, achtet auf eure Positionen!«

Der Tag hatte sich trotz seines mauen Beginns doch noch zum Besseren entwickelt, und jetzt, am Abend, fühlte es sich an, als stünden sie kurz vor einem Durchbruch im Fall Andresen. Er hatte endlich einen Namen, Schota Arweladse. Anne hatte ihn kurz vor dem Training noch einmal angerufen, es gebe keinen Schota Arweladse im System, aber Uwe ließ sich seine Zuversicht nicht nehmen. Mit einem Namen ließ sich etwas anstellen, den konnte er durch seine Kanäle schicken, damit konnte er Leuten auf die Nerven gehen.

Steffen pfiff, und die Mannschaft kam zusammen. Während der Trainer von Taktik und Zuordnung sprach, sah Uwe hinauf zu den Scheinwerfern. Das Wasser rann ihm die Schläfen herab, sein Trikot war durchnässt, und kurz darauf trabten sie alle Richtung Kabine. Während er duschte und das heiße Wasser auf seine Schultern trommelte, dachte Uwe an Dora und ihre Nachricht, die sie ihm vor dem Training geschickt hatte, ob es denn schon was Neues wegen der Übernachtungen gebe. Er hatte noch nicht geantwortet. Er wusste, dass sie es nicht mochte, wenn er zum Fußball ging, sie sorgte sich, dass er sich verletzen könnte und sie dann ohne Tanzpartner dastünde.

Ja, er hätte längst mit Greta sprechen und sie wegen der Schlafplätze fragen müssen, aber irgendetwas hielt ihn zurück. Vielleicht war es die leise Angst, er könnte sich in ihren Augen lächerlich machen. Uwe verschwieg seine Tanzleidenschaft gegenüber den Kollegen und seinen Mitspielern beim Fußball, was, wie er sich selbst eingestand, eigentlich total dumm war, denn die Kollegen erzählten ihm auch von ihren Hobbys, eine sammelte Kristalle, ein anderer baute aus Legosteinen riesige Modelle von Burgen, jemand besaß eine Streuobstwiese und kelterte eigenen Apfelwein, er wusste von Geocachern und Lenkdrachenbauern. Warum er nie vom Lindy Hop erzählt hatte, konnte er nicht genau sagen, er hatte Hemmungen, etwas preiszugeben, was ganz ihm gehörte. Und jeder spielte ja auch eine Rolle, und die Rolle, die Uwe zugedacht worden war, war die des erfahrenen Ermittlers, eines Mannes, vor dem man Respekt hatte. So einer tanzte ja nicht in seiner Freizeit, so einer spielte Fußball und nahm sich jetzt ein Bier aus dem Kasten, auch wenn es alkoholfrei war.

Auf dem kurzen Heimweg durch den Sinaipark rief ihn Anne erneut an.

»Hab ich gerade in der *hessenschau*-App gelesen«, sagte sie etwas atemlos. »Die berichten da über den Mord an Andresen, schreiben, dass es sich um eine Familientragödie handelt, wie man aus vertrauenswürdigen Quellen erfahren habe. Im Verdacht stehe die flüchtige Frau des Ermordeten. Keine Ahnung, woher die das alles haben.«

»Scheiße«, Uwe blieb unter einem der Bäume stehen, ein Jogger trabte an ihm vorbei, Uwe folgte ihm mit seinen Blicken. »Kann mir schon vorstellen, von welcher Seite das kommt.«

»Liquid Lights?«

»Würde mich nicht wundern.«

»Na ja, jetzt ist es in der Welt. Wollte nur nicht, dass du überrascht wirst.«

»Danke dir.«

Uwe legte auf. Nicht die besten Nachrichten vor dem Schlafengehen, aber auch nicht überraschend. Es war klar, dass Liquid Lights alles daransetzen würde, die Sache schnell zu beenden. Brandt würde auch nicht besonders erfreut sein, denn jetzt gab es nicht nur internen Druck, sondern auch den von außen, jetzt erwarteten alle rasche Ergebnisse. Sie würde sicher noch vehementer auf die These vom Raubmord bestehen.

Uwe zog die Schultern hoch. Er würde abwarten und ruhig bleiben. Er würde am Montag mit Greta sprechen, sie war auf jeden Fall auf seiner Seite. Er schulterte seine Tasche, sah sich noch einmal um, der Jogger war verschwunden. Rasch machte er sich auf den Heimweg.

# 10

Wenn Greta das Gartentor aufschob und Richtung Hütte ging, fühlte sie sich in letzter Zeit oft in ihre Kindheit zurückversetzt; es waren keine konkreten Erinnerungen, vielmehr ein Gefühl, eine Ahnung von damals, wenn es wie jetzt nach schwerer, feuchter Erde roch, wenn der Verkehr der nahen Bundesstraße nach einem Regenschauer besonders laut zu hören war, die Gartenhütte feucht schimmerte. Greta hielt einen Moment inne und sog die Luft ein. Ihr Vater war schon vorausgegangen und inspizierte die gestern vom Baumarkt gelieferten Gehwegplatten, die auf einer Palette vor dem Gartenhaus standen und darauf warteten, eingesetzt zu werden.

Greta stellte die Tasche mit der Brotzeit in die kleine Küche, räumte etwas auf und merkte, wie angespannt sie war. Seit Mika am Donnerstag gegangen war, hatte sie nichts mehr von ihm gehört, hatte aber auch selbst keine Anstalten gemacht, sich bei ihm zu melden. Sicher war er gekränkt, beleidigt, wütend – so wie sie selbst. Ewig konnte das nicht so weitergehen, und kurzzeitig war in ihr auch der Gedanke aufgestiegen, wie es wäre, wenn sie sich trennten; schnell aber hatte sie diese Vorstellung wieder verworfen, erschrocken über sich selbst. Nein, eine Trennung wollte sie unter keinen Umständen, dafür liebte sie Mika zu sehr, trotz ihres Streits. Und vielleicht war die gemeinsame Gartenaktion auch eine erste Möglichkeit, sich wieder anzunähern.

Sie wollte gerade hinaus zu ihrem Vater, als ihr Smartphone vibrierte. Es war Rakete. Mit ihm hatte sie schon fast nicht mehr gerechnet. Sie hockte sich an den Tisch und nahm den Anruf entgegen.

»Rakete«, sagte sie. »Ich habe mit den Kollegen über das Thema Altmann gesprochen, viel mehr kann ich da aber nicht tun. Wir können nur abwarten, ob sich da noch mal was bewegt. Aber warum schreibst du nicht darüber? Warum willst du auf die Behörden warten?«

Sie hörte Rakete am anderen Ende atmen.

»Tut mir leid«, sagte sie und wollte schon auflegen, weil sie nicht damit rechnete, dass Rakete noch etwas sagen würde, dass er nur auf ihr »Angebot« gewartet hatte. Dann aber räusperte sich Rakete.

»Ich habe mich etwas umgehört. Liquid Lights ist in der Szene bekannt, auch deren Engagement in Marokko. Liquid Lights ist am Wasserstoffwerk in Safi als einer der europäischen Partner beteiligt, es soll außerdem geheime Verträge mit ME auf der marokkanischen Seite geben, über Abnahmevolumen und so weiter. Der Berater, Leif Andresen, war das Bindeglied zwischen den beiden Unternehmen und arbeitete im Namen von Liquid Lights in Marokko, ohne dass das Unternehmen direkt auftreten musste. Die haben sich ganz bewusst für einen externen Berater entschieden. Andresen hatte ziemlich großen Handlungsspielraum und viel Geld, es gibt Gerüchte über Korruption und Manipulationen.«

Greta konnte Alfred draußen reden hören, und einige Augenblicke später erschien Mika in der Tür. Als er sah, dass sie telefonierte, hob er kurz die Hand und verschwand wieder.

»Also … Manipulationen sagst du«, Greta musste sich kurz sammeln.

»Ja, es steht der Verdacht im Raum, dass der grüne Wasserstoff angeblich gar nicht so grün sein soll. Damit der Wasserstoff grün wird, muss er ja mit grünen Technologien erzeugt werden, also zum Beispiel mit grünem Strom. Dafür haben die dort auch ein Solarkraftwerk, aber es ist wohl so, dass die Kapazitäten nicht ausreichen und sie konventionellen Strom einspeisen, um den Wasserstoff zu produzieren. Gerüchteweise soll es geheime Dokumente geben, die das belegen.«

»Das wäre in der Tat ziemlich schwerwiegend.«

»Die spanische Aktivisten-Gruppe hat deshalb auch Anzeige gegen Moroccan Energy erstattet.«

Greta dachte an ihre Mail, die sie der Kollegin in Barcelona geschickt und auf die sie noch keine Antwort bekommen hatte. Dennoch ergab sich langsam ein Bild: Andresen, Liquid Lights, Junas Verhalten, die Dokumente, die sie in ihrem Telefonat kurz erwähnt hatte – für Greta war klar, dass der Konzern etwas zu verbergen hatte.

Rakete schwieg.

»Und, hast du noch mehr für mich?«

»Wenn du mehr für mich hast«, sagte Rakete. »Du kannst doch Druck bei den Kollegen wegen Altmann machen. Du kanntest Robert gut, vielleicht gibst du deinen Kollegen einen Tipp.«

»Rakete, ich …«

Aber da hatte er schon aufgelegt.

Als Greta aus der Hütte trat, waren Mika und Alfred schon bei der Arbeit und hatten damit begonnen, die alten Platten mit Spitzhacke und Spaten aus dem Boden zu stemmen und die Bruchstücke in eine Schubkarre zu laden. Greta holte sich ein paar Arbeitshandschuhe aus dem Schuppen, stellte sich zu den beiden. Mika sah auf.

»Marx ist noch immer nicht nach Hause gekommen«, sagte er.

»Der wird schon noch auftauchen«, sagte Alfred. »Kater sind dickköpfig und manchmal eigenbrötlerisch.«

Mika und Greta lächelten, dann machten sie sich an die Arbeit. Nach zwei Stunden machten sie eine Pause und tranken Kaffee aus Alfreds Thermoskanne. Sie hatten jetzt alle alten Platten aus dem Boden geholt und sie mit der Schubkarre auf einen Stapel im hinteren Teil des Gartens verfrachtet; die Bruchstücke wollte Greta verwenden, um an einem sonnenbeschienenen Platz einen Steinhaufen anzulegen, als Unterschlupf für Eidechsen und andere kleine Tiere und Insekten. Sowohl Mika als auch Alfred hielten das für eine ausgezeichnete Idee.

Um nicht auszukühlen, machten sie nach ein paar Schlucken Kaffee weiter: Greta und Mika wuchteten die neuen Platten einzeln auf die Schubkarre, fuhren sie rüber zu Alfred, der mit dem Spaten den Boden ausgehoben und die Löcher mit Sand aufgefüllt hatte; dann legten sie zusammen die neue Platte in die Aussparung, traten sie fest, füllten Sand nach. Es war eine schweißtreibende Arbeit. Greta schmerzte bald der Rücken, und ihre Finger waren trotz der Handschuhe knallrot.

»Nächstes Mal lassen wir das machen«, sagte sie und streckte sich.

»So haben wir das früher immer gemacht«, sagte Alfred. »Da gab's niemand, der das mal eben für dich übernommen hätte.«

Sie saßen vor der Hütte zusammen, aßen Wurststullen und tranken Radler. Alfred war aufgestanden, um sich mit einem Gartennachbarn zu unterhalten, und so saßen Mika und Greta schweigend nebeneinander, kauten, sie lehnte sich leicht an seine Schulter.

»Tut mir leid für die letzten Tage«, sagte sie zwischen zwei Bissen. »Ich war ziemlich unfair gegen dich und Juna.«

»Ich war auch nicht besser.«

»Ganz unrecht hattest du aber wahrscheinlich nicht. Ich weiß, dass ich zu viel arbeite. Und jetzt will mir Zöllner auch noch interimsmäßig die Leitung der Kapitalverbrechen aufs Auge drücken, wegen Wassermann-Schlotz' unrühmlichem Abgang.«

Mika sah sie an. War das die nächste Aufforderung zum Streit? Aber dann lächelte er nur.

»Und, wirst du's machen?«

»Wenn Zöllner eine offizielle Dienstanweisung daraus macht, kann ich bloß noch kündigen, um dem zu entgehen.«

»Dann wärst du ja den ganzen Tag zu Hause. Gehst du dann auch Senf kaufen und sortierst die alten Zeitungen wie bei Loriot?«

Beide kicherten, stießen an.

»Ich wollte nicht so hart gegen Juna sein«, brachte Greta das Gespräch wieder zum eigentlichen Thema zurück.

»Na ja, ich finde sie ja auch komisch, seit sie da ist. Total angespannt.«

»Ich kann gut verstehen, dass du deine Schwester liebst und sie in Schutz nehmen willst, aber mit Liquid Lights stimmt was nicht. Irgendwas geht da vor. Und Juna hat damit zu tun, fürchte ich.«

Mika nickte nachdenklich, aß den Rest seines Brotes auf.

»Juna war immer die große Schwester für mich«, sagte er, sah dabei zu den noch nicht verlegten Platten, »sie ist wahnsinnig klug, sie kann charmant sein und gleichzeitig knallhart, wenn's drauf ankommt. Das hat uns schon immer unterschieden.«

Sie arbeiteten den Nachmittag über weiter, bis ihnen alle Knochen schmerzten vom ständigen Bücken, Knien und Anheben der Platten. Trotzdem fühlte sich die Arbeit gut an. Das hier war etwas, das sie gemeinsam geschafft und das nun über Jahre sichtbar sein würde. Die neuen Platten sahen noch wie Fremdkörper im Garten aus, noch völlig unberührt von Witterung und der Natur. Während Alfred noch hier und da herumfuhrwerkte, setzten sich Greta und Mika noch einmal vor die Hütte, nach der Anstrengung war sie müde und fror leicht.

»Wie geht's Helga?«, fragte Mika.

»Ganz gut.« Greta wollte die Königin morgen zusammen mit Alfred im Heim besuchen, sie würden wie immer zusammen ins Café am Main gehen. Dort würde die Königin ein Stück Sachertorte und eine Tasse Kaffee trinken und ihr von ihren aufregenden Abenteuern erzählen, von den gemeinsamen Stunden mit Clark Gable und Audrey Hepburn, davon, wie Clark sie auf ihren Spaziergängen durch den Park begleite und sie anflehe, doch noch diesen einen Film mit ihm zu machen, das Skript sei fantastisch, der Regisseur zwar ein Idiot, aber zusammen würden sie das Kind schon schaukeln.

»Vielleicht besuchen wir sie mal wieder zusammen«, sagte Mika.

»Ja, sie freut sich sicher, dich zu sehen.«

»Vielleicht sind wir dieses Mal ja schon ein Paar«, sagte er mit einem Lächeln und spielte darauf an, dass ihn Helga beim letzten Mal für einen Fremden gehalten und versucht hatte, ihre Tochter Greta mit ihm zu verkuppeln.

»Oder bereits wieder geschieden.«

Sie schwiegen.

»Wann kommst du wieder heim?«, fragte Mika. »Engels vermisst dich. Und ich auch.«

»Bald«, sagte sie. »Ich brauche noch einen Moment.«

Mika nickte, und sie legte ihm ihre Hand auf die Wange. Sie liebte Mika, mehr als jeden anderen Menschen auf dieser Welt, und sie wusste, dass sie eher kündigen, dass sie eher alles hinschmeißen würde, als ihn gehen zu lassen. Was hatte sie schon von ihren ständigen Kämpfen, von ihrem Anrennen, ihrer Suche nach Bestätigung, wenn sie am Ende alleine dastand, wenn es am Ende niemanden gab, der sie auffangen konnte, der den Menschen Greta liebte, mit all seinen Macken und kleinen Schrullen, mit dem großen Mundwerk, immer auf dem Sprung, aber dennoch auf der Suche nach einem Ort, wo sie zur Ruhe kommen konnte.

Still saßen sie beieinander. Ein kühler Wind strich über ihre Gesichter, sie hielt Mikas Hand weiterhin umfasst und lauschte dem Verkehr der Bundesstraße. Altbekannte, vertraute Geräusche, die aus einer längst vergangenen Zeit zu kommen schienen und die ihr ein Gefühl von Sicherheit vermittelten, davon, an einem Ort zu sein, der immer ihr gehören würde.

Zum Abschied umarmten sie sich.

»Bis bald«, sagte Greta.

»Ja, bis bald.«

# 11

*Beim norwegischen Energiekonzern Liquid Lights laufen die Geschäfte ausgezeichnet. Erst vor einem Jahr wurde im marokkanischen Safi das weltweit erste Werk zur Herstellung von grünem Wasserstoff eröffnet, an dem Liquid Lights als Partner beteiligt ist, gefördert auch von Geldern aus der EU. Doch nach dem unerwartetem Tod eines Beraters, der für das Geschäft in Marokko zuständig war, muss sich das Unternehmen nun unangenehmen Fragen stellen. Ist der Wasserstoff wirklich so grün, wie der Konzern behauptet? Und wer profitiert wirklich vom Geschäft mit den Millionen aus der EU?*

Uwe faltete die Zeitung zusammen und sah auf die Uhr. Er hatte einen Parkplatz direkt hinter dem Gebäude der Staatsanwaltschaft ergattert, dort wartete er nun darauf, dass es zehn Uhr wurde. Etwas entfernt luden einige Männer Stühle und Tische in den Lkw eines Umzugsunternehmens. Er war ausnahmsweise zu früh dran, aber es war auch dringend; immerhin drohte die Sache mit Andresen und Liquid Lights allmählich aus dem Ruder zu laufen. Mittlerweile berichtete die Presse ausführlich über den Fall, stellte eigene Vermutungen an, man hatte einige spanische Umweltaktivisten aufgetan, die schwere Vorwürfe gegen das Wasserstoffprojekt in Marokko erhoben und Klage eingereicht hatten, und er saß als Ermittler mit fast leeren Händen da. Sein Verdächtiger lag im Koma, und die wohl wichtigste Zeugin war auf der Flucht. Die Sache mit dem Raubmord passte hinten und vorne nicht, vielleicht hatte es den Plan gegeben, es danach aussehen zu lassen, doch alle Spuren wiesen in eine andere Richtung, wiesen weg vom Fuchs, von Schota Arweladse. Woher hatte er dann aber sein Täterwissen? Vielleicht, so mutmaßte Uwe, hatte Radko die ganze Sache eingefädelt, Leute für einen Job gesucht, und Schota war einer davon gewesen. Warum sonst war Radko auf der Baustelle vor ihm abgehauen? Andresens Tod, so viel stand für ihn fest, war kein Zufall, sondern eine gezielte Aktion, der Mann war in Geschäfte verwickelt, bei denen es um Millionen ging, Grund genug für einen Mord.

Er atmete durch. Er wusste, dass die Kollegen hinter seinem Rücken, in den Pausen, bereits über ihn redeten, über Uwe, den guten, alten Bullen, der aber anscheinend seinen Biss verloren hatte, der plötzlich zu stolpern begann, jetzt, wo er doch Aussicht auf die Stelle des Kriminalrats hatte. Gerade jetzt verbockte er den Fall mit dem toten Unternehmensberater. Sie verstanden sein Zögern nicht, seine Zweifel.

Uwe stieg aus und streckte sich. Er hatte einen langen Tag vor sich. Nach dem Treffen mit Brandt wollte er in die JVA fahren, um das Dienstpersonal zum Angriff auf Arweladse zu befragen, außerdem musste er unbedingt mit Greta sprechen. Er hatte Gerüchte über ihre Versetzung aufgeschnappt, außerdem wollte er sich mit ihr zu seinem Fall austauschen. Drüben am Lkw standen die Männer zusammen und rauchten, lachten über irgendwas. Uwe ging an ihnen vorbei und nickte ihnen zu, dann verschwand er im Gebäude.

Das Büro von Sandra Brandt hatte sich merklich geleert. Man hatte ihr noch den Schreibtisch samt PC und zwei Bürostühle sowie einen Schrank mit Akten gelassen. Sie könne ihm auch leider keinen Kaffee mehr anbieten, auf der ganzen Etage gebe es keine Maschine mehr, und dann stellte sie Uwe ein Glas Wasser hin und setzte sich, während sich Uwe den verbliebenen Stuhl heranzog.

»Es ist das reinste Chaos«, stöhnte Brandt, und Uwe versuchte, verständnisvoll dreinzuschauen. »Mittwoch ist der letzte Tag hier, aber ich weigere mich, dran zu denken. Ich meine, warst du mal in Niederrad? Dort ist nichts, nicht mal ein Bäcker. Und dann die ständige Pendelei zum Gericht.«

Sie kam nicht weiter, denn es klopfte, und Thomas Zöllner trat ein. Er begrüßte Uwe und Brandt fast überschwänglich, Uwe hatte den leitenden Oberstaatsanwalt seit Wochen nicht mehr gesehen. Brandt sagte, sie habe Zöllner zum Gespräch dazugebeten, um gemeinsam das weitere Vorgehen abzustimmen, jetzt, wo über den Fall groß in der Presse berichtet werde.

Uwe nickte. Einen Moment überlegte er, ob er sich fügen, ob er nicht besser einfach den Mund halten, die Sache aus der Hand geben sollte und es der Staatsanwaltschaft überlassen, wie sie aus dem Ganzen eine wasserdichte Anklage gebaut bekam. Aber schon bei Brandts ersten Worten merkte er, dass er das nicht konnte.

»Ich habe meine Zweifel, was die Täterschaft unseres Verdächtigen angeht«, sagte er, nachdem Brandt Zöllner kurz über den aktuellen Stand ins Bild gesetzt hatte. »Der Mann heißt Schota Arweladse, ist georgischer Staatsbürger und wahrscheinlich illegal hier, hat gelegentlich auf einer Baustelle in der Innenstadt gearbeitet. Bisher ist er erkennungsdienstlich nicht aufgefallen. Uns fehlen nach wie vor die Beweise für Arweladses Täterschaft. Das Projektil vom Tatort stammt aus einer Glock 19, aber wir haben keine Waffe dazu, auch wurden bei Arweladse keinerlei Schmauchspuren festgestellt. Aber er war am Tatort. «

»Was denkst du, was da gelaufen ist?«, fragte Zöllner. Er hatte sich ans Fenstersims gelehnt und die Arme vor der Brust verschränkt. »Glaubst du, es ist was dran an der Sache mit der Familientragödie?«

»Solange wir nicht mit Silke Andresen sprechen können, bleibt das zumindest eine Möglichkeit.«

»Und sein Täterwissen? Soweit ich weiß, hat Arweladse eine Aussage gemacht und den Mord gestanden.«

Uwe spürte ein dumpfes Grollen im Bauch, doch es kam nicht vom Hunger oder vom morgendlichen Kaffee. Brandt und Zöllner behandelten ihn mit ihren Fragen wie einen kleinen Jungen, zwei Eltern, die dem Buben klarzumachen versuchten, dass er sich irrte.

»Ich glaube nicht, dass das den Richter überzeugen wird«, sagte Uwe und hob dabei seine Stimme leicht an. »Eine Aussage muss vor Gericht immer mit Beweisen unterfüttert werden und reicht in der Regel nicht für eine Verurteilung. Das dürfte doch mittlerweile bekannt sein.«

»Ich weiß, wie ich meinen Job zu machen habe«, fuhr Brandt Uwe mit einer Heftigkeit an, die sowohl Uwe als auch Zöllner überraschte. »Das muss mir hier niemand erzählen. Der Richter ist mein Problem und nicht deins. Du musst einfach nur für die Beweise sorgen.«

Uwe hob beide Hände, aber bevor er etwas sagen konnte, kam ihm Zöllner zuvor. Der stieß sich vom Sims ab und trat an den Tisch.

»Leute, jetzt beruhigt euch, das führt doch zu nichts. Wir sind hier alle etwas angespannt, der Umzug, die Presse. Aber wir sollten uns davon nicht kirre machen lassen. Das Wichtigste ist doch: Wir haben den Täter, und wir haben seine Aussage. Ich bin sicher, dass wir die Lücken schließen werden. Gehen wir davon aus, dass Arweladse ein Profi war, einer, der alle Spuren verwischt hat, der nichts dem Zufall überließ. Wissen wir, wo er sich aufgehalten hat? Hatte er Bekannte, Leute, die mit ihm zusammen waren? Die Tatwaffe liegt wahrscheinlich längst im Main. Die Raubmord-These scheint doch im Moment am schlüssigsten, also gehen wir der weiter nach. Warum es komplizierter machen, als es ist?«

Uwe sackte innerlich etwas zusammen. Auch Zöllner, so viel war klar, stand auf Brandts Seite.

»Ich denke, Arweladse ist hier nur das Bauernopfer«, sagte er, noch nicht gewillt, klein beizugeben. »Ich denke, er will jemanden schützen.«

Brandt verdrehte die Augen.

»Du hörst dich ja an wie Greta«, sagte sie. »Ein Täter, der nur Gutes will, eine Art Robin Hood. Aber wir müssen den Fall aufklären und nicht die sozialen Ursachen der Tat erforschen. Habt ihr die Zeitungen gelesen? Das fliegt uns bald alles um die Ohren.«

»Was hat das denn mit Greta zu tun?« Uwe empfand Brandts Angriff auf die Kollegin als völlig daneben.

»Greta ist auch groß darin, alles in Zweifel zu ziehen«, sagte Brandt, jetzt etwas leiser.

»Und damit erfolgreich«, Uwe rollte ein Stück zurück.

»Das bringt doch so nichts«, ging Zöllner erneut dazwischen. »Greta spielt hier überhaupt keine Rolle. Jetzt atmen wir alle mal tief durch. Und dann konzentrieren wir uns auf die Fakten.«

Uwe lehnte sich zurück. Er musste einsehen, dass er hier nichts mehr ausrichten konnte. Die beiden hatten sich wohl schon intern auf ein Verfahren geeignet, um dem Druck durch Presse und Politik etwas entgegenzusetzen, und dabei schienen die Lücken in der Beweisführung keine große Rolle zu spielen. Er zuckte mit den Schultern. Schlussendlich würde nicht er vor dem Richter stehen und argumentieren müssen, schlussendlich wäre es Brandt, die den Fall aufgrund mangelnder Beweisführung verlieren würde. Bei Greta würde das nicht so laufen, dachte er, sie würde das nicht mit einem Schulterzucken akzeptieren. Aber Uwe hatte einfach nicht genug in der Hand, um die beiden zu überzeugen, außerdem war er müde, verspürte schon wieder leichte Kopfschmerzen. Er stand auf.

»Also gut, dann die Raubmord-These«, sagte er. »Schota Arweladse ist wahrscheinlich Mitglied einer georgischen Bande, seine Aussage reine Schutzbehauptung. Jetzt muss er nur noch aus dem Koma aufwachen …«

»Dann haben wir ja alles«, sagte Brandt, stand ebenfalls auf und griff nach ihrer Tasche. »Entschuldigt mich, ich habe gleich noch einen Termin.«

Alle sahen sich an. Sie wussten, dass das hier kein gutes Teamplay war, wussten, dass sie gerade kein gutes Bild abgaben und zusehen mussten, den Fall irgendwie zum Abschluss zu bringen.

Zöllner begleitete Uwe hinaus. Ein zweiter Lkw versuchte gerade rückwärts an den Eingang zu rangieren, jemand wies ein, zwei andere standen daneben. Der rückwärtsfahrende Lkw piepte wie verrückt, Uwe und Zöllner gingen ein Stück an den parkenden Autos lang, blieben unter einem Baum stehen. Zöllner bot Uwe eine Zigarette an, gab ihm Feuer.

»Bin froh, wenn das alles hier durch ist und sich wieder beruhigt«, sagte er.

»Warum gerade Niederrad?«

»Weil da Platz ist und es nicht so viel kostet.«

»Klar, hätte ich selbst draufkommen können.«

Zöllner sah zum Umzugswagen. Der Fahrer war ausgestiegen, gestikulierte und schimpfte offensichtlich mit dem Einweiser.

»Ich weiß, dass der Fall nicht rundläuft«, sagte Zöllner, ohne Uwe anzusehen. »Ich sehe da auch viele ungeklärte Fragen. Aber du weißt ja, wie es läuft. Wir bekommen Druck von oben, und damit meine ich diesmal von ganz oben, Innenministerium. Der Fall ist mittlerweile hochpolitisch. Donnerstag findet hier eine wichtige Konferenz zum Thema grüner Wasserstoff statt, da kommt die ganze Prominenz aus Berlin und Brüssel, alle sind extrem nervös, und da sind die Gerüchte rund um Liquid Lights denkbar schlecht.« Er ließ seine Zigarette fallen und drückte sie mit dem Schuh aus. »Muss ich dir alles nicht erzählen, aber nur damit du weißt, woher der Wind weht. Wenn's nach mir ginge, würde ich dir komplett freie Hand lassen. Aber so.«

»Verstehe schon.«

»Ich habe mich mal kundig gemacht«, sagte Zöllner. »Dem Verdächtigen geht es nicht besonders gut. Es ist fraglich, ob er jemals wieder das Bewusstsein erlangt.«

Uwe sah Zöllner erstaunt an. Seit wann mischte sich der leitende Oberstaatsanwalt in laufende Ermittlungen ein? Und was sollte diese Aussage bedeuten? Dass es nun sowieso egal war und der Täter sich nicht mehr wehren konnte, dass man jetzt endlich einen Sündenbock hatte, der passenderweise nicht mehr den Mund aufmachen würde? Aber vielleicht lief es genau so, waren das die Wege von Leuten wie Zöllner; die trieben sich nicht in den Parks und Hofeinfahrten rum, die griffen zum Telefon, trafen sich auf eine Zigarette oder zum Mittagessen, um die Dinge auf dem kurzen Dienstweg zu klären und Hindernisse aus dem Weg zu räumen.

»Ich weiß, dass du das nicht gerne machst«, sagte Zöllner. Beide sahen wieder zu den Arbeitern, die immer noch darüber zu diskutieren schienen, wie der Lkw am besten zu parken sei. »Aber hier heißt es jetzt Augen zu und durch. Nicht so viel nachdenken, der schnelle Ermittlungserfolg steht über allem, quick and dirty ist angesagt.«

Er lächelte, aber in diesem Lächeln lag keine Zuversicht, eher eine müde Resignation. »Halt mich auf dem Laufenden«, sagte er, klopfte Uwe freundschaftlich auf die Schulter und ging.

Auf dem Weg raus nach Preungesheim zur JVA musste Uwe an den Ausbruch von Brandt denken. Irgendwie machte sie das plötzlich sympathischer, zeigte ihm, dass auch Brandt nicht die aalglatte, professionelle Anwältin war, für die sie sich selbst hielt, dass auch sie aufbrausend werden konnte. Das war ihm viel lieber als Leute, die alles mit einem Lächeln runterschluckten. Aber eins war nun klar: In der Staatsanwaltschaft gab es anscheinend einen ziemlich festen Plan, wie man mit dem Fall Andresen umgehen wollte, die Politik hatte sich auch hier eingeschaltet, man schien sich bereits auf Täter und Tathergang geeinigt zu haben.

Der Pausenraum, in den man Uwe führte, war ohne jede Annehmlichkeit, ein einfacher Tisch, ein paar Stühle, an der Wand hing ein alter Kalender, fünf Jahre alt, mit »hessischen Lieblingsorten«, ein sich traurig zur Seite neigender, kleiner Kaktus stand auf dem Fenstersims. Uwe wollte sich gerade setzen, als sich die Tür wieder öffnete und eine Vollzugsbeamtin hereinkam, die sich mit Sandra Lüders vorstellte. Uwe kannte sie, auch ihren Namen hatte er schon irgendwo einmal gehört, und dann fiel es ihm wieder ein. Vier oder fünf Jahre war die Sache her, sie war älter geworden im Gesicht. Es war damals zu einem Todesfall in der JVA gekommen, ein Verdächtiger, den Uwe im Visier gehabt hatte, hatte sich in seiner Zelle erhängt. Es waren damals gegen Sandra Lüders und einen Kollegen Ermittlungen wegen unterlassener Hilfeleistung angestrengt worden, die jedoch zu nichts geführt hatten. Uwe aber hatte angenommen, dass man sie und den Kollegen zumindest versetzen würde, was aber anscheinend ebenfalls nicht geschehen war.

»Sie haben Schota Arweladse gefunden?«, fragte Uwe und versuchte, sich nichts anmerken zu lassen.

»Ja,« sie nickte und sah Uwe fast ein wenig misstrauisch an. Hatte sie ihn ebenfalls erkannt? »Morgens, er lag in einer der Duschen. Ich machte nach dem Umschluss um acht meine Runde, da hab ich ihn gefunden.«

»Die Gefangenen können sich da frei bewegen?«

»Ja, sechs, halb sieben schließen wir auf, dann haben sie bis acht Uhr Zeit, können Kaffee trinken, duschen, im Gemeinschaftsraum Zeitung lesen, so was.«

»Also, er lag in der Dusche. Und natürlich hat niemand was gesehen oder gemerkt?«

Sie zuckte nur mit den Schultern.

»Ich muss Ihnen doch nicht erklären, wie das hier so läuft, oder?«, sagte sie. »Der Mann war ein Unbekannter, als er hier ankam, der hatte von Anfang an keinen guten Stand. Und er wollte eigentlich auch nicht aus seiner Zelle raus, aber er musste natürlich mal duschen, Klamotten wechseln. Er wirkte irgendwie ängstlich.«

»Und es gibt wahrscheinlich keine Verdächtigen?«

»Wir haben gleich Maßnahmen ergriffen, Umschluss gestrichen, Befragungen durchgeführt. Aber natürlich redet da keiner.«

»Hatte Arweladse zu irgendwem Kontakt?«

»Wie gesagt, er war sehr zurückgezogen, hat kaum gesprochen. Ich habe ihn mit keinem gesehen, er war immer allein, meist in seiner Zelle.«

Uwe lehnte sich zurück. Hatte er etwas anderes erwartet? Auf so engem Raum stauten sich Aggressionen, Rangordnungen mussten klargestellt werden. Vielleicht war Schota einfach nur zur falschen Zeit am falschen Ort gewesen, war zwischen die Fronten geraten. Vielleicht hatte ihn seine Verschwiegenheit für andere Gefangene verdächtig gemacht.

Andererseits fragte er sich, warum die Beamten ihn nicht besser im Blick gehabt hatten, als Neuling, als Unbekannten. Sandra Lüders hatte ja anscheinend bemerkt, dass er ängstlich war, dass es ihm nicht gut ging.

»Ich frage mich ja schon, wie hier, wo es überall Kameras gibt und sie als Beamte, wie da so etwas passieren kann.«

Lüders kniff die Augen zusammen und starrte ihn an. Uwe ließ sich nichts anmerken.

»Wollen Sie damit sagen, wir sind schuld an seinem Tod?«

»Ich will damit sagen, dass so was hier nicht passieren dürfte. Der Staat muss das Leben schützen, auch hier drinnen.«

Die Beamtin lachte einmal hell auf.

»Sie scheinen nicht oft hier zu sein.«

Uwe lehnte sich nach vorn.

»Es ist nicht das erste Mal, dass es in dieser Einrichtung zu einem Zwischenfall gekommen ist, ich erinnere mich noch gut an den Verdächtigen, der sich hier erhängt hat. Auch damals wollte niemand was gesehen haben.«

»Das steht hier nicht zu Debatte.«

Lüders wurde laut, ihre Stimme zitterte.

»Doch, das tut es«, Uwe stand auf. »Es geht hier um ein Menschenleben. Das sollte auch Ihnen nicht egal sein. Und wenn es das ist, dann haben wir ein ziemlich großes Problem.«

Lüders starrte Uwe feindselig an.

»Was wollen Sie von mir?«

»Das wird sich noch zeigen. Halten Sie sich auf jeden Fall bereit, wir werden sicher noch mit Ihnen sprechen.«

Damit verließ Uwe den Raum und ließ Sandra Lüders sitzen. Diesmal würde sie nicht damit durchkommen, diesmal würde er es darauf anlegen, und es war ihm scheißegal, was Michels davon hielt.

Uwe gelangte durch Schleusen und gut gesicherte Türen wieder hinaus in Freie, wo er stehen blieb, an der grauen Anstaltsmauer hinaufsah und tief ein- und wieder ausatmete.

Frau Vogelsang sei noch in einer Besprechung, aber es werde sicher nicht lange dauern, er könne ja so lange in der Teeküche warten, ob er einen Kaffee wolle? Die junge Frau hatte sich mit Wilms vorgestellt. Uwe hatte sie schon einige Male gesehen, sie gehörte zum Team von Greta, aber länger mit ihr gesprochen hatte er noch nie. Er versuchte, das nächste Kaffee-Angebot einfach wegzulächeln, aber die junge Frau legte die Stirn in Falten, und dann sagte er, dass er nichts wolle, dass er einfach hier auf Greta warten würde.

Uwe stand am Fenster und sah hinunter auf die Straße. Das ganze Wochenende über hatte er den Gedanken gewälzt, Greta wegen der Übernachtungen anzurufen, es dann aber doch nicht getan. Es war nicht die Sorge, sich vor ihr lächerlich zu machen, wahrscheinlich würde Greta die Sache mit dem Lindy Hop ganz großartig finden und am Ende noch selbst zur Tänzerin werden, vielmehr waren das Tanzen und die Menschen, die er dort um sich hatte, etwas, das ganz und gar ihm gehörte, das nichts mit der Arbeit zu tun hatte. Es war wie eine Insel, auf die er sich immer wieder zurückziehen konnte, in dem Wissen, dort nicht nach irgendwelchen Ermittlungsergebnissen gefragt zu werden, dort keine verstümmelten, aufgeblähten Leichen zu Gesicht zu bekommen, kein Blut riechen, keine Ausreden hören zu müssen. Dort kam ein anderer Uwe Fähndrich zum Vorschein, einer, den hier niemand kannte.

»Uwe, schön dich zu sehen.« Er fuhr herum. Vogelsang stand vor ihm, lächelte, schenkte sich Kaffee ein. »Gut, dass du hier bist, wir müssen uns unterhalten.«

Und dann erzählte sie ihm, was sie von ihrem Informanten erfahren hatte: von den Verbindungen des Konzerns nach Marokko, von der dortigen Partnerfirma Moroccan Energy und den Anschuldigungen wegen möglicher Umweltverbrechen, erzählte von Green Grabbing und grünem Kolonialismus. Und während sie sprach und Uwe ihr zuhörte, spürte er wieder ein dumpfes Grollen in der Magengegend. Nicht wegen Greta, auch nicht wegen dem, was sie sagte. Vielmehr ärgerte er sich über sich selbst, darüber, dass er sich kurz zuvor Brandt und Zöllner so schnell geschlagen gegeben, dass er nicht einfach auf seinem Standpunkt beharrt hatte. Das, was er hier gerade erfuhr, löste zwar seinen Fall nicht, verschob aber den Schwerpunkt.

»Ich habe Kontakt mit Spanien aufgenommen«, sagte Vogelsang gerade, »und mich mit der Kollegin ausgetauscht, sie wird um Amtshilfe bitten. Ich kann also jetzt offiziell gegen Liquid Lights und deren Partner ermitteln. Erfahrungsgemäß wird da nicht viel rauskommen, die werden ihre Anwälte in Stellung bringen, aber man weiß nie.«

Sie berichtete, dass in Spanien schon längere Zeit die Kampagne einer Umweltgruppe laufe, regelmäßig würden sich Aktivisten an die Werkstore zweier Raffinerien von Liquid Lights ketten, was zu tagelangen Verzögerungen in der Logistik führe.

Eigentlich bräuchte Uwe jemanden wie Vogelsang an seiner Seite, jemanden, mit dem er Theorien entwickeln und die Gedanken erst mal ins Kraut schießen lassen konnte; er wusste, dass sie ähnlich dachten und tickten, und seit er die Gerüchte um ihre Versetzung aufgeschnappt hatte, war da eine leise Hoffnung aufgekeimt.

»Alles okay bei dir?« Vogelsang hatte ihn ertappt, wie er mit seinen Gedanken spazieren ging.

»Ja, ja, alles okay«, er blieb einen Augenblick unschlüssig stehen, wusste nicht, ob er sich setzen oder einfach weiter hier herumstehen sollte.

»Lass uns in mein Büro gehen«, sagte sie.

Uwe nahm auf dem roten Sofa Platz, während Vogelsang mit ihrem Schreibtischstuhl zu ihm rollte.

»Brandt und Zöllner machen ziemlich Druck«, sagte er. »Die beharren auf der Raubmord-These, obwohl die auf ziemlich wackeligen Beinen steht. Ich meine, ausschließen will ich es nicht, aber nach dem, was du gerade erzählt hast, sollten wir unbedingt Liquid Lights im Auge behalten. Also, du musst sie im Auge behalten, mir sind da die Hände gebunden.«

»Ich habe morgen einen Termin in Höchst bei Liquid Lights«, sagte sie. »Ich will sehen, wie sie auf die Vorwürfe reagieren.«

»Hoffentlich erreichst du was. Die ganze Sache ist hochpolitisch«, Uwe streckte die Beine aus. »Also gerade das Richtige für mich«, er grinste. »Nein, ernsthaft jetzt, Zöllner ist nervös, weil er Druck von ganz oben bekommt, er ruft sogar im Krankenhaus an, um sich nach dem Verdächtigen zu erkundigen.«

Jetzt war Uwe an der Reihe. Er teilte seine Informationen mit Vogelsang, den Namen des Fuchses, Schota Arweladse, die weiterhin erfolglose Fahndung nach Silke Andresen, die losen Fäden, die er in der Hand hielt.

»Ich war gerade noch mal in der JVA«, sagte er. »Die nehmen Arweladses Tod mit einem Schulterzucken hin, als wäre es eine Bagatelle. Denen werde ich jetzt richtig auf die Füße treten.«

Vogelsang nickte.

»Weißt du«, fuhr Uwe fort, »mich kotzt dieser ganze Zynismus so was von an. Jeder schaut nur noch nach sich, Hauptsache, man bringt seine Schäfchen ins Trockene. Die anderen? Scheißegal. Und dass Arweladse jetzt im Koma liegt, ist doch praktisch, da haben wir ein perfektes Bauernopfer, das sich nicht mehr wehren kann, und alles geht weiter seinen Gang.«

»Du weißt doch, wie es läuft, Uwe.«

»Ja, schon. Aber ich dachte, es gibt in dem Laden noch ein paar anständige Leute«, er sah Greta jetzt direkt an. »Ich habe da Gerüchte gehört, dass du versetzt werden sollst. Ist was passiert?«

Vogelsang lachte hell auf.

»Wie schön, dass ihr euch alle so um mich kümmert«, sagte sie. »Du erinnerst dich an die Sache mit Wassermann-Schlotz? Das hat im Haus zu einigen Verwerfungen geführt, außerdem fehlen uns die Leute. Sollte dir doch bekannt vorkommen.« Sie stand auf und trat ans Fenster. »Aber nein, zu deiner Beruhigung, ich werde nicht versetzt.«

Uwe dankte Vogelsang für die Informationen. Sie würden der Spur nach Marokko weiter folgen, unabhängig davon, was Brandt und Zöllner davon hielten.

Uwe saß vor dem ausgeschalteten Bildschirm, knetete den Antistressball und beobachtete, wie sich langsam die Dunkelheit über die Stadt legte. Die meisten Kollegen hatten schon Feierabend, auch er hätte längst weg sein wollen, aber jetzt saß er hier in seinem Büro, und seine Gedanken drehten sich im Kreis. Er war eigentlich kein Grübler, auch so eine neue Marotte, die sich unbemerkt eingeschlichen hatte. Herumsitzen und Gedanken wälzen. Er atmete einmal tief ein und wieder aus. Er spürte, dass da draußen etwas vor sich ging, die Sache mit dem Fuchs, der ungeklärte Zwischenfall in der JVA, Radkos Flucht, Liquid Lights – all das hing irgendwie miteinander zusammen, aber er wusste nicht, wo genau sich die einzelnen Fäden zu Knoten verbanden, was das alles zu bedeuten hatte. Er warf den Ball Richtung Fenster. Vielleicht sollte er es einfach lassen, zumindest für heute.

Er stand auf, wollte nach seiner Jacke greifen, als es klopfte. Dann ging die Tür auf und Michels trat ein. Uwe stöhnte innerlich auf. Michels Wangen waren rot gefleckt, er lehnte sich an den Schreibtisch und verschränkte die Arme vor der Brust.

»Ich habe Licht gesehen«, sagte er. »Du bist noch da.«

Uwe nickte nur.

»Lässt dich der Fall nicht los?«

Und noch bevor Uwe reagieren konnte, fuhr Michels fort:

»Mich auch nicht«, er schob eine Hand in die Hosentasche. »Der norwegische Energieminister hat sich in den Fall eingeschaltet, er zeigt sich besorgt über die Vorgänge hier in Frankfurt, die Liquid Lights betreffen. Der norwegische Staat hält ja einige Anteile am Unternehmen und hat ein gewisses Interesse daran, dass die Geschäfte laufen. Jedenfalls, die Sache ist jetzt auf der diplomatischen Ebene angekommen.«

Wieder nickte Uwe nur. Was wollte ihm Michels mit seinem Auftritt hier sagen?

»Wir brauchen Ergebnisse.« Michels sah Uwe an. »Wir müssen uns jetzt auf das Wesentliche konzentrieren, auf die Aussage dieses Georgiers. Und dann schnell Anklage erheben. Die Staatsanwaltschaft folgt da unserer Vorgehensweise und ist auch an einem schnellen Abschluss interessiert. Prioritäten sind jetzt wichtig, Uwe.«

»Arweladse liegt im Koma«, sagte Uwe. »Und es gibt offene Fragen zum Vorfall in der JVA. Wie konnte es dazu kommen? Ist ja nicht das erste Mal.«

»Darum sollen sich die Kollegen kümmern. Wir konzentrieren uns jetzt voll auf diesen Arweladse.«

»Das tue ich. Und ich will wissen, warum man ihn angegriffen hat.«

»Streitigkeiten, kennt man doch. Das ist doch jetzt nicht entscheidend. Wir müssen da auf einer Linie sein, wir beide. Keine Alleingänge, klares und abgestimmtes Vorgehen mit der Staatsanwaltschaft. Ich will genau wie du den Fall schnell von meinem Schreibtisch haben.«

Michels lächelte aufmunternd, auch wenn dieses Lächeln etwas anderes meinte: Uwe sollte sich fügen, den Mund halten und der von Michels vorgegeben Linie folgen.

Uwe blieb stumm, hob den kleinen Ball auf und begann ihn wieder zu kneten.

»Dann sind wir uns ja einig«, Michels ging zur Tür und zog sie auf. »Einen schönen Feierabend. Können wir alle gebrauchen.«

Dann ging er. Uwe stand einige Augenblicke unschlüssig im Raum, zerquetschte den kleinen Ball fast in seiner Faust; dann ließ er ihn fallen, schaltete den Bildschirm an und öffnete seinen privaten Mailaccount. Michels konnte ihn mal kreuzweise. Er würde im Fall von Arweladse nicht einfach aufgeben, er würde bohren und nachhaken, wie er es immer getan hatte. Er musste herausfinden, was da in der JVA vor sich ging, warum man den Fuchs ins Koma geprügelt hatte und weshalb niemand etwas mitbekommen haben wollte. Schnell schrieb er eine Mail und verschickte sie. Dann rollte er ein Stück von seinem Tisch zurück; seine Nachricht würde durch die Straßen laufen, durch Hinterhöfe und über die kleinen Plätze, es würde geflüstert, geraunt, irgendjemand würde etwas aufgeschnappt haben, jemanden kennen, der jemanden kennt, der … Und Uwe würde warten.

Uwe wusste nicht, woher bei ihm die Leidenschaft fürs Tanzen kam. Vielleicht von seiner Großmutter, die ihm manchmal beim Abendbrot und nach dem zweiten Glas Rotwein erzählt hatte, wie sie mit dem Großvater auf den Karnevalsfeiern im Festsaal der kleinen Gemeinde getanzt habe. Oft waren wir die Ersten auf der Tanzfläche, hatte sie gesagt, und oft auch die Letzten, die gingen. Dein Großvater hat sich am Anfang immer geziert, aber ich habe ihn nicht entkommen lassen! Dabei hatte sie aufgelacht, war aufgestanden und hatte eine kleine Drehung vollführt, wie zum Beweis, dass sie es noch konnte, dass sie sich jeden Moment ihre schwarzen Schuhe anziehen und mit ihm, Uwe, hinüber in den Gemeindesaal gehen konnte, wo schon alle auf sie warteten, darauf, dass die Großmutter mit einer knappen Verbeugung und einem ersten Wirbel endlich den Abend eröffnete.

Uwe hatte in seiner Jugend wie viele andere auch die Tanzschule besucht und dort die Klassiker gelernt, Walzer, Foxtrott, Discofox und Cha-Cha-Cha, sich dabei aber schnell gelangweilt und das Tanzen eine Zeit lang gegen den Fußball eingetauscht. Während seiner Ausbildung an der Polizeischule hatte er dann aber wieder damit begonnen, diesmal lateinamerikanische Tänze wie Salsa oder Bachata. Dabei hatte er auch Dora kennengelernt. Sie passten perfekt zueinander, ergänzten sich und nahmen bald schon an Wettbewerben teil, wo sie regelmäßig Siege einstrichen. Aber beiden fehlte etwas, plötzlich ging es um Preise und den nächsten Wettbewerb und immer weniger um den Spaß, plötzlich ging es um Perfektion und nicht mehr darum, mit anderen Leuten eine gute Zeit zu verbringen. Als Dora irgendwann mit der Idee kam, es mal mit dem Lindy Hop zu versuchen, war Uwe zuerst skeptisch gewesen, fing dann aber genauso schnell Feuer wie Dora. Hier ging es nicht nur ums Tanzen, nicht darum, der Beste, der Agilste zu sein, sondern um die Gemeinschaft, um das Erlebnis, darum, zusammen einen guten Abend zu verbringen, später durchgeschwitzt und in Socken mit einem Bier zusammenzustehen und den Tag zu verabschieden. Uwe und Dora etablierten sich schnell in der kleinen Szene, fuhren zu Exchanges nach Hamburg und Dresden und hatten dann beschlossen, nun selbst eine eigene in Frankfurt auszurichten, bei der für drei Tage Tänzer aus allen Teilen des Landes zusammenkommen würden; man würde in die Apfelweinkneipen gehen, eine Schifffahrt auf dem Main machen, und natürlich würde man tanzen, mit einer großen Party am Ende.

Uwe trug Kopfhörer und wirbelte durch die Wohnung, vom Wohnzimmer in den Flur, ins Schlafzimmer und wieder zurück. Er hatte geduscht, trug Jogginghose und ein altes Shirt, seine Haare waren noch feucht, er war vielleicht auch ein klein wenig angeheitert von den zwei Bier, die er nach der Arbeit getrunken hatte, grundlos, einfach, weil er Lust drauf hatte, und jetzt tanzte er mit den Grundschritten durch die Wohnung. Er summte zur Musik, warf, während er weitertanzte, die Schmutzwäsche aus dem Bad in den Wäschekorb, schüttelte sein Bett auf, klaubte

Socken und eine Unterhose vom Boden, schaute auf dem Balkon nach, ob noch genügend Vogelfutter im Behälter war. Er war wieder auf seiner kleinen Insel, auf Uwe Island, aber in letzter Zeit fragte er sich, ob es gut war, dort immer allein zu sein. Es gab eigentlich keinen Grund, sich zu verstecken, er musste es ja nicht groß herumposaunen, aber warum nicht einzelnen Menschen davon erzählen? Greta zum Beispiel oder Anne. Lange hatte er die Rolle des toughen Bullen gespielt, einer, den nichts mehr schocken konnte, der über den Dingen stand, aber so war es nicht. Er war schreckhaft geworden, irgendwie dünnhäutiger, der Vorfall auf der Baustelle steckte ihm noch in den Knochen, auch wenn das alles bloß Zufall gewesen sein konnte. Aber da gab es plötzlich diese leisen Zweifel, an seinen Fähigkeiten als Ermittler, an seinem Selbstverständnis, mit dem er sich seines Netzwerks bediente. Vielleicht war es endlich an der Zeit, der zu werden, der er die ganze Zeit über eigentlich war: ein netter Kerl mit ein paar Schrullen, der die Welt ein klein bisschen besser machen wollte.

# 12

Der Industriepark in Höchst war ein wildes Durcheinander aus Lagerhallen, mehrstöckigen Bürogebäuden, Schornsteinen, ein Ort aus Rohren und Leitungen, roten Backsteinen, Sicherheitswesten, Stahlschuhen und Warnlampen, technisch, kompliziert und bürokratisch, ein Ort, der nach eigenen Regeln funktionierte, abgeschottet vom Rest der Stadt, gleichzeitig gefährlich und hochproduktiv. Die Zentrale von Liquid Lights lag am Rande des Parks, auf der südlichen Mainseite, wo sich in Blickweite der Schornsteine Firmen angesiedelt hatten, die zwar Teil des Areals waren, aber nicht an dessen Abgeschlossenheit partizipierten, da sie auch repräsentieren mussten; hier gab es begrünte Dächer, Glasfassaden, einen großen Weiher und gekieste Wege, die sich durch eine parkähnliche Anlage schlängelten.

Vogelsang hatte ihren Corsa auf dem großen Parkplatz vor der Zentrale abgestellt und fragte sich, ob das Ganze hier ein Fehler war.

Die Entscheidung, Liquid Lights um ein Gespräch zu bitten, war ihr am Sonntagabend gekommen, als sie mit ihrem Vater Nachrichten gesehen hatte. Warum nicht in die Offensive gehen, hatte sie sich da gefragt, als gerade die Bilder vom Sonntagsspiel der Fußballbundesliga zu sehen waren, warum nicht Juna zum Gespräch bitten? Sie wollte ihr die Möglichkeit geben, die Gerüchte um mögliche Manipulationen aus der Welt zu schaffen, reinen Tisch zu machen. Was lief da drüben in Marokko, welche Rolle hatte Leif Andresen genau gespielt? Sie hatte die leise Hoffnung, dass Juna ihr gegenüber offener sein würde, deswegen war sie alleine hier und der Termin nicht offiziell. Möglich, dass sie einen Fehler machte, möglich, dass sie alles nur noch mehr verbockte. Aber manchmal half nur der direkte Weg.

Sie stieg aus und lief über den Parkplatz zum Empfang, meldete sich an und bekam einen Besucherausweis. Die Lobby war groß und glänzend wie viele Lobbys, um die Besucher zu beeindrucken und ein klein wenig einzuschüchtern, es gab viel Grün in Form von in den Boden eingelassenen Beeten mit üppigem Bewuchs, irgendwo plätscherte Wasser, Vogelgezwitscher war zu hören. Eine junge Frau holte sie ab, mit dem Aufzug glitten sie in die oberen Stockwerke, wo Juna sie in Begleitung zweier Männer in dunklen Anzügen erwartete; ein schlichter Besprechungsraum mit Flachbildschirm an der Wand, der Blick ging über den Main zum Industriepark. Juna lächelte aufrichtig und reichte Vogelsang die Hand, bat sie, Platz zu nehmen, die Assistentin fragte nach Kaffee oder Tee, die beiden Männer stellten sich als Konzernanwälte vor.

Vogelsang trank einen Schluck Kaffee. Sie hatte gehofft, alleine mit Juna sprechen zu können, anderseits schien Liquid Lights wirklich nervös, wenn sie Juna nur in Begleitung der Anwälte treffen konnte.

»Ich bin nicht wegen dem Fall Andresen hier«, begann Vogelsang, »vielmehr möchte ich ein paar Gerüchte klären, die mir zu Ohren gekommen sind und die eventuell in Verbindung mit Andresen und seiner Arbeit in Marokko stehen könnten. Zum einen geht es um den Verdacht der Manipulation, darum, dass der von Liquid Lights als grün bezeichnete Wasserstoff gewöhnlicher grauer Wasserstoff ist. Zum anderen sind in Spanien mehrere Klagen von Umweltorganisationen eingegangen, man wirft ihrem Partner ME vor, bei der Produktion des Wasserstoffs Umweltstandards zu missachten, außerdem ist von unrechtmäßiger Landnahme und Korruption die Rede.«

Sie sah, wie Junas Mundwinkel leicht zuckten, wie es hinter der Maske aus Professionalität und Contenance arbeitete. Juna machte sich gerade, sie lächelte, einer der Anwälte beugte sich zu ihr und flüsterte ihr etwas zu.

»Wir kennen die Vorwürfe«, sagte Juna, »und sie entbehren jeglicher Grundlage. Seit wir die Partnerschaft in Marokko eingegangen und ins Geschäft mit dem Wasserstoff eingestiegen sind, ist Liquid Lights solchen Desinformationskampagnen ausgesetzt. Es handelt sich dabei um die Propaganda radikaler Aktivisten, die auch nicht vor Sachbeschädigung und Anschlägen zurückschrecken. Würde es nach denen gehen, dann sollten wir alle wieder in Höhlen leben und uns selbst versorgen, jeglicher Fortschritt bedeutet für sie einen Eingriff in die Natürlichkeit der Erde. Aber seit der Mensch sesshaft geworden ist, ist diese Natürlichkeit doch bloß ein Mythos, ein esoterisches Konzept, um Heilkristalle und Gesundheitstees zu verkaufen.«

Junas Augen hatten einen seltsamen Glanz angenommen, etwas, das Vogelsang bei ihr in den letzten Tagen nicht gesehen hatte: echte Begeisterung. Juna las hier nichts von einem vorbereiteten Zettel ab, das, was sie sagte, meinte sie auch so.

»Transformationen gab es schon immer«, fuhr Juna fort, »sie vollziehen sich aber immer schneller, da bleibt einfach keine Zeit, um jahrzehntelang abzuwägen, Studien zu erstellen, mal hier und da ein bisschen auszuprobieren. Nein, jetzt müssen alle Kräfte gebündelt werden, jetzt braucht es eine gemeinsame Anstrengung von Politik und Wirtschaft, um die Herausforderung der Dekarbonisierung zu stemmen. Jetzt müssen die Grundlagen gelegt werden, um für die nächsten Generationen Wohlstand und Sicherheit zu gewährleisten. Natürlich kostet das Geld, sehr viel Geld.«

Einer der beiden Anwälte räusperte sich.

»Die Anklage in Spanien betrifft, wie Sie richtigerweise bemerkt haben, unseren Partner Moroccan Energy und muss von den marokkanischen Behörden bearbeitet werden. Unser Partner hat bereits mit einer Gegenklage reagiert. Und was die Personalie Leif Andresen betrifft: Dazu müssen Sie sich ebenfalls an Moroccan Energy wenden, da Herr Andresen dort als Berater angestellt und für uns lediglich als Vermittler tätig war. Sein Tod hat uns alle schockiert, aber der Fall obliegt ja nicht Ihnen, sondern den Kollegen von der Kripo, also überlassen wir denen die Arbeit.«

»Ich bin wie gesagt nicht wegen Leif Andresen hier«, sagte Vogelsang. »Betrachten Sie es als ein Angebot an Sie, hier und jetzt ein paar Dinge klarzustellen.«

»Es gibt hier von unserer Seite nichts klarzustellen, Sie können alles in unseren Berichten nachlesen. Der grüne Wasserstoff ist zertifiziert, das Werk in Marokko hat alle nötigen Genehmigungen.«

»Liquid Lights engagiert sich in vielen Umweltprogrammen«, übernahm jetzt wieder Juna das Gespräch. »Wir bauen Brunnen, das Wasserstoffwerk ist der größte Arbeitgeber in der Region, und wir bezahlen Löhne, die weit über dem Durchschnitt liegen. Die Menschen vor Ort profitieren von unserem Engagement, sodass es auf allen Seiten nur Gewinner gibt. Aber natürlich braucht das Zeit, das geht nicht von heute auf morgen. Und dann gibt es immer jemanden, dem es zu schnell oder nicht schnell genug geht.«

Vogelsang lehnte sich zurück. Was sie hier vorgeführt bekam, war die reinste PR-Veranstaltung. Und ihr fiel auf, dass Juna immer wieder zu den beiden Anwälten sah, als suchte sie dort um Erlaubnis, als müssten die erst das von ihr Gesagte bestätigen.

»Es gibt Gerüchte über geheime Dokumente«, Vogelsang blickte Juna direkt an. Ihr Vorstoß war nicht ungefährlich, aber sie musste Juna, musste den Konzern zu irgendeiner Reaktion zwingen. »Dokumente, die die Manipuationen belegen sollen. Sind die auch nur ausgedacht, ist das auch nur eine Schmutzkampagne?«

»Von solchen Dokumenten wissen wir nichts«, sagte der Anwalt, der bis jetzt geschwiegen hatte, ein älterer Mann mit dunklen Haaren und buschigen Augenbrauen. »Und ich denke, dass wir das Gespräch an dieser Stelle auch beenden können. Wenden Sie sich bei weiteren Fragen an die Presseabteilung oder an unsere Anwälte. Frau Niemi ist in diesem Fall sicher nicht die richtige Ansprechpartnerin.«

Vogelsang beobachtete Juna, sah, wie sie blass wurde, wie der junge Anwalt neben ihr ebenfalls unruhig zu werden schien und in seinen Papieren nach etwas suchte.

»Sie wissen davon vielleicht nichts. Das bedeutet aber nicht, dass es diese Dokumente nicht gibt«, sagte Vogelsang und stand auf, weil sich alle anderen Anwesenden ebenfalls erhoben hatten.

»Wie gesagt, wenden Sie sich an unsere Rechtsabteilung, wenn Sie Fragen haben. Sie müssen ja ziemlich verzweifelt sein, wenn Sie als Staatsanwältin mit diesen dünnen Gerüchten auftauchen.« Der Anwalt lächelte süffisant.

»Das ist mein Job«, sagte Vogelsang. »Gerüchten nachzugehen. Danke für deine Zeit«, wandte sie sich jetzt an Juna. Die nickte ihr zu, umrundete den Tisch und flüsterte ihr, als sie an Vogelsang vorbei kam, ein »Danke dir« zu. Dann verließ sie zusammen mit dem jungen Anwalt den Raum.

»Frau Jäger wird Sie nach unten bringen, den Weg hinaus finden Sie sicher allein«, der Anwalt richtete seine Krawatte. »Und tun Sie uns allen einen Gefallen: ersparen Sie uns diese Zeitverschwendung, ich denke, wir haben alle Besseres zu tun, als irgendwelchen Gerüchten nachzujagen.«

»Sie werden von mir hören«, sagte Vogelsang. Ganz sicher werden Sie das.

Auf dem Rückweg hielt Vogelsang am Alten Friedhof Schwanheim, stieg aus und ging hinunter zum Fluss.

Dort blieb sie stehen und sah zu den Gebäuden auf der anderen Seite. Sie erinnerte sich, dass es in ihrer Kindheit im Winter öfter Industrieschnee gegeben hatte, fein wie Puderzucker, erinnerte sich an die Sirenen, die immer mal wieder losgeheult hatten, meist nur zur Übung. Anfang der Neunzigerjahre war es dann aber zu einem echten Störfall gekommen, der an einem Rosenmontag dazu führte, dass in den Kleingärten Griesheims und Schwanheims eine klebrig gelbe Chemikalie niederging und sie den Garten wochenlang aufgrund der aufwendigen Reinigungsaktion nicht besuchen konnten. Jetzt waren die meisten Betriebe von Griesheim nach Höchst abgewandert oder hatten dichtgemacht, das Areal sollte modernisiert, Start-ups in den alten Industriegebäuden angesiedelt werden. Der Fortschritt macht vor nichts Halt, dachte sie, und manche verdienen sich damit eine goldene Nase. Vielleicht nicht mal mit dem Fortschritt an sich, sondern einfach nur damit, dass sie behaupten, er sei unausweichlich.

Fortschritt und Wachstum bedeuteten ja zwangsläufig, dass es allen besser gehe, dass alle in gleichem Maße davon profitierten, dass sich der Reichtum von oben nach unten ausbreiten würde. Aber das war ein Märchen, eine Gutenachtgeschichte, die sie sich in den Unternehmen wieder und wieder erzählten, um überhaupt noch weitermachen zu können. Liquid Lights war nervös, das hatte ihr das Gespräch deutlich gemacht. Der Konzern versuchte alles, um jeglichen Verdacht von sich fern zu halten, warum sonst hatten sie Juna die beiden Anwälte zur Seite gestellt? Sie überlegte, mit Abel zu sprechen und seine Kontakte zu Interpol zu nutzen, um etwas über Liquid Lights herauszufinden.

Der Wind frischte auf und trieb ein paar Regentropfen vor sich her. Träge zog ein Binnenschiff vorüber. Manchmal, wenn Vogelsang eines dieser Schiffe sah, stellte sie sich vor, dort als Leichtmatrosin anzuheuern und mit Gummistiefeln und einem Schlauch in der Hand das Deck abzuspritzen, während rechts und links Städte und Dörfer vorbeizögen, sie würde Kindern winken und vorn am Bug sitzen, um dort Mittagspause zu machen.

Sie ging zum Wagen zurück und dachte dabei an das »Danke« von Juna. Im ersten Moment hatte sie geglaubt, es sei nur eine weitere professionelle Floskel, aber dann war da etwas in Junas Blick gewesen, eine Art Erleichterung vielleicht, und Vogelsang war klar geworden, dass Juna dieses »Danke« ernst gemeint hatte, dass sie selbst eine Gefangene der Umstände und dieses leise hingesagte Wort eine winzige Rebellion war.

Die Königin saß ihr gegenüber am Tisch des kleinen Cafés, vor sich hatte sie den Teller mit einem Stück Sachertorte und eine Tasse Kaffee, sie trug ihr geblümtes Sommerkleid, das eigentlich für diese Jahreszeit zu leicht war, aber sie hatte darauf bestanden und nicht mit sich reden lassen, und erst, als Greta darauf hingewiesen hatte, dass sich Clark um sie sorgen würde, war sie bereit gewesen, noch die Strickjacke überzuziehen. Es war später Nachmittag, Greta war direkt von der Arbeit nach Hanau gefahren und hatte vor dem Heim Alfred getroffen. Es war Helga Vogelsangs dreiundsiebzigster Geburtstag, und wie immer hatte sie sich Sachertorte und Kaffee gewünscht. Außerdem erwartete sie Clark und Audrey, beide würden sich wie immer verspäten, und die Königin hatte sich vorgenommen, ihnen keine Szene zu machen, wusste sie doch um die vollen Terminkalender der beiden; während Clark ja gerade zu kämpfen habe und das große Studio MGM verlassen wolle, drehe Audrey noch *My Fair Lady* und treffe erst spät am Abend in der Stadt ein, um ihrer langjährigen Freundin zu gratulieren.

»Sie ist immer beschäftigt«, sagte die Königin und trank einen Schluck Kaffee, »aber vergessen hat sie mich noch nie, auch wenn ihre Glückwünsche manchmal ein paar Tage später kommen.«

Dann lächelte sie zufrieden.

Helga Vogelsangs Demenz hatte sich über die Jahre langsam angeschlichen, hatte mit kurzen Verwirrtheitszuständen begonnen, sie vergaß das Essen auf dem Herd, verwechselte die Gartenlauben und tauchte mehr und mehr in die Welt der großen Schauspieler der 30er, 40er und 50er Jahre ab, mit denen sie intensive Gespräche führte. Helga hatte sich selbst immer ins Rampenlicht gewünscht, eine Frau, die ihr Leben lang glaubte, zu kurz gekommen zu sein, und die ihren Mann diese Versäumnisse in stiller Wut spüren ließ; sie stritten selten, es waren eher kleine Gesten der Missbilligung, Blicke, die Helga ihrem

Mann zuwarf, wenn der im Restaurant nur eine Tomatensuppe bestellte oder kaum Trinkgeld gab. Als Verkäuferin bei Kaufhof konnte sie günstig die vergangene Sommermode bekommen und trug diese dann im nächsten Frühjahr auf, was ihr aber trotzdem ein sichtbares Unbehagen bereitete. Immer wieder wies sie Greta auf die Kleidung anderer Frauen hin, auf die modernen neuen Schnitte, und ließ Halbsätze fallen wie »Da kann mein Kleid nicht mithalten« oder »Letztes Jahr wäre ich auch modern gewesen«, denen sie dann oft ein etwas zu lautes Lachen hinterherschickte.

In den letzten Jahren hatte sich ihr Zustand merklich verschlechtert. Mehrmals war sie verschwunden und durch Schwanheim geirrt, regelmäßig beschimpfte sie Alfred, nannte ihn einen Waschlappen, einen Versager; es schien, als wischte die Erkrankung alle gesellschaftlichen Hemmnisse weg, wie ein kleines Kind plapperte sie aus, was ihr durch den Kopf ging, und sowohl Greta als auch Alfred versuchten sich immer wieder in Erinnerung zu rufen, dass das nicht Helga war, sondern die Demenz, aber es fiel ihnen zunehmend schwerer. Der Einzug ins Heim war vor allem für Alfred eine Erleichterung, obwohl er sich dies lange nicht eingestehen wollte und pflichtschuldig jeden Tag nach Hanau fuhr, wo seine Frau ihn mit ihren Tiraden überzog.

Helga aß ihren Kuchen und erzählte. Von Jürgen, ihrem Zimmernachbarn, mit dem sie Spaziergänge unternahm und der ausnahmslos witzig sei, und dann leuchteten ihre Augen, und Greta fragte sich, ob sich ihre Mutter verliebt haben könnte, behielt diesen Gedanken aber für sich.

Als sie später ins Heim zurückkehrten, wartete im Zimmer ein riesiger Blumenstrauß auf Helga Vogelsang.

»Überraschung, Mama«, sagte Greta und küsste die Königin auf die Wange.

»Ich wusste, dass sie mich nicht vergisst«, die Königin schritt um den Tisch und formte mit ihren Händen eine unsichtbare Hülle um den Strauß.

Greta sah ihren Vater an und lächelte. Es spielte keine Rolle, von wem der Strauß schlussendlich kam, wichtig war, dass es der Königin gut ging, dass sie glücklich war.

»Ich verzeihe ihr, es ist alles verziehen«, sagte die Königin und griff nach Gretas Hand. »Weißt du, vorher im Café, da war ich richtig wütend auf Audrey, auf ihre Ausreden, aber sie schafft es doch jedes Mal, mich zu besänftigen. Schau dir dieses Bouquet an, ein wahrer Traum!«

Und dann wandte sie sich Greta zu, hielt immer noch ihre Hand, sah sie an.

»Danke, Greta«, sagte sie, leise, fast flüsternd, und legte ihr die Hand auf die Wange. Und für ein paar Augenblicke kehrte sie zurück, Helga Vogelsang, Gretas Mutter, die witzig und schlagfertig gewesen war, die zupacken konnte, wenn es nötig war, und immer für sich und ihre Tochter eingestanden hatte. Greta lächelte ebenfalls.

»Gern geschehen, Mama«, sagte sie.

# 13
# MEDHI

Er starrte die Wand an, und die Wand starrte zurück. Da waren Augen, da bewegten sich amorphe Gestalten in einer aschgrauen Landschaft, die einmal weiß gewesen war. Da waren überall Flecken und Schrammen, jemand hatte »Fuck the EU« an die Wand gekritzelt. Zu seiner eigenen Überraschung war er ganz ruhig, beinahe erleichtert darüber, dass es endlich vorbei war. Er überlegte kurz, ob er sich auf der schmalen Bank ausstrecken sollte, um endlich zu schlafen. Er wusste nicht mehr genau, was Realität war und was nicht. Die Gesichter in der Wand waren sicher nicht real, aber sie waren da, er konnte Youssef sehen, seine Mutter, auch das Gesicht seines Vaters, etwas schwächer als die anderen, sie sahen zu ihm, sie bewegten sich umeinander, verschmolzen wieder in dem Aschgrau der Wand. Medhi blinzelte.

Die Fahrt mit der Fähre war ereignislos verlaufen. Medhi hatte oben auf Deck gesessen, neben sich die Tasche mit den Unterlagen, und aufs Meer geschaut, auf die dunkelblaue Dünung, hatte die träge Bewegung der Wellen gespürt und sich gedacht, wie leicht alles gegangen war, wie leicht, sich auf ein Schiff zu setzen und nach Spanien zu fahren. Und er fragte sich, warum er das nicht schon viel früher gemacht hatte, warum er stets in seiner kleinen Welt verblieben war. Einige Male hatte er sich an Deck noch umgesehen, aber schließlich war er zu müde gewesen, um sich weiter Sorgen zu machen. Er schien vorerst in Sicherheit. Die markante Felsformation von Gibraltar war aufgetaucht, weitere Schiffe, große Containerfrachter, die unbewegt in der See lagen. Medhi war den anderen Passagieren unter Deck gefolgt, um sich für den Ausstieg bereit zu machen. Dann machte das Schiff an der Hafenanlage fest, und die Gangway wurde herangeführt. Durch einen langen Tunnel wurden sie hinausgeleitet, an seinem Ende wartete der spanische Zoll auf sie.

Medhi wusste, dass es vorbei war. Schon als der Beamte in angesehen hatte, hatte er es gewusst. Es war lächerlich, er hatte nie eine Chance gehabt. Wie hatte er Youssef glauben können, dass er so durchkommen würde? Sie sahen sich überhaupt nicht ähnlich, man musste schon betrunken sein oder die Augen zusammenkneifen, um das Foto im Pass und ihn für ein und dieselbe Person zu halten. Der Beamte hatte ihn gemustert, hatte sich den Pass angesehen und ihn auf Französisch gefragt, was er in Spanien wolle. Medhi hatte etwas von einem geschäftlichen Treffen erzählt, er sei Ingenieur, habe in Barcelona ein Treffen mit Kollegen. Der Beamte hatte genickt und ihn dann kurz angebunden gebeten, mit ihm zu kommen. Es gebe noch ein paar Sachen zu klären. Medhi war dem Mann durch verschlungene Gänge gefolgt, er wurde gebeten, sich zu setzen, wieder aufzustehen, weiterzugehen, wurde in diesen fensterlosen Raum geführt, es handele sich um eine routinemäßige Überprüfung, er solle hier warten. Er hatte die Tasche und sein Smartphone abgeben, die Schuhe ausziehen müssen.

Es war zu Ende. Er war fast dankbar, dass sie ihn endlich erwischt hatten. Sie würden ihn nach Marokko zurückbringen und ihn dort weiter festsetzen. So würden zumindest die Leute des Werks nicht an ihn rankommen.

Er hatte jegliches Zeitgefühl verloren. Manchmal hörte er leise Schritte hinter der Tür, und dann glaubte er, jemand würde stehen bleiben und lauschen. Er sah sich wieder um. Sicher war hier irgendwo eine Kamera installiert, irgendwo da oben, wo hinter einem Gitterraster Leuchtstäbe angebracht waren. Was, wenn die Beamten mit ME zusammenarbeiteten? Was, wenn sie ihn hier längst erwartet hatten und ihm deshalb niemand mehr gefolgt war. Eine erneute Panikwelle überkam ihn, ihm wurde schwindelig, sein Gesichtsfeld verengte sich. Was, wenn er wie ein Idiot in ihre Falle getappt war, sich genau so verhalten hatte, wie sie es erwarteten? ME war ein teilstaatlicher Konzern, wie hatte er glauben können, denen einfach so zu entkommen? Wahrscheinlich hatten sie Zugriff auf den Geheimdienst, setzten Wanzen und Drohnen ein, wussten jederzeit, wo er sich befand, und ließen ihn noch für eine Weile in dem Glauben, es wirklich schaffen zu können, einfach, weil sie Spaß daran hatten zu sehen, wie sich seine Hoffnung in jähes Entsetzen wandelte.

Tränen schossen ihm in die Augen. Wieso er? Zum ersten Mal seit seiner Flucht musste er an Leif denken. Er hatte ihm vertraut, hatte geglaubt, in ihm, seinem Chef, für den er immer alles gegeben hatte, einen Freund gefunden zu haben. Wir haben noch viel vor, hatte Leif immer wieder zu ihm gesagt, die Welt wartet auf Typen wie uns! Und dann hatte er laut gelacht und ihm auf die Schulter geklopft. Warum wollte Leif jetzt alles zerstören, woran er vorher geglaubt hatte? Die Papiere, es war Leifs Handschrift darauf, Medhi hatte sie erkannt, Anmerkungen auf Deutsch und Englisch, die meisten davon verstand er nicht. Aber vielleicht hatte Leif ihn auch gar nicht verraten. Vielleicht war die Tatsache, dass Leif die Papiere in Medhis Büro versteckte, sogar ein Beweis seines Vertrauens, das Vertrauen darauf, dass Medhi bereit war und das Richtige tun würde. Immer wieder hatte Leif ihm gesagt, dass Marokko erst der Anfang sei ihre wahre Zukunft liege woanders, in Asien, in den USA, dort lägen die Märkte, dort warte das Geld!

Aber der Umstand, dass sich Leif seit Tagen bei ihm nicht gemeldet hatte, nährte in Medhi den Verdacht, dass Leif auch ihn nur benutzt hatte. Sein Magen krampfte sich zusammen.

Mit einem plötzlichen lauten Schlag öffnete sich die Tür, und der Beamte trat ein. Er sah sich kurz um, sah auf den zusammengesunken dahockenden Medhi, der seinerseits jetzt zu dem Mann aufsah, dann legte der Beamte den Kopf schräg und hielt ihm seinen Pass hin.

»Sie können gehen. Ihre Sachen finden Sie am Ende des Ganges.«

Medhi blinzelte ins gleißend helle Sonnenlicht. Er stand vor dem Hafengebäude, trat aus dem Schatten des Vordachs und sah über den Parkplatz. Alles an ihm zitterte. Er konnte nicht glauben, was gerade geschehen war. Er konnte nicht glauben, dass er jetzt tatsächlich auf spanischem Boden stand, seine Tasche in der Hand, und ein freier Mann war, gehen konnte, wohin er wollte. Er sah sich um. Machten sie sich nur einen Spaß mit ihm und würden ihn gleich überwältigen, zu Boden werfen und in Handschellen abführen? Aber da saß nur eine müde Reisegruppe im Schatten und beachtete ihn nicht. Er überquerte die Straße, die das Gebäude vom Parkplatz trennte, und setzte sich unter einer Palme auf eine Bank. Ein Reisebus stand leise brummend vor ihm und wartete auf irgendwas, der Fahrer lehnte am Fahrzeug und rauchte eine Zigarette. Vielleicht sollte er den Mann ansprechen und ihn fragen, wie er jetzt weiterkäme. Aber Medhi sprach kein Wort Spanisch. Er zog sein Smartphone aus der Tasche, schaltete es an und schrieb eine kurze Nachricht an Youssef: *Bin in Spanien. Was soll ich jetzt tun?*

Das Zittern ließ nur langsam nach. Neben der Erschöpfung merkte er erst jetzt, wie hungrig er war; das letzte Mal hatte er mit Youssef im Schnellrestaurant etwas gegessen, das schien ihm eine Ewigkeit her. Er versuchte, klar zu denken: Er musste in die Stadt, vielleicht sollte er sich ein kleines Hotelzimmer mieten, wo er schlafen und duschen konnte, er brauchte etwas zu essen. Youssef würde sich melden und ihm sagen, wie es weiterginge.

Er wollte gerade los, als sich ein Schatten über ihn legte. Er sah auf. Er hatte den Mann nicht kommen hören, wahrscheinlich war er zu sehr in Gedanken gewesen. Der Mann trug eine Sonnenbrille und einen Anzug, die dunklen Haare waren straff zurückgekämmt und lagen wie eine Haube um seinen Kopf.

»Entschuldige die Unannehmlichkeiten, Youssef«, sagte er auf Arabisch und nahm die Sonnenbrille ab. »Es gab wohl eine Verwechslung. Aber jetzt bist du ja hier. Komm, ich bringe dich in die Stadt zu den anderen.«

Mechanisch folgte Medhi dem Mann zu einem weißen Wagen, dessen Scheiben dunkel verspiegelt waren. Er war zu erschöpft, um zu fliehen. Sollten sie ihn festnehmen und zurück nach Marokko bringen, mittlerweile war ihm alles egal, er wollte nur etwas essen und dann schlafen. Youssef wurde sicher längst beschattet, vielleicht war auch er festgenommen worden. Wozu sich also noch wehren?

Der Mann öffnete die Beifahrertür, und Medhi setzte sich ins klimatisierte Innere des Wagens, lehnte den Kopf gegen die Nackenstütze, wollte die Augen schließen.

»Schön, dass wir uns endlich kennenlernen«, sagte der Mann, der auf der anderen Seite eingestiegen war und den Motor startete. Langsam setzte sich der Wagen in Bewegung. Der Mann sah kurz hinter sich, dann wandte er sich wieder Medhi zu. »Deine Nachrichten klangen ziemlich dringend. Du hast etwas zu ME, zu deren Wasserstoffgeschäft?«

Medhi nickte nur, hielt die Tasche auf seinem Schoß mit beiden Händen umschlungen. Nach einer Verhaftung sah das hier nicht aus, dachte er. Und hatte Youssef nicht von Leuten erzählt, die ihm in Spanien helfen würden, hatte der Mann ihn nicht Youssef genannt?

»Du bist jetzt in Sicherheit«, der Mann lächelte und lenkte den Wagen vom Parkplatz auf die Zufahrtsstraße zum Hafen. »Ich bin Karim Abeed, Anwalt, ich arbeite unter anderem für *Save the Planet.*«

»Ich bin nicht Youssef, ich heiße Medhi.«

»Ich weiß. Um die Aktion nicht zu gefährden, habe ich dich so genannt. Kurz dachte ich, wir verlieren dich dadrin«, er deutete hinter sich auf die Hafenanlagen. »Youssef hat mich gestern Abend angerufen. Du bist sein Cousin und arbeitest für ME, richtig?«

Medhi nickte. Er spürte keine Erleichterung, nur eine überwältigende Müdigkeit. Er würde dem Anwalt die Tasche mit den Papieren geben, dann würde er schlafen und zurückkehren nach Safi, weiter konnte er im Moment nicht denken.

»Ich würde gerne einen Blick in die Papiere werfen, wenn wir in der Wohnung sind«, sagte Abeed. »Dann entscheiden wir, wie es weitergeht.«

Der Hafen und das Meer waren verschwunden, der Wagen fuhr durch ein Gewirr an kleinen Straßen und Gassen und blieb schließlich vor einem weißen, niederen Haus stehen.

»Komm«, sagte Abeed und öffnete die Tür. »Du musst hungrig sein.«

Eine schmale Treppe führte hinauf in eine Wohnung, wo ihnen eine junge Frau öffnete und sich Medhi als Maria vorstellte. Sie trug ein weites Shirt und eine Perlenkette, hatte sich die Haare zu einem Zopf gebunden. Der Mann, der hinter ihr stand, hieß Samuel, schmal, gebräunt. Sie führten Medhi in die Küche, wo es Suppe und Brot gab. Während Medhi aß, begutachteten Abeed und die beiden Aktivisten die Papiere, sie sprachen leise miteinander, dann setzte sich Maria zu Medhi und fragte, ob er noch mehr Suppe wolle, aber Medhi verneinte.

»Du kannst hier schlafen, wenn du willst«, sagte sie.

»Später, später kann er schlafen«, Abeed setzte sich zu ihnen, legte Medhi eine Hand auf die Schulter. »Wir müssen Medhi nach Cerbère bringen, zu Johann. Hier nützen uns die Papiere nichts. Das ist wirklich eine große Sache, wir müssen sehr vorsichtig sein.« Er zögerte einen Moment, fuhr dann fort. »Ich will dir keine Angst machen, Medhi, aber mit ME ist nicht zu spaßen. Die Papiere sind hochbrisant und haben das Potenzial, die Firma zu ruinieren. Das werden sie mit allen Mitteln zu verhindern versuchen. Du musst zu Johann. Er hat früher mal für Liquid Lights gearbeitet, in Marokko, er war am Bau der Wasserstofffabrik beteiligt, er kennt die ganzen Details. Er ist vor Jahren ausgestiegen und jetzt auf unserer Seite. Schlafen kannst du später. Wann geht der Bus nach Barcelona?« Abeed wandte sich an Samuel.

Medhi nahm alles um sich als ein großes Rauschen war, er hörte immer nur einzelne Worte heraus, konnte den Sätzen nicht folgen. Aber er wusste, dass es hier nicht zu Ende war, dass er nicht nach Safi zurückkehren würde. Während um ihn herum geschäftig diskutiert und geplant wurde, saß Medhi am Tisch und starrte auf die zerfurchte Tischplatte; immer wieder wanderte sein Blick hinauf zu einem Poster, das an der Wand hing und einen Eisbär auf einer kleinen Eisscholle zeigte. »It's getting tight«, stand unter dem Bären.

Medhi duschte, bekam von Samuel ein neues Shirt und zog darüber wieder sein dunkles Jackett an. Maria machte Sandwiches und legte sie ihm zu den Papieren in die Tasche, dann umarmte sie ihm, drückte ihm einen flüchtigen Kuss auf die Wange und wünschte ihm alles Gute. Auch Samuel umarmte ihn. Abeed drängte zum Aufbruch, der Bus fahre in einer halben Stunde. Auf dem Weg zum Busbahnhof schwiegen sie die meiste Zeit.

»Ich weiß, dass du dir das nicht ausgesucht hast«, sagte Abeed, als er den Wagen vor einem weißen Gebäude zum Stehen brachte, Estación de autobús. »Dass du jetzt hier bist, ist sehr mutig. Von Youssef und dir. Hier ist die Adresse von Johann«, er reichte ihm einen kleinen Zettel, »und hier meine Handynummer. Versuche, so wenig wie möglich zu kommunizieren. In Barcelona gehen Züge nach Cerbère, das ist in Frankreich. Die führen auf der Strecke nur stichprobenartige Kontrollen durch, sollte kein Problem sein. Sprich mit niemandem, den du nicht kennst, halte dich unter Leuten auf. Du kennst jemanden in Marseille?«

Medhi nickte.

»Das ist gut. Dort bleibst du für einige Zeit. Dann schauen wir, was passiert. Hier, nimm das noch«, Abeed reichte ihm einige Geldscheine, Euros, die Medhi sich wortlos in die Tasche steckte. »Alles Gute!«, Sie gaben sich die Hände, dann stieg Medhi aus, und der Wagen fuhr an.

Medhi ging zu den Bussen. Reisende verluden ihre Koffer. Er kaufte sich ein Ticket und stieg ein. Es war später Mittag, die Fahrt würde die ganze Nacht dauern, irgendwann morgen früh würde er Barcelona erreichen. Aber so konnte er zumindest etwas schlafen. Er sah aus dem Fenster, sah zwei Typen mit Sonnenbrille, die beieinanderstanden und rauchten. Er zuckte zusammen. Waren das die Typen vom Schnellrestaurant? Das war unmöglich, so weit würden sie ihm nicht folgen. Mit einem leisen Zischen schlossen sich die Türen, langsam rollte der Bus an. Medhi sah aus dem Fenster. Einer der beiden Männer trat gerade seine Zigarette aus und sah hoch zu ihm. Ihre Blicke trafen sich, und für einen Moment glaubte Medhi, der Mann würde lächeln, dann geriet er aus dem Blickfeld, der Bus bog auf die Hauptstraße ein und beschleunigte.

# 14

Die Frau im Verhörraum war etwa in Vogelsangs Alter. Sie hatte sich ihre Haare hastig zu einem Zopf gebunden und trug einen weißen Sweater, der ihr mindestens eine Nummer zu groß war, sie versank fast darin. Ihre Hände hielten den Becher mit Kaffee umfasst. Sie wirkte müde, aber nicht ängstlich. Vor der Frau saß Sandra Brandt, hatte ihre Unterlagen auf dem Tisch ausgebreitet und die Befragung von Silke Andresen begonnen. Andresen sprach leise, als unterhalte sie sich nur mit sich selbst, schon zweimal hatte Brandt sie auffordern müssen, etwas lauter zu reden, damit es auch aufgezeichnet werden könne. Uwe saß neben Brandt und folgte der Befragung bis jetzt schweigend.

Uwe hatte Vogelsang am Morgen ungewöhnlich früh angerufen, es war nicht mal acht, sie hatte gerade ihre zweite Tasse Kaffee mit ihrem Vater getrunken, als ihr Smartphone zu vibrieren begann. Uwe wirkte etwas atemlos am anderen Ende. Gestern sei Silke Andresen in Österreich verhaftet worden, und heute Nacht hätte man sie nach Preungesheim gebracht, ob sie gleich beim Verhör dabei sein wolle, Brandt habe nichts dagegen. Wie schön, dachte Vogelsang, dass mir mittlerweile Brandt die Erlaubnis für solche Sachen gibt, hatte aber nichts gesagt, sondern nur zugestimmt und dann aufgelegt. Und so saß sie jetzt nicht im Verhörraum, sondern im kleinen Kabuff nebenan, sah alles durch eine Scheibe und hörte die Stimmen über Lautsprecher.

Nach ihrem Besuch bei Liquid Lights hatte Vogelsang ihren Kollegen Abel gebeten, bei Interpol etwas über den Konzern in Erfahrung zu bringen, aber die Anfrage hatte nichts ergeben, Liquid Lights schien sauber beziehungsweise hatte gute Anwälte, die dafür sorgten, dass nichts hängen blieb. Bei Moroccan Energy war die Sache schon etwas komplizierter. Der Konzern war halbstaatlich, immer wieder hatte es den Verdacht auf Korruption gegeben, die Geldflüsse waren dubios, aber der König selbst hielt seine schützende Hand über das Unternehmen, sodass ME mit den gängigen Methoden der Strafverfolgung nicht beizukommen war, was auch daran lag, dass die marokkanischen Behörden in diesem Fall nicht gerade kooperativ waren. Das alles hatte ihr Abel erzählt, während er mit überschlagenen Beinen auf ihrem roten Sofa saß. Auch er war der Ansicht gewesen, dass ein Ermittlungsverfahren nur dann Sinn ergäbe, wenn sie einen belastbaren Beweis hätten, und dazu zählten seiner Meinung nach nicht die Aussagen von Umweltaktivisten, die ja immer auch ihre eigene Agenda verfolgten.

Vogelsang lehnte sich nach vorn. Gerade erzählte Silke Andresen von ihrem Mann Leif, und sie tat es, als berichte sie von einem Fremden, von jemandem, der auch eine Romanfigur oder der Darsteller in einem Film sein könnte. Ja, Leif sei ab und zu mal die Hand ausgerutscht, er sei impulsiv gewesen und habe oft ziemlichen Stress gehabt, aber den Jungs habe er nie was getan, die beiden habe er geliebt. Sie verstummte.

»Aber er hat Sie geschlagen?«, hakte Brandt nach.

»Wie gesagt, er war impulsiv, und wenn wir uns gestritten haben, konnte er ziemlich fies werden. Einmal ist ihm die Hand ausgerutscht.«

»Sie haben die Anzeige aber zurückgezogen«, sagte Uwe.

»Ich kenne Leif seit meiner Jugend, so war er eben. Er war in solchen Situationen nicht er selbst und total fertig, wenn ihm klar wurde, was er getan hatte. Und dann lief es wieder gut, er hat sich mehr Zeit für uns genommen, wir waren im Urlaub und so.«

Ausreden, dachte Vogelsang hinter der Scheibe. Sie schützt ihn noch immer, obwohl sie dem Typen längst den Laufpass hätte geben sollen. Aber Vogelsang wusste auch, dass es nicht an ihr war, Silke Andresen zu verurteilen, Lebenswege waren kompliziert, Beziehungen voller Widersprüche.

»Aber dann haben Sie ihn doch verlassen«, hakte Uwe nach.

»Sie meinen wegen Andreas? Nein, das ist längst vorbei, wir haben uns ein paarmal getroffen, aber ich hab schnell gemerkt, dass er nur jemanden sucht, der ihn nach seiner Scheidung wieder aufrichtet, ihm den Haushalt macht und so, darauf hatte ich keinen Bock. Außerdem war er ständig pleite. Und das nervt. Ich meine, Leif war großzügig, Geld war nie Thema, es war immer da.«

»Kennen Sie einen Schota Arweladse?«, fragte Uwe.

Silke sah ihn verständnislos an.

»Er behauptet, Ihren Mann getötet zu haben, er sagte, er habe dafür Geld bekommen. Wissen Sie etwas darüber?«

Silke lachte hell auf und nestelte an den Schlaufen ihres Sweaters herum.

»Also, Sie glauben, ich hätte Leif umbringen lassen? Ich hätte jemanden engagiert, weil Leif mal die Hand ausgerutscht ist? Glauben Sie ernsthaft, ich wäre dazu in der Lage, den Vater meiner Kinder töten zu lassen? Das ist doch ein Scherz.«

»Ist es nicht«, sagte Uwe.

»Warum haben Sie dann Deutschland verlassen?«, hakte

Brandt nach. »Sie mussten doch wissen, dass Sie das verdächtig macht.«

»Ich bin gegangen, weil Leif mir dazu geraten hat«, sagte Silke. »Er wusste, dass es für mich und die Kinder gefährlich werden könnte, und da sind wir in unser Ferienhaus gefahren. Er hat gesagt, er würde bald nachkommen.«

Wieder schwieg Silke, fuhr sich mit einem Ärmel des Sweaters übers Gesicht. Jetzt wird die Sache interessant, dachte Vogelsang.

»War Leif in Gefahr?«, fragte Uwe. »Wegen seiner Arbeit?«

»Er hat nicht viel erzählt, aber ja, irgendwas war da. Es ging um Wasserstoff, um sehr viel Geld, die deutsche Regierung gibt da für irgendwelche Projekte große Summen aus, und Leif war als Berater dabei, weil er sich gut auskannte. Er ist oft nach Marokko geflogen.«

»Okay, ich würde hier gern eine kurze Pause machen und eine Kollegin dazuholen«, sagte Uwe und sah zur Glaswand, zu Vogelsang. »Wir machen in zehn Minuten weiter.«

Uwe lehnte an der Wand neben der Tür, Brandt hatte eine Packung Dinkelkekse dabei und bot ihnen welche an, Uwe nahm sich einen, Vogelsang lehnte dankend ab. Brandt wirkte zerknirscht, kaute schweigend auf dem trockenen Keks herum. Vogelsang hatte die Arme vor der Brust verschränkt.

»Also geht es doch in Richtung Konzern«, sagte sie.

»Sieht so aus«, pflichtete Uwe ihr bei.

»Sie könnte lügen«, Brandt war noch nicht gewillt, ihren Ansatz mit dem Raubmord aufzugeben. »Natürlich streitet sie alles ab und versucht jetzt, den Konzern für den Mord verantwortlich zu machen. Mir erscheint das nicht plausibel.«

»Leif hat sie gewarnt«, sagte Vogelsang, »er sah zumindest

eine potenzielle Gefahr für sich und seine Familie. Jemand ist da ganz gezielt bei Andresen aufgetaucht, und der wusste, dass er in Gefahr schwebt. Aber warum?«

»Wollte er dem Konzern was anhängen?«, stieg Uwe in Vogelsangs Überlegungen mit ein. »Hatte er brisante Informationen aus Marokko?«

»Vielleicht wusste er von den Manipulationen und wollte damit an die Öffentlichkeit.«

»Und dann haben sie ihm einen Besuch abgestattet. Das könnte doch sein«, Uwe trat vor die Tür zum Verhörraum. »Okay, wir machen weiter.«

Uwe öffnete die Tür zum Verhörraum. Diesmal blieb Brandt draußen. Vogelsang stellte sich vor und setzte sich neben Uwe. Silke Andresen wirkte gefasst trotz ihrer Müdigkeit, sie lächelte, schmal, als sie Vogelsang ansah.

»Ich ermittle gegen Liquid Lights und deren Partner in Marokko wegen möglicher Manipulationen«, fasste Vogelsang ihre Arbeit kurz zusammen. »Sie sagten, Leif sei in Gefahr gewesen wegen eines Projektes in Marokko. Was wissen Sie darüber?«

Silke zuckte nur mit den Schultern.

»Nichts, eigentlich weiß ich nichts darüber. Leif hat nie viel von seiner Arbeit erzählt, er wollte uns da immer raushalten. Und ich denke, er hatte seine Gründe.«

»Er wollte Sie nicht zu einem Mitwisser machen?«

»Er wollte die Kinder und mich schützen, ja, das glaube ich. Deshalb hatte ich in den letzten Tagen keinen Kontakt mehr zu ihm, auch nicht zu Christiane, zu niemandem.«

»Und auch nicht zu Ihrer Affäre?«, fragte Uwe.

»Nein, auch nicht zu dem. Wie ich schon gesagt habe, das ist längst vorbei.«

»Das heißt, Leif hat Ihnen geraten, den Kontakt zu allen abzubrechen?«, nahm Vogelsang wieder den Faden auf.

»Er wollte zu uns ins Ferienhaus kommen«, sagte Silke. »Bis dahin sollte ich mich ruhig verhalten. Schauen Sie auf meinem Handy nach, da gibt es Sprachnachrichten von Leif, da werden Sie das alles hören. Ich denke mir so was doch nicht aus.«

»Wir haben auf dem Telefon Ihres Mannes keine Sprachnachrichten gefunden.«

»Natürlich nicht, Leif ist ja nicht blöd. Er hat die Nachrichten sofort wieder gelöscht.«

Uwe zeigte jetzt Silke das Foto von Schota Arweladse.

»Und Sie haben diesen Mann noch nie gesehen?«

»Nein! Wer soll das denn sein? Der Typ, der Leif umgebracht hat?«

»Zumindest behauptet er das.«

»Würde ich ihm zutrauen«, Silke richtete sich auf, fuhr sich übers Gesicht. »Sieht aus wie ein Killer. Wie einer, der für ein bisschen Geld jemanden tötet. So sieht der aus.«

Vogelsang und Uwe schwiegen einen Moment. Silke wirkte nicht wie jemand, der von Hass zerfressen war, vielmehr hatte sie sich den Umständen gefügt, es gab zwei Kinder, eine große Wohnung im Frankfurter Westend, Geld schien keine Rolle zu spielen, da hielt sie ihren impulsiven Ehemann aus, da verzieh sie ihm, da brachte sie Verständnis auf, wägte ab.

»Wir wissen, dass es bei den Wasserstoffgeschäften mit Marokko offenbar zu Manipulationen kommt«, sagte Vogelsang, »glauben Sie, Ihr Mann wusste davon oder war darin involviert? War er deshalb in Gefahr? Hatte er vor, die Sache öffentlich zu machen?«

»Ich weiß nicht, keine Ahnung«, Silke wirkte genervt. »Warum fragen Sie mich das? Leif war vorsichtig, ja, kann sein, dass er mal irgendwelche Dokumente erwähnte, die dem Unternehmen gefährlich werden könnten, aber ich wollte davon nie was wissen. Warum fragen Sie nicht bei Liquid Lights nach? Fragen Sie nach Lucas Meinhardt.«

»Ein Kollege Ihres Mannes?«, Vogelsang erinnerte sich dunkel daran, dass Juna in einem ihrer Gespräch einen Kollegen erwähnt hatte, der Andresen noch gesucht habe.

»Sein Ansprechpartner hier in Frankfurt, ja. Mit ihm hat Leif oft telefoniert, Lucas war auch ein paarmal bei uns. Vielleicht weiß der mehr über diese Sache.«

Vogelsang nickte. Sie merkte, wie Silke die Kraft ausging, und sie stand auf.

»Dann erst mal danke bis hierher.«

»Wann kann ich die Kinder wiedersehen?«

Vogelsang sah zu Uwe.

»Ich glaube, es gibt keinen Grund mehr, Sie hierzubehalten«, sagte sie und stand auf. »Ich denke, dass Sie heute noch freikommen.«

Wieder sah sie zu Uwe, der ebenfalls aufstand und nickte.

Die drei standen am Rand des Parkplatzes der JVA, Uwe und Brandt rauchten, blickten in den grauen Himmel. Sie hatten einiges vor sich, das Verhör hatte den Fall quasi auf den Kopf gestellt: Es handelte sich offensichtlich nicht um eine Familientragödie, und die Raubmord-These hielt den Tatsachen nun auch nicht mehr stand. Wie glaubhaft die Aussagen von Silke Andresen waren, musste vor allem Uwe jetzt beweisen, indem er Silkes Handy untersuchen ließ und mit Lucas Meinhardt sprach.

»Trotz allem, Schota Arweladse bleibt unser Hauptverdächtiger«, sagte Brandt und blies den Rauch über ihre Köpfe. »Wir haben sein Geständnis. Möglich, dass er im Auftrag von Liquid Lights gehandelt hat.«

»Ich tippe da eher auf die Marokkaner, auf ME«, sagte Uwe. »Liquid Lights wird sich da nicht mit reinziehen lassen, die werden sich abgesichert haben. Ich glaube, Schota wollte aussagen, er wollte gegen ME aussagen, deshalb hat er sich gestellt, und er hatte große Angst. Keine Ahnung, was er wusste, aber zumindest schien er ME so bedeutend, dass sie einen Anschlag auf ihn verübt haben. Oder verüben ließen. Und so ergibt das auch alles wieder einen Sinn. Das war kein Raubmord. Schota wurde beauftragt, er sollte Andresen bedrohen, ihn zum Reden bringen, und dann ist irgendwas passiert, sodass er sich gestellt hat. Vielleicht haben sie ihn nicht bezahlt, vielleicht wollten sie ihn als Mitwisser auch umbringen. Jedenfalls hatte er einen Grund, in der Wache aufzutauchen. Er hat gehofft, er sei dort in Sicherheit.«

Brandt ließ ihre Zigarette fallen und trat sie aus. Sie blickte Uwe an, dann Vogelsang und lächelte, was wie eine stille Zustimmung wirkte. Sie sollten sich jetzt auf diesen Lucas Meinhardt konzentrieren, sagte sie, dann ging sie rüber zu ihrem Wagen und stieg ein. Vogelsang lief mit Uwe über den Parkplatz zu dessen Dienstwagen, mit dem sie gekommen waren. Sie zog ihr Smartphone aus der Hosentasche und wählte Junas Nummer. Es dauerte eine Weile, bis sie abhob.

»Ich bin ziemlich im Stress«, sagte sie ohne jede Begrüßung. Die Konferenz, Vogelsang hatte vergessen, dass die ganze Sache heute über die Bühne gehen sollte.

»Ich brauche nur eine kurze Info«, sagte Vogelsang. »Lucas Meinhardt, einer eurer Mitarbeiter. Ist der zu sprechen?«

»Lucas? Keine Ahnung. Ich glaube, der ist krankgeschrieben. Aber da musst du in der Personalabteilung nachfragen, ich habe jetzt keine Zeit.«

»Alles klar, danke dir.«
Vogelsang legte auf und ging zu Uwes Wagen.
»Meinhardt ist krankgeschrieben«, sagte sie.
Uwe wedelte mit seinem alten Nokia.
»Adresse habe ich. Wir können direkt zu ihm fahren.«

# 15

Die Wohnung befand sich im Frankfurter Westhafen, in einem der neuen Gebäude, die direkt am Main lagen, mit großen Terrassen und Balkonen und eigenem Bootsanlegeplatz. Uwe war gut gelaunt. Das Verhör von Silke Andresen hatte das erbracht, was er sich gewünscht hatte: etwas mehr Klarheit. Die Anwesenheit von Vogelsang hatte sich mal wieder ausgezahlt, ihre Ruhe und ihr gutes Gespür hatten dazu beigetragen, dass Silke Andresen offen mit ihnen gesprochen hatte. Sicher waren genug Geld und ein entsprechender Anwalt vorhanden, aber Vogelsang hatte es auf ihre eigene Art gelöst: Wenn du uns hilfst, helfe ich dir auch. Also hatte Uwe, noch bevor sie gefahren waren, telefonisch verfügt, dass man Silke Andresen umgehend aus der U-Haft entlassen sollte.

Uwe hatte gerade das erste Mal geklingelt, aber nichts regte sich. Sie sahen an der Fassade hinauf, sahen Richtung Fluss, nirgends war jemand zu sehen.

»Vielleicht hat ihm Andresen vor seinem Tod auch geraten zu verschwinden«, sagte Uwe und ging ein paar Schritte zurück. »Und jetzt hat er sich irgendwo verkrochen.«

»Kann schon sein, würde ich wahrscheinlich auch so machen.«

»Oder er glaubt, wir seien von Liquid Lights oder ME.«

Uwe drückte erneut auf die Klingel und sprach in das kleine Kameraauge, das über den Klingeln angebracht war.

»Wir sind von der Polizei«, sagte er. »Wir müssen mit Ihnen reden.«

Augenblicke später summte die Tür auf. Uwe sah zu Vogelsang und zuckte mit den Schultern, dann gingen sie hinein. Sie nahmen die Treppen hinauf in den zweiten Stock, wo hinter einer angelehnten Tür ein schmächtiger Mann in Jogginghose auf sie wartete.

»Kriminalpolizei!«, sagte Uwe und hielt seinen Dienstausweis in den Türspalt. »Lucas Meinhardt? Könnten wir Sie kurz sprechen?«

Wortlos ließ er sie eintreten. Sie standen in einem hellen Wohnzimmer, bodentiefe Fenster, minimalistisch eingerichtet mit einer großen weißen Couch und einem riesigen Flachbildschirm an der Wand. Die Einrichtung war ausgewählt und teuer, das sah Uwe mit einem Blick, einer dieser Typen, die sicher auf einer Privatschule gewesen und später an einer Privatuni studiert hatten, die glaubten, alles mit Geld kaufen zu können.

Auf dem Sofa lag eine zerwühlte Decke, auf einem kleinen Tisch standen mehrere Dosen Energydrinks und zwei Weinflaschen. Meinhardt setzte sich aufs Sofa und rieb sich die Schläfen. Er war bleich, die Augen lagen tief in ihren Höhlen. Uwe hatte den Mann schon einmal gesehen, auf der Website von Andresen hatte es ein Foto der beiden gegeben.

»Sie haben mit Leif Andresen zusammengearbeitet?«, Uwe blieb vor einem Wandregal stehen. Darauf standen zwei gerahmte Fotos, die Meinhardt und eine junge Frau zeigten. Die beiden umarmten sich.

Meinhardt nickte nur.

»Sein Tod scheint Sie ganz schön mitgenommen zu haben.«

»Ich … wir kannten uns ganz gut«, Meinhardt hob den Kopf, seine Stimme war rau, so, als hätte er seit Tagen nicht mehr gesprochen. »Wir sind immer zusammen zum Sport, Leif war ein ziemlich guter Badminton-Spieler.«

»Ihr Arbeitgeber geht von einer Familientragödie aus«, sagte Uwe und verschwieg alles, was er heute von Silke Andresen im Verhör erfahren hatte. Noch war nichts davon an die Öffentlichkeit gelangt.

»Das ist Quatsch«, Meinhardt wurde plötzlich laut, sodass Vogelsang neben Uwe zusammenzuckte. Meinhardt stand auf, ging vor dem Sofa auf und ab. »Natürlich sagen die so was, aber alle wissen, dass das Quatsch ist.«

»Also hat es was mit den Wasserstoffgeschäften in Marokko zu tun?«, fragte Vogelsang.

Meinhardt sah sie erstaunt an, anscheinend überrascht davon, dass die Polizei so gut Bescheid wusste. Er nickte, setzte sich wieder und lehnte sich nach vorn auf die Knie.

»Leif war da an irgendwas dran, ich weiß aber nicht, was es war. Es gab schon lange Gerüchte im Konzern, dass die Dinge in Marokko nicht so liefen, wie sie laufen sollten, und das ist natürlich schlecht, vor allem, wenn du weiter Geld aus der EU und von den Banken bekommen willst.«

»Der Wasserstoff soll gar nicht so grün sein.«

»Wie gesagt, das sind Gerüchte. Leif war oft in Marokko, sagte, er habe alles im Griff. Liquid Lights hat ihm da ziemlich freie Hand gelassen, er hatte ein großes Budget zur Verfügung, für Bonuszahlungen und so.«

»Andere würden es vielleicht Schmiergeld nennen, oder?«

Meinhardt zuckte mit den Schultern. Uwe war sich ziemlich sicher, dass auch er in irgendeiner Weise von Leif profitiert hatte und jetzt nicht zu viel preisgeben wollte.

»Es steht der Verdacht im Raum, dass Liquid Lights bei der Herstellung von grünem Wasserstoff betrogen hat«, sagte Vogelsang. »Wissen Sie etwas darüber?«

»Keine Ahnung«, Meinhardt stand wieder auf. »Im Konzern

wurden Klagen gegen Marokko vorbereitet, wegen Vertragsbruch und so weiter. Es gibt da wohl interne Dokumente, die das belegen sollen, also, dass Marokko seinen Verpflichtungen nicht nachkommt. Mehr weiß ich nicht.«

»Hatten Sie denn vor Leifs Tod noch mal Kontakt zu ihm?« Uwe folgte Meinhardt in eine große weiße Küche. Sie blieben an der Kochinsel stehen, Meinhardt sah ihn an. Sein Blick war glasig, nichtssagend. Dann wandte er sich ab und holte eine Flasche Cola aus dem Kühlschrank.

»Er hat mich ein paarmal angerufen«, sagte er und trank, »wollte sich mit mir treffen. Aber ich hatte keine Zeit.«

»Was ist Ihrer Meinung nach passiert?«, fragte Uwe weiter. »Wer hatte es auf Andresen abgesehen?«

»Ich weiß es nicht«, Meinhardt wirkte jetzt gereizt, wahrscheinlich hatte er seit Tagen nicht mehr richtig geschlafen. »Leif hatte immer mehrere Bälle gleichzeitig in der Luft, so war er, hat das Spiel immer maximal ausgereizt. Und bis jetzt hat sich das immer gelohnt für ihn.«

»Nur dieses eine Mal nicht, da ist er zu weit gegangen.«

»Ich glaube, er hat die Sache in Marokko unterschätzt. Ich meine, da hängt wahrscheinlich der marokkanische Geheimdienst mit drin und wer sonst noch. Auf jeden Fall geht es um sehr viel Geld, um das Prestige eines ganzen Landes. Ich persönlich glaube, Leif hat sich da verzockt.«

»Was meinen Sie damit?«

»Es war Leifs Job, dafür zu sorgen, dass das Ganze da unten glatt und geräuschlos abläuft.«

»Aber das lief es nicht?«, fragte Vogelsang.

»Sieht nicht danach aus, oder?«, Meinhardt starrte Uwe an. »Die Sache war zu groß für ihn allein, er hat irgendwann den Überblick verloren.«

Uwe stimmte Meinhardt zu und reichte ihm seine Karte.

»Eventuell kommen wir noch mal auf Sie zu«, sagte er. »Melden Sie sich bitte, wenn Ihnen noch was einfällt.«

Uwe ließ ihn in der Küche zurück. Er konnte Meinhardt nicht richtig einschätzen. Als sie wieder unten vor dem Haus standen, fragte er Vogelsang, was sie von ihm halte.

»Der hat richtig Angst«, sagte sie. »Ich glaube, der weiß in etwa, was Andresen da gespielt hat, zumindest hat er eine Ahnung. Aber er wird nicht darüber reden.«

»Sonst gerät er selbst in die Schusslinie.«

»Ich habe mal schnell ins Schlafzimmer geschaut, da stand eine gepackte Reisetasche neben dem Bett. Ich glaube, wir sehen den Mann so schnell nicht wieder.«

Uwe sah noch einmal zurück zur Tür. Er könnte Meinhardt offiziell vorladen, ihn notfalls mit der Polizei abholen lassen, aber er war sich ziemlich sicher, dass er von ihm nichts mehr erfahren würde. Es gab da diese Sorte selbstsicherer Typen, die bis zu einem bestimmten Punkt nachgaben und dann den Mund hielten.

»Und wenn du ihn observieren lässt?«, fragte Vogelsang.

Uwe fuhr sich mit der Hand übers Gesicht. Er war müde.

»Das bekomme ich nicht durchgesetzt, nicht in diesem Fall, nicht jetzt, da sich alle auf Arweladse als Täter festgelegt haben.«, sagte er.

Vogelsang sah ihn erstaunt an, und Uwe wusste, dass sie recht haben würde, noch bevor sie etwas sagte: Er suchte nach Ausreden, er wollte den Fall loswerden.

»Dieser Meinhardt verheimlicht uns was«, sagte Vogelsang. »Du weißt das, und ich weiß das. Aber ich kann dich ja verstehen. Lass uns fahren.«

Uwe lächelte, dankbar dafür, dass ihn Vogelsang verstand. Sie gingen zurück zu Uwes Dienstwagen, und als sie wieder saßen, schien es einen Moment so, als wollten beide gleichzeitig etwas sagen, holten schon Luft, ließen noch einmal eine kurze Pause, weil das Gesagte nichts mit dem Fall zu tun haben würde. Doch sie lächelten nur schmal. Uwe startete den Motor.

Er lenkte den Wagen über den Mainkai. Vogelsang sah aus dem Fenster auf den Fluss. Sie wirkte in den letzten Tagen stiller, als er sie sonst kannte, aber er wollte sie auch nicht danach fragen. Es gab Monate, da hatten sie überhaupt keinen Kontakt, da war jeder in seiner Blase aus Terminen und Verpflichtungen, da gab es Akten und Besprechungen. Meist waren es dann Zufälle, die sie wieder zusammenführten, ein plötzlicher Geistesblitz: da sollte ich mal Vogelsang fragen!

Er stoppte den Wagen vor dem Oberlandesgericht.

»Für uns reicht das auch nicht für eine Akte«, wandte sich Vogelsang an ihn, »dazu haben wir gegen Liquid Lights zu wenig in der Hand, nur ein paar gestreute Gerüchte.«

»Schlussendlich bleibt Arweladse unser Hauptverdächtiger«, sagte Uwe, »seine Aussage haben wir. Aber sein Zustand ist unverändert schlecht. Und alles um ihn herum bleibt auch ziemlich vage. Ehrlich gesagt wird die Sache durch Silke Andresen oder durch diesen Meinhardt auch nicht gerade durchsichtiger, eher das Gegenteil, oder?«

»Ja, ein ziemliches Dickicht«, sagte sie.

»Ob dem Richter allein Arweladses Aussage reicht, bezweifle ich weiterhin. Jedenfalls halte ich jetzt erst mal die Füße still.«

»Ernsthaft, Uwe?« Vogelsang sah ihn erstaunt an.

»Es gibt noch ein anderes Leben, neben den ganzen Verbrechen. Wie viel Zeit ich schon damit verschwendet habe, über die Toten nachzudenken. Wahnsinn.«

»Deswegen kümmere ich mich um Lebendiges«, sagte Vogelsang, die Tür schon halb geöffnet.. »Meistens zumindest lebendig.«

Dann stieg sie aus, winkte noch einmal und überquerte die Straße, wo sie kurz darauf zwischen den Menschen verschwand.

In der Kantine bekam Uwe noch eine Portion Spaghetti bolognese, dazu ein Glas Apfelsaft. Draußen hatte es wieder zu regnen begonnen, und die Tropfen schlugen gegen die Glasfassade. Vielleicht war Vogelsangs Abteilungswechsel gar nicht so eine schlechte Idee gewesen, damit war sie von den Toten und Entstellten losgekommen und kümmerte sich jetzt darum, dass das Leben weiter eine Chance bekam. Und plötzlich fragte er sich, warum er bisher noch nie darüber nachgedacht hatte, über einen Abteilungswechsel, über ruhigeres Fahrwasser. Ja, er machte seine Arbeit mit großer Leidenschaft, aber hatte ihn seine jahrelange, intensive Beschäftigung mit Mördern, Totschlägern, diesem ganzen Hass, dieser Wut, nicht auch abstumpfen lassen? Er atmete, er aß und schlief, er kam über die Runden, aber war er der, der er wirklich sein wollte?

Er spürte ein seltsames Unbehagen, einen Widerwillen, sich weiter mit Leuten wie Meinhardt, Arweladse oder Andresen abgeben zu müssen, die alle auf ihre Art schuldig waren und sich dennoch nicht groß von ihm selbst unterschieden. Immer mal wieder hatte er sich gefragt, ob dasjenige, was er tagtäglich an Grausamkeiten sehen und bewerten musste, ob das nicht irgendwie auch zu einem Teil von ihm wurde, in winzigen Dosen in ihn einsickerte und sich festsetzte wie Feinstaub in der Lunge? Meist hatte er diese Gedanken als abwegig beiseitegewischt, aber jetzt merkte er, wie das alles in ihm arbeitete, wie er es nicht mehr wegdrängen konnte.

Warum hatte Arweladse Andresen getötet und sich danach

gestellt? Was lief da in Marokko ab? Alles nur Zufall oder doch miteinander verstrickt? Uwe hatte keine Lust mehr auf diese Fragen, ja, er würde die Beine einziehen und Brandt den Rest überlassen.

Anne tauchte an seinem Tisch auf, sie habe ihn schon gesucht, ob sie sich setzen dürfe. Ohne seine Antwort abzuwarten, nahm sie Platz und begann ihren Vanillepudding zu löffeln.

»Heute Nacht haben die Kollegen einen weiteren Georgier verhaftet, der wollte wohl gerade in ein Lager einsteigen, in dem die Bahn ihre Kupferdrähte lagert, aber die Alarmanlage hat ausgelöst. Sie haben ihn noch im Gebäude erwischt.«

Uwe nickte nur und widmete sich wieder seinen Spaghetti.

»Dieser Schota ist doch auch Georgier. Ich dachte, vielleicht kennen die sich, wenn Schota auch Brüche gemacht hat. Also habe ich mal mit den Kollegen geredet ... ah, warte mal, da drüben ist ja Stefan«, Anne stand auf und lief hinüber zu einem jungen Mann, der gerade im Begriff war zu gehen. Sie sprach kurz mit ihm und lotste ihn an Uwes Tisch.

»Stefan ist neu bei der K21, er war gestern bei der Verhaftung dabei.«

Uwe und Stefan gaben sich die Hand, Stefan setzte sich.

»Anne hat mir von eurem Fall erzählt«, sagte Stefan. »Ich habe unseren Verhafteten mal nach einem Schota Arweladse gefragt, und der kannte den. Er sagte, sie seien manchmal zusammen auf Tour gewesen. Wenn du mit ihm reden willst, er ist noch hier in Gewahrsam. Wir sind gerade dran, U-Haft zu beantragen, aber wenn du dich beeilst, erwischst du ihn noch.«

Uwe legte die Gabel neben den Teller und sah Stefan an. Die anderen machten einfach weiter, Anne zum Beispiel, die zog nicht die Beine ein, die stocherte weiter, ließ nicht locker. Klar,

Brandt und Zöllner hatten ihm eindeutig zu verstehen gegeben, dass er den Fall schnell abschließen und seine Zweifel beiseiteschieben sollte. Und genau das hatte er vorgehabt. Aber als ihm der junge Kollege aus der Abteilung Eigentumsdelikte gegenübersaß, da packte es ihn doch wieder, da spürte er ein leichtes Kribbeln in den Fingern, da kamen ihm schon die ersten Fragen, die er dem Verdächtigen stellen wollte.

Er schob sein Tablett ein Stück von sich weg, sah abwechselnd Anne und Stefan an.

»Danke«, sagte er und stand auf. »Dann beeile ich mich wohl mal.«

Die beiden könnten Brüder sein, dachte Uwe, als er dem verhafteten Georgier in dem kleinen Verhörraum gegenübersaß. Zumindest, wenn man die Augen ein wenig zusammenkniff. Der Mann nannte sich Gabriel, sah Uwe nicht an, als der den Raum betrat, gab sich unnahbar.

»Du kennst Schota Arweladse«, wiederholte Uwe seine Frage. »Ihr wart zusammen auf Tour?«

»Ein kleiner Wichser ist das«, sagte Gabriel leise, »hat geglaubt, er sei was Besseres, wollte nicht mehr mit uns arbeiten.«

»Wart ihr im Westend unterwegs?«

»Überall. Aber Schota wollte sein eigenes Ding machen.«

»Du weißt, dass Schota im Knast angegriffen und fast totgeschlagen wurde?«

Gabriel starrte ihn an. Anscheinend wusste er nichts davon.

»Und was ist mit Radko?«, hakte Uwe nach.

»Kenn ich nicht.«

»Klar kennst du den. Habt ihr für Radko gearbeitet, du und Schota?«

»Kenn den nicht«, wiederholte Gabriel und verschränkte die

Arme vor der Brust. Kleine Spielereien waren das, erst mal bockig, um sich an anderer Stelle einen kleinen Vorteil zu verschaffen.

»Wart ihr zusammen im Westend, als ihr den Mann umgebracht habt? Hat es Schota getan, oder warst das du?«

Gabriels Augen weiteten sich, er öffnete den Mund, schloss ihn wieder, schien nach den richtigen Worten zu suchen.

»Nein, nein, das schiebt ihr mir nicht in die Schuhe, ich hab niemanden umgebracht, ich war das nicht, keine Ahnung, was Schota da am Laufen hat, keine Ahnung, Mann. Der Typ ist verrückt, echt, der wollte auf eigene Rechnung arbeiten, sei vorsichtig, hab ich zu ihm gesagt, aber da hat er nur gelacht. Nein, einen Mord lass ich mir nicht anhängen, damit hab ich nichts zu tun, keine Ahnung, davon weiß ich nichts.«

»Dann war Schota allein unterwegs?«

»Ich hab ihm gesagt, dass er aufpassen muss, dass er da nicht so einfach alleine … also, er war noch nicht so lange in der Stadt, vielleicht ein paar Wochen, keine Ahnung, tauchte plötzlich auf und wollte Geld verdienen, aber ich hab ihm gesagt, mach langsam, Junge, so läuft das hier nicht, aber er wollte nicht auf mich hören.«

»Er hat sich gestellt. Er ist zu uns gekommen und hat gesagt, dass er jemanden umgebracht hat, bei einem Einbruch. Und jetzt liegt er im Koma.«

»Selbst schuld, der Idiot«, Gabriel zuckte mit den Schultern. »Warum bringt der auch jemanden um und rennt zu euch? Ich sag ja, der ist nicht ganz klar da oben, der ist verrückt.«

»Oder er hatte Angst. Hat dir Schota erzählt, ob er von jemandem engagiert wurde?«

»Der hätte sich eher die Zunge abgebissen, der wollte immer alles für sich haben.«

Uwe lehnte sich zurück, sah den schmalen, nervösen Mann auf seinem Stuhl herumrutschen, sah ihm die Verwirrung darüber an, da in etwas hineingezogen zu werden, von dem er keine Ahnung hatte. Er wollte gerade eine weitere Frage stellen, als sein Handy zu klingeln begann. Es war Anne. Uwe stand auf und verließ den Raum.

»Die Klinik hat gerade angerufen«, sagte sie. »Schota Arweladse ist heute Morgen seinen schweren Verletzungen erlegen.«

Der Fuchs war tot. Uwe schluckte.

»Danke für den Anruf.« Uwe legte auf und blickte zu Gabriel. »Schota ist tot. Überlege dir, ob du noch irgendwas weißt.«

Aber der Mann starrte ihn nur ausdruckslos an.

Uwe musste an die Luft. Er verließ das Gebäude und ging ein paar Schritte. Dann stand er eine Weile unter den noch kahlen Bäumen an der Adickesallee, die Hände in die Hosentaschen geschoben, es nieselte leicht. An den Ästen zeigten sich bereits kleine grüne Knospen, neues Leben, jedes Jahr wieder. Der Baum bleibt eben ein Baum, dachte Uwe, der kann gar nicht anders. Und ich kann auch nicht anders. Gedanken wälzen, Verbindungen herstellen, Minuten, Stunden rekonstruieren: Schota, der Fuchs, allein auf dem Weg ins Westend, Leif Andresen weiß zu viel, Leif Andresen spielt ein doppeltes Spiel, er ist gefährlich. Auch Schota ist gefährlich. Das wissen seine Auftraggeber. Schota ist gefährlich und stellt keine Fragen. Und er ist vorbereitet. Handschuhe, Schalldämpfer, er klingelt, drängt Andresen ins Büro, fesselt und schlägt ihn, wo sind die geheimen Papiere, wo sind sie? Dann ein Schuss. Schota, der Fuchs, taumelt durch die Nacht. Er hat es tatsächlich getan. Warum? War es das wert? Er begreift, dass sie ihn verarscht haben, er wird kein Geld bekommen, er ist ein Idiot. Also dreht er den Spieß um. Er wird auspacken. Wenn er in

Sicherheit ist, dann wird er auspacken. Und dann erwischen sie ihn doch noch, im Knast, wo er glaubte, erst mal sicher zu sein.

Uwe sah hinauf ins karge Geäst der Bäume. Arweladse war ein Bauernopfer, jemand, den man nicht vermissen würde. Ich hätte das von Anfang an sehen müssen, dachte er. Dass er unsere Hilfe wollte und dass es wirklich ein Anschlag auf ihn war, keine Streiterei unter Gefangenen. Jetzt hatten sie ihr Ziel erreicht: Arweladse war tot, konnte ihnen nicht mehr gefährlich werden. Uwe wusste, dass der Fall damit gelaufen war, es würde keine Anklage und auch keine weiteren Nachfragen geben. Er wandte sich um und ging zurück ins Gebäude. Er musste noch mal mit Meinhardt sprechen, der wusste ganz sicher was. Eine Streife sollte gleich mal bei dem vorbeifahren.

Routinemäßig checkte er auch jetzt noch einmal sein privates Mail-Postfach, und ein leises »Bling« ließ ihn kurz zusammenzucken. Die Nachricht, die er vor ein paar Tagen verschickt hatte, war zu ihm zurückgekehrt, zurück aus den Straßen, den Höfen, sie war gehört worden. Genau wusste er nie, wer ihm da schrieb, auch diesmal handelte es sich um eine ihm unbekannte Mailadresse. Die Antwort auf seine Frage nach dem Anschlag auf Arweladse war kurz gehalten: Gruppen aus Nordafrika hätten wieder an Macht gewonnen. Die JVA sei ein guter Ort für kleine Deals, weil die Beamten auch immer mal was mitverdienen würden. Win-win für alle. *Aber pass auf, die Sache ist nicht harmlos. Dein Georgier hat wohl Dinge gewusst, die er besser nicht gewusst hätte. Die wollten an ihn ran, und sie haben es geschafft. Die kommen auch an dich ran, wenn sie wollen. Ich an deiner Stelle würde den Kopf unten halten.*

Uwe las die Mail noch einmal, dann stand er auf und rieb sich die Augen. Bekamen die Beamten Geld, um hier und da mal ein Auge zuzudrücken? Und wer waren *die*, vor denen er sich in Acht nehmen sollte?

Er druckte sich das Geschriebene aus, faltete das Papier zusammen und schob es sich in die Tasche. Die Mail löschte er und schloss das Programm.

Doras Bewegungen waren an diesem Abend fordernder als sonst, ihre Schritte seinen immer einen Tick voraus, und den ganzen Abend trug sie dieses vermeintlich aufmunternde Lächeln im Gesicht, das aber auch einen leisen Vorwurf enthielt, eine fast hämische Erwiderung: Hab ich's dir doch gesagt. Die Musik endete, und Uwe schüttelte seine Arme aus. Dora war schon zu einem der Tische gegangen und nahm einen Schluck aus ihrer Wasserflasche, langsam schlenderte Uwe zu ihr und setzte sich, streckte die Beine aus. Die anderen aus der Gruppe unterhielten sich lebhaft.

»Alles klar bei dir?«, fragte Dora. »Du bist heute irgendwie so langsam.«

»Vielleicht bist du auch zu schnell.«

»Ich bin wie immer«, sagte sie und zog die Augenbrauen hoch, »gibt es denn was Neues wegen der Übernachtungen?«

Uwe schüttelte nur den Kopf. Er hatte gewusst, dass sie das fragen würde. Und er hatte ein bisschen Angst vor ihrer Reaktion. Deshalb sah er sie jetzt auch nicht an, hörte aber, wie sie geräuschvoll ausatmete.

»Wir haben nicht mal mehr drei Wochen«, ihre Worte klangen vorwurfsvoll. »Soll ich mich drum kümmern?«

Uwe sah sie an. Ihre Wangen glühten vom Tanz, einige ihrer dunklen Haare hatten sich aus ihrem Zopf gelöst und standen ihr nun wild ums Gesicht.

»Ich krieg das schon hin«, sagte Uwe.

»Wirklich? Du kannst sagen, wenn es dir zu viel wird.«

»Ich hab gesagt, dass ich das diesmal mache. Und das werde ich«, sagte Uwe, vielleicht eine Spur zu laut, zu genervt, sodass ihn Dora verständnislos ansah.

»Ich frag ja nur.«

»Sorry«, Uwe stand auf, nahm Dora kurz in den Arm.

Sie kannten sich jetzt seit etwa drei Jahren, und ganz genau wusste er nicht, wie er ihre Beziehung bezeichnen sollte. Sie waren gute Freunde, waren letztes Jahr zusammen im Urlaub auf Teneriffa gewesen, wandern und Rad fahren, hatten jeder ein eigenes Zimmer gehabt, und trotzdem hatten sie zweimal miteinander geschlafen, ohne dass daraus irgendwelche Verpflichtungen oder Forderungen entstanden waren. Dora genoss ihr Leben allein, denn sie war ja nicht einsam. Und auch Uwe hatte nichts dagegen einzuwenden. Manchmal fragte er sich, ob er in Dora verliebt war, er mochte sie sehr, aber Liebe? Ein großes Wort, und vor großen Worten hatte er Respekt. Er verbachte mit Dora seinen Geburtstag, sie feierten Silvester zusammen und gingen tanzen, darüber hinaus hatten sie aber die kleinen Alltagsreibereien nicht, den Streit ums Einkaufen und den Haushalt. Jeder wusch seine eigene Wäsche und räumte das eigene Geschirr in die Spülmaschine. Bis jetzt fühlte sich das für sie beide nach einem guten Deal an.

Die Musik setzte wieder ein. Die Paare versammelten sich auf der Tanzfläche. Und plötzlich war es, als wäre ihm ein Gewicht von den Schultern genommen worden, plötzlich fühlte er sich ganz zappelig, aufgeregt, konnte seine Füße kaum stillhalten. Diesmal hielt Uwe mühelos mit, wirbelte herum, drehte Dora, drehte sich um sie, alles fühlte sich gut und richtig an, alles war leicht und schnell.

Wie immer nach dem Tanzen fuhr Uwe Dora nach Hause. Die Fahrt über schwiegen sie, vor dem Haus, in dem sie wohnte, bremste er und schaltete den Warnblinker an.

»Ist alles okay bei dir, Uwe? Irgendwas ist doch. Die Arbeit?«

Uwe nickte. Es hatte keinen Sinn, vor Dora irgendwas zu verbergen.

»Wieder Michels?«

»Der Fall, an dem ich gerade arbeite, ist seltsam.«

»Sind das nicht alle Fälle, irgendwie?«

»Der ist es aber besonders.«

Dora legte ihm ihre Hand auf die Wange.

»Mach dir nicht so einen Kopf. Du musst die Welt nicht retten. Ich freue mich wahnsinnig auf unsere Exchange, wir werden das zusammen ganz großartig hinbekommen. Und für die Übernachtungen finden wir auch eine Lösung.«

Auch deswegen schätzte er Doras Nähe, ihre Art, wie sie die Dinge betrachtete, pragmatisch und doch voller Wärme; und auch ihre Vereinbarung, dass er ihr keine Details von den Fällen erzählen durfte, half ihnen, ihre Beziehung gesund zu halten.

»Schlaf gut«, sagte Dora und öffnete die Tür.

»Du auch.«

Er wartete noch, bis sie an der Haustüre war, sich noch einmal zu ihm umdrehte und ihm winkte. Dann löste er die Handbremse und fuhr weiter.

Uwe bemerkte den fremden Wagen erst, als der ihn mit quietschenden Reifen überholte und sich vor ihn setzte. Auf der Miquelallee war um diese Zeit wenig los. Uwe glaubte zuerst an einen dieser Poser, die abends mit ihren getunten Kisten durch die Innenstadt röhrten, aber als der Wagen plötzlich abrupt vor ihm abbremste und Uwe voll in die Eisen gehen musste, wusste er, dass die Sache ernst war. Uwe rührte sich nicht. Er hörte das dumpfe Brummen seines alten Volvos, hörte seinen eigenen Atem.

Dann sah er, wie sich die Türen des Wagens öffneten und zwei Männer ausstiegen. Einer von ihnen trug etwas im Arm, Uwe konnte nicht genau erkennen, was es war. In der Dunkelheit glaubte er, das Weiß ihrer Augen leuchten zu sehen. Sie näherten sich ihm. Uwe hatte seine Waffe nicht mehr bei sich, er wusste, dass irgendwo im Fußraum des Beifahrersitzes eine leere Bierflasche herumlag, im Kofferraum hatte er auch noch einen Hammer. Aber das half ihm jetzt alles nichts. Er legte den Rückwärtsgang ein und wollte gerade Gas geben, als einer der beiden Männer mit voller Wucht auf seinen Kofferraum schlug und der andere einen weißen Behälter mit Schwung über seinem Wagen entleerte; eine tiefrote Flüssigkeit klatschte auf die Windschutzscheibe, Uwe konnte nicht mehr nach draußen sehen. An Wegfahren war nicht zu denken.

Er saß da wie erstarrt, hielt das Lenkrad krampfhaft umfasst. Schon war einer der Typen an seiner Tür und riss sie auf. Ehe Uwe sich rühren konnte, hatte ihn der Typ am Arm gepackt und zerrte ihn aus dem Wagen auf die Straße. Uwe wollte sich aufrappeln, aber der Typ war stark, er drückte ihn runter, schleifte ihn vors Auto, wo der andere wartete. Uwe versuchte auf die Beine zu kommen, Panik ergriff ihn.

»Was wollt ihr von mir?«, rief Uwe und klang hilflos.

Der Typ grinste ihn an, hob den Arm. Er schlug zu, aber Uwe konnte den Angriff abwehren. So leicht würden die ihn nicht kriegen. Er war nicht mehr der Jüngste, ganz sicher nicht, aber einfach so würde er sich nicht verprügeln lassen.

»Wichser!«, brüllte der Typ und ging auf Uwe los. »Du Scheißbulle kommst uns nicht noch mal in die Quere!«

Er packte Uwe, aber der wand sich geschickt aus dem Griff, duckte sich unter dem etwas ungelenken Schlag seines Gegners weg, griff nun seinerseits an. Er kriegte den Typen an den Haaren zu fassen, der schrie auf, Uwe hieb ihm seine Faust in die Seite. Gerade als er glaubte, die Oberhand zu gewinnen, sah er aus den Augenwinkeln den anderen, er hatte ihn ganz vergessen. Im Scheinwerferlicht blitzte etwas auf, und Uwe wusste sofort, dass der Typ ein Messer hatte. Uwe keuchte schwer, ließ den Typen los. Im selben Augenblick hielt ein fremdes Auto neben ihnen, jemand lehnte sich aus dem Fenster.

»Alles klar bei euch?«

»Verpiss dich!«, sagte einer der Typen.

Uwe nutzte die kurze Ablenkung, er sprang einige Schritte zurück, warf sich auf den Fahrersitz, zog die Tür zu und drückte auf die Hupe. Ein lang anhaltender, schriller Ton schreckte die beiden Typen auf, andere Passanten kamen angelaufen. Die beiden Angreifer sahen sich an, sahen zu Uwe. Dann drehten sie sich um, rannten zu ihrem Wagen und brausten davon.

Keuchend saß Uwe da und starrte vor sich aufs Lenkrad. Seine Hände zitterten. Scheiße, dachte er, Scheiße noch mal. Jemand klopfte ans Fenster. Uwe öffnete die Tür. Ob alles okay sei, ob man die Polizei holen solle, fragte eine junge Frau.

»Polizei ist schon da«, Uwe hielt ihr mit einem schmalen Lächeln seine Dienstmarke hin. Die Frau nickte und entfernte sich wieder.

Uwe betrachtete seine noch immer zitternden Hände. Und dann bemerkte er, dass zwischen seinen Fingern Haarbüschel klebten. Ihm war sofort klar, dass sie von einem der Typen kommen mussten. Er sah sich um, kramte aus dem Handschuhfach eine alte Brötchentüte und legte die Haare vorsichtig hinein; alles lief mechanisch ab, wie auswendig gelernt. Er hielt die Tüte in der Hand, er sah zwischen den roten Schlieren auf der Scheibe nach draußen auf die Motorhaube, die ebenfalls von der roten Flüssigkeit überzogen war. Die wollten mich umbringen, sickerte es langsam in sein Bewusstsein. Aber er wurde nicht panisch, nein, vielmehr beruhigten ihn seine Gedankengänge. Alles schien plötzlich zu passen, Arweladses Tod, Radkos Flucht auf der Baustelle, Liquid Lights, die beiden Typen; er sah noch kein vollständiges Bild vor sich, aber instinktiv wusste er, dass alles zusammenhing, dass man versuchte, ihn einzuschüchtern und kleinzukriegen.

Er stieß die Tür wieder auf und stieg aus. Er merkte, dass er ganz weiche Knie hatte, glaubte, jeden Moment zu stürzen. Aber er blieb stehen. Die rote Flüssigkeit hatte sich über die gesamte Motorhaube ausgebreitet, war in den Motorraum gesickert. Uwe ging ein Stück näher heran. War das Blut? Oder bloß irgendein Lack? Er holte sein Handy aus dem Wagen. Er würde nicht klein beigeben, jetzt ganz bestimmt nicht. Vielleicht war er nicht mehr so schnell wie früher, aber er war zäh und erfahren, so schnell ließ er sich nicht abschütteln.

Er atmete durch. Dann rief er die Kollegen an.

# 16

Greta zögerte einen Moment. Sie kam sich komplett bescheuert vor, an der eigenen Haustür herumzudrucksen, merkte, wie nervös sie war. Seit fast einer Woche war sie jetzt nicht mehr hier gewesen, hatte sich nur einmal kurz neue Klamotten geholt. Aber ewig konnte das nicht so weitergehen, ewig konnte sie sich nicht in ihrem alten Kinderzimmer verstecken und trotzig darauf warten, dass Mika zu ihr käme, um sich zu entschuldigen. Also hatte sie sich heute den halben Tag freigenommen, mit der Absicht, den Nachmittag mit Mika zu verbringen, egal wie. Jetzt kam sie sich vor wie bei einem Date, ihre Hände waren leicht schwitzig, und es dauerte, bis sie die Tür aufgeschlossen hatte.

Kaum hatte sie den Flur betreten, rannte ihr Engels entgegen, strich um ihre Beine und miaute laut. Und dann kam auch Marx. Etwas vorsichtiger als sein Bruder, aber er war es, das dunkel getigerte Fell glatt und glänzend. Greta ging in die Hocke und wartete, bis Marx bei ihr war, dann nahm sie den Kater in den Arm. Tränen schossen ihr in die Augen. Als Mika ihr am Morgen geschrieben hatte, dass der Kater wieder aufgetaucht sei, hatte sie sich vor Erleichterung auf ihr rotes Sofa fallen lassen und da schon fast geheult. Jetzt liefen ihr lautlos die Tränen über die Wangen, während sie Marx hielt und der Kater sich in ihre Armbeuge schmiegte.

Mika tauchte vor ihr auf und blieb stehen. Sie sah zu ihm und lächelte.

»Schön, dass er wieder da ist«, sagte sie, ließ Marx los und stand auf.

»Hab dich gar nicht erwartet. Hast du was vergessen?«, sagte Mika.

Sie standen sich gegenüber, die Kater schienen die Spannung zu bemerken und sahen zu ihnen auf.

»Kann schon sein«, sagte Greta und ging einen Schritt auf Mika zu.

Sie schafften es nicht mehr ins Schlafzimmer, stolperten ins Wohnzimmer aufs Sofa, da waren sie schon beide fast nackt und zogen die abgeworfenen Klamotten wie eine Spur hinter sich her. Das Sofa quietschte ganz leicht, die Terrassentür stand offen, aber es war egal; sie hatten nur noch Augen für den anderen, waren nur noch Haut, Mund, und als Greta zum zweiten mal kurz hintereinander zum Orgasmus kam, platzte ihr fast der Kopf, da ging ein Zucken durch ihren Körper, und sie lächelte erleichtert. Kurz darauf lag sie auf dem Sofa, Mika saß neben ihr, und sie spielte noch ein bisschen mit seinem langsam erschlaffenden Schwanz, während sie ihm erzählte, dass sie daran gedacht hatte, sich die Spirale wieder entfernen zu lassen.

»Ich dachte, du magst keine Kondome«, sagte Mika.

»Ich will auch keine.«

Mika sah sie schweigend an.

»Jetzt guck nicht so«, sagte sie mit einem Lächeln. »Ich werde sie drin lassen, ich will doch nicht auf so was Tolles wie gerade verzichten.«

»Ich dachte nur …«

Sie küsste Mikas Handrücken.

»Das müssen wir zusammen entscheiden.«

Mika nickte, Greta richtete sich auf und strich ihm über die Wange.

»Ich wollte eigentlich noch Rad fahren«, sagte sie. »Soll trocken bleiben. Ich dachte, du entscheidest, wohin.«

Sie fuhren entlang der Felder Sossenheims, dann durch den Ort selbst und weiter Richtung Schwalbach. Nach gut einer Stunde hatten sie Kronberg erreicht und machten vor dem Casals Forum Pause, ein neu errichteter Konzertsaal in moderner Architektur, vor dem ein kleiner Bachlauf sprudelte. Es war angenehm warm, sie aßen jeder eine Banane, dann stiegen sie wieder auf und nahmen die ersten Rampen des Taunus in Angriff, hinauf nach Falkenstein. Greta war nicht mehr besonders gut in Form, den Winter über war sie kaum gefahren, nur ein paarmal halbherzig joggen gewesen, und jetzt brannten ihr die Oberschenkel. Aber sie ließ nicht abreißen, blieb an Mikas Hinterrad. Die letzten Häuser blieben hinter ihnen zurück, und sie tauchten in den Wald ein. Es wurde schnell kühler, der Weg immer schmaler und steiniger. Unterhalb des Gipfels des Altkönigs stieg Greta vom Rad und schob den Rest bis nach oben.

Mika wartete auf einer Lichtung. Die Sonne war wieder herausgekommen, es war windstill, Greta schlüpfte aus ihrer Jacke. Sie hockten sich neben ihre Räder ins Gras, streckten die Beine aus.

»Schön hier«, sagte Greta.

Sie lauschten den Vögeln, sonst war es still.

»Ich werde Zöllner absagen«, sagte sie. »Sie sollen sich jemand anderen suchen.«

»Aber es wäre doch gut für dich, oder?«

»Aber vielleicht nicht gut für uns.«

»Weißt du, ich bin wirklich stolz auf dich«, sagte Mika und lächelte. »Ich sage dir das viel zu selten, aber es ist so. Im Studio beneiden mich alle um dich, die fragen immer, an was du gerade arbeitest, die finden das total spannend.«

»Sie können ja mal vorbeikommen und sich zu mir an den Schreibtisch setzen. Ich glaube, die meisten sind durch die ganzen Krimis und so total verdorben.«

»Ja, wahrscheinlich. Aber was ich sagen wollte, Greta: Mach dein Ding, ich stehe hinter dir.«

»Ich finde ja, wir sollten *unser* Ding machen. Ich dachte da an eine Radreise im Sommer, an die Nordsee.«

»Das eine schließt das andere doch nicht aus. Ich glaube, wir müssen einfach wieder etwas mehr aufeinander achten, so kleine Sachen wie zusammen Mittag essen am Freitag, haben wir früher oft gemacht, als wir uns an der Konsti getroffen haben. Es muss ja gar nicht immer die große Romantik sein.«

»Stimmt, es reicht auch eine kleine Portion.«

Und dann saßen sie auf dem Plateau des Altkönigs, der früher einmal von den Kelten besiedelt worden war und um den sich einige Sagen und Mythen rankten, und sprachen über ihr Leben und ihre Beziehung, darüber, was sie sich vielleicht noch erhofften, was sie sich wünschten, von was sie träumten; sie sprachen über Kinder, über Trauer und Erleichterung, über Freiheit und Egoismus. Sie saßen, bis sie zu frieren begannen und Hunger bekamen, dann umarmten sie sich lange und machten sich auf den Heimweg.

»Hast du etwas von Juna gehört?«, fragte Greta, bevor sie auf ihre Räder stiegen.

»Ist wohl alles gut gelaufen, mehr weiß ich aber auch nicht.«

»Sie ist aber nicht abgereist, oder?«

»Nein, ich glaube nicht.«

Greta erwartete nicht, Juna noch einmal zu sehen.

Von der Terrasse her hörte Greta Stimmen. Sie sah Mika fragend an, denn Renate und Wolfgang waren seit einer Woche wieder auf Tour, wandern in den französischen Alpen, und für Gartenarbeit war es eigentlich noch zu früh. Sie ließ ihr Rad bei Mika und ging durch den Garten. Sie hörte einen der Kater miauen.

Und dann sah sie die Frau. Sie sah nur ihren Rücken, aber sie wusste sofort, dass es Juna war. Sie ging die Stufen zur Terrasse hoch, Engels kam auf sie zu, und Juna drehte sich zu ihr um.

»Juna«, sagte Greta, »ich dachte, du seist schon weg.«

»Ich fahre doch nicht, ohne euch Tschüss zu sagen«, sie richtete sich auf.

Sie sahen sich an. Juna hatte sich seit ihrem letzten Treffen in der Firmenzentrale verändert; sie trug Jeans und einen etwas zu großen Pullover, hatte sich die Haare zu einem Pferdeschwanz gebunden, aber das war es nicht. Etwas in ihrem Gesicht war anders, sie wirkte auf eine erschöpfte Art entspannt. Und dennoch war da diese Distanz zwischen ihnen, unausgesprochen, aber vorhanden, als wären sie in den letzten Tagen einander zu Fremden geworden.

»Mika hat erzählt, es ist alles gut gelaufen«, versuchte Greta ein Gespräch in Gang zu bringen.

»Ja, die Konferenz war ein voller Erfolg«, sagte sie, und wieder sprach da der Konzern aus ihr. »Wir werden weitere Gelder bekommen, um das Programm in Marokko auszubauen.«

»Dann hast du ja alles erreicht, Glückwunsch!«

Wieder lächelte Juna, aber sie schien nicht glücklich. Und Greta dachte an das leise »Danke«, das ihr Juna nach der

Besprechung bei Liquid Lights zugeflüstert hatte. Sie war sich sicher, dass in diesem Augenblick eine andere Juna zu ihr gesprochen hatte, jene Juna, die sie vor Jahren in Finnland kennengelernt hatte, eine kluge, aufgeweckte Frau voller Tatendrang.

»Habt ihr etwas im Fall von Leif herausfinden können? Hat Lucas etwas damit zu tun?«

»Ich darf dazu eigentlich nichts sagen, nur so viel, dass die Ermittlungen der Kripo auch Liquid Lights miteinbeziehen.«

Juna nickte. Hinter ihnen zog Mika jetzt die Terrassentür auf und kam heraus, umarmte Juna.

»Mein Flug geht um halb elf«, sagte sie und setzte sich in einen der Gartenstühle. »Ich muss weiter nach New York.«

»Willst du noch was essen?«, fragte Mika, aber Juna schüttelte den Kopf.

»Aber ich würde einen Wein nehmen. Dann kann ich später vielleicht schlafen.«

Greta setzte sich zu ihr, während Mika den Wein holte.

»Ich habe mir das alles anders vorgestellt«, sagte Juna und sah hinaus in den Garten, rüber zum Schwimmteich, dessen Oberfläche unbewegt und schwarz dalag. »Ich wollte nie Streit mit dir.«

»Wir haben keinen Streit«, sagte Greta. »Du hast mich nur um einen Gefallen gebeten. Hätte ich auch so gemacht.«

»Ich weiß schon länger, dass es in Marokko nicht rundläuft«, sagte Juna und sah Greta jetzt an. »Die Produktion von grünem Wasserstoff ist kompliziert und noch sehr teuer. Unsere marokkanischen Partner setzen alles daran, die Vorgaben zu erfüllen.«

»Das heißt, sie haben manipuliert?«

Juna senkte den Blick.

»Das sind Gerüchte«, sagte sie.

»Gerüchte, dass die Produktion nicht grün ist?«

»Ich bin kein Ingenieur, Greta. Es hieß, Leif würde versuchen, uns zu erpressen, er wolle mehr Geld, einen Posten im Unternehmen. Ich sollte das klären.«

Mika kam zurück, reichte Greta und Juna einen Weißwein, sagte, er werde erst mal duschen gehen, und verschwand wieder. Auch das liebte Greta an ihm, dass er Situationen erspüren konnte und dann elegant einen Ausweg fand. Juna sah ihm nach.

»Andresen wusste also um die Probleme in Marokko und hat Liquid Lights damit erpresst«, sagte Greta. »Wollte er an die Presse?«

»Wie gesagt, ich sollte das hier mit ihm klären.«

»Wurde Andresen deshalb getötet? Weil er der Firma schaden wollte?«

Juna nahm einen Schluck Wein.

»Das ist kein Film, Greta, Liquid Lights ist nicht der teuflische Konzern, zu dem uns die Aktivisten machen wollen. Ist das denn so schwer zu begreifen, dass es jemanden geben muss, der nicht nur von der Transformation redet, sondern die auch angeht? Und dass das eben nicht nur Blümchenwiese ist? Natürlich geht's um Gewinne, um Wettbewerb, sonst funktioniert das nicht.«

»Ich will ehrlich zu dir sein, Juna, denn ich mag dich wirklich«, begann Greta, nachdem sie kurz geschwiegen und überlegt hatte, ob es überhaupt noch Sinn ergab, hier mit Juna weiterzusprechen. »Aber ich kann dir diese PR-Sätze nicht glauben, die klingen wie auswendig gelernt. Transformation, Wettbewerb, eine neue Zukunft. Das ist doch alles bla bla. Was ist mit dir, Juna, wo stehst du? Warum schützt du Liquid Lights? Einer eurer Mitarbeiter wurde umgebracht, und im Konzern ist business as usual? Ich kann nicht glauben, dass dich das alles so kalt lässt.«

Juna starrte sie an. Die Farbe war aus ihrem Gesicht gewichen, und kurz glaubte Greta, Juna würde zu weinen beginnen, als würde all die angestaute Wut, die Trauer, aus ihr herausbrechen. Aber Juna lächelte, versuchte zu lächeln. Es war aber mehr eine aufgesetzte Grimasse, und beide wussten es.

»Danke für deine Ehrlichkeit«, sagte Juna. »Aber ich habe mich entschieden.«

Beide schwiegen. Greta wollte nicht noch tiefer bohren, es gab da dieses unüberwindbare Hindernis zwischen ihnen, einen schmalen, aber tiefen Abgrund, der sie voneinander trennte.

»Du könntest doch auch zum Beispiel für Greenpeace arbeiten, wenn es dir um Fortschritt, um Nachhaltigkeit geht«, sagte Greta. »Warum gerade Liquid Lights?«

»Genau aus dem Grund, warum du bei der Staatsanwaltschaft bist und nicht bei irgendeinem Tierschutzverein«, sagte Juna. »Ich will was bewirken, ich will gesehen werden!«

Jetzt lächelte Greta. Da hatte Juna einen Punkt, obwohl sie mit ihr im Erreichen dieser Ziele nicht übereinstimmte. Aber ja, auch sie wollte gesehen und gehört werden, auch sie hoffte, dass ihre Arbeit irgendwas bewirkte, vielleicht sogar zum Guten. Sie hoffte dabei, nicht ganz so zynisch und abgeklärt zu werden wie viele andere, denen alles nur noch am Arsch vorbeiging, die nur auf den eigenen Vorteil aus waren. Obwohl sie immer auch eine Kämpferin gewesen war, im Studium schon früh gelernt hatte, die Ellenbogen auszufahren und sich durchzusetzen, weil ihr im Gegensatz zu vielen anderen Kommilitonen weder Geld noch Reputation in die Wiege gelegt worden waren, sondern nur die guten Wünsche des Vaters und die geschmierten Brote der Mutter – obwohl sie sich immer hatte durchsetzen müssen, merkte sie, dass sie keine Lust mehr auf diese Kämpfe hatte. Warum konnte man nicht einfach solidarisch und einigermaßen empathisch sein? Warum musste sie, um überhaupt voranzukommen, die Mittel und Tricks der anderen übernehmen, Leute ausstechen, besser sein, immer und immer wieder?

»Ja, kann ich verstehen«, sagte Greta und trank einen Schluck Wein. Sie fröstelte mittlerweile in ihrem Raddress. »Aber ich habe keine Lust mehr zu kämpfen, verstehst du? Ich will nicht so werden wie die, hohl, erschöpft und lustlos.«

»Bist du nicht und wirst du auch nie sein«, sagte Juna.

Mika kam mit feuchten Haaren auf die Terrasse und zog sich einen Stuhl heran. Greta stand auf.

»Ich gehe kurz duschen«, sagte sie und ließ die beiden Geschwister alleine auf der Terrasse zurück, weil auch sie das Gefühl hatte, dass sie noch etwas Zeit füreinander brauchten.

Greta schreckte hoch. Sie musste eingeschlafen sein, lag auf dem Sofa, auf der einen Seite Engels, auf der anderen Marx. Vorsichtig richtete sie sich etwas auf. Marx hob den Kopf, gähnte und streckte sich. Es war dunkel, nur aus der Küche fiel ein schwacher Lichtschein ins Wohnzimmer. Sie spürte einen feinen Luftzug im Nacken, die Terrassentür musste offen stehen. Sie richtete sich auf, tappte zur Terrasse und sah hinaus in die Dunkelheit. Sie konnte Mikas Umrisse erkennen, er saß dort auf einem der Stühle. Langsam näherte sie sich von hinten, legte ihre Arme um seinen Nacken.

»Ist dir nicht kalt?«

»Ich mag's so«, sagte Mika.

»Denkst du an Juna?«

Vor rund zwei Stunden hatten sie sich voneinander verabschiedet, Mika hatte ihren Koffer zur Straße getragen, wo das

Taxi wartete. Juna war eingestiegen, hatte noch mal gewunken, dann war sie in der anbrechenden Nacht verschwunden.

»Ich dachte immer, ich würde sie kennen«, sagte er. »Ich dachte immer, dass ihr alles zufliegt, ihr alles gelingt. Aber jetzt weiß ich es nicht mehr. Ich habe das Gefühl, dass sie einsam ist. Ich glaube, sie hatte noch nie eine längere Beziehung, sie redet auch nie darüber, ihr schien das nie wichtig. Aber ich glaube, sie sehnt sich danach. Irgendwo anzukommen, weißt du?«

»Es braucht Zeit, um das zu erkennen«, sagte Greta. »Wird sie sicher auch noch. Und dann hat sie genug Geld zusammen und kann es ruhiger angehen lassen.«

»Ja, vielleicht.«

Greta richtete sich auf. Die Luft schmeckte schon nach Frühling, nach Regen und warmer Erde.

»Lass uns schlafen gehen«, sagte sie und ging wieder hinein.

Es war kurz nach fünf, als Greta erwachte und wusste, dass sie nicht mehr einschlafen konnte. Eine Zeit lang versuchte sie es, doch je länger sie dalag, je länger sie Gedanken wälzte, desto wacher wurde sie. Also stand sie leise auf, ging in die Küche und machte sich einen Tee. Sie ließ Marx und Engels herein, die sich wunderten, so früh schon an ihre Fressnäpfe zu kommen und zuerst etwas verwirrt durch die Küche und das Wohnzimmer strichen. Greta setzte sich mit dem Tee aufs Sofa, griff nach ihrem Smartphone. Juna hatte geschrieben: »Wir sind gerade gelandet, und ich wollte dir sagen, dass ich dich bewundere, Greta. Dir kann man nichts vormachen, egal, wie sehr man sich anstrengt. Ich dachte, ich muss stark sein, und ich denke es auch jetzt noch. Dabei plappere ich nur irgendwelches Zeugs nach, das ich selber nicht glaube. Ich werde Liquid Lights verlassen. Ich komme bald zu euch, und dann reden wir über alles. Ich umarme euch!«

Greta saß da, das Telefon in ihrer Hand zitterte, Junas Zeilen verschwammen vor ihren Augen. Dann stand sie auf, öffnete die Tür und trat auf die Terrasse. Am Horizont war ein schwaches Leuchten zu sehen, ein neuer Tag zog herauf. Greta atmete tief ein und aus. Es ist nie zu spät, dachte sie, denn es gibt immer einen anderen Weg. Wir haben immer die Chance, uns neu zu entscheiden, jede Sekunde haben wir diese Freiheit. Greta fröstelte. Bei aller Arschlochhaftigkeit, die es in dieser Welt gab, war dieser Gedanke doch tröstlich und würde dafür sorgen, dass sie auch morgen noch zuversichtlich aus dem Bett stieg.

# 17
# MEDHI

Er wusste, dass es hier enden würde.

Er sah nach draußen, wo langsam die Gleisanlagen von Cerbère vorbeizogen. Zum wiederholten Mal kam die Ansage, dass alle den Zug verlassen müssten, die weiter reisen wollten. Er wusste, dass er mittlerweile in Frankreich war, und er wusste, dass er die Papiere hier endlich loswerden würde. Die Tasche hatte er schon die ganze Zeit auf seinem Schoß, bleischwer lag sie dort, drückte ihn in den Sitz. Er konnte das Meer sehen, immer mal wieder war es auf der Fahrt kurz aufgetaucht und dann wieder hinter Berghängen verschwunden. Es war das gleiche Meer, wie er es aus Safi kannte, dunkel und glänzend, gänzlich unbewegt.

Vorsichtig sah er sich noch einmal um.

Die beiden Männer saßen noch immer drei Sitzreihen hinter ihm, und mittlerweile war er sich sicher, dass sie von ME kamen. Sie taten alles, um ihn nicht zu bemerken, starrten die meiste Zeit auf die Displays ihrer Handys, aber Medhi wusste, dass sie, wenn er sich von ihnen abwendete, wieder zu ihm herübersehen würden, er konnte ihr Blicke in seinem Rücken spüren.

Im Bus nach Barcelona war er trotz der Aufregung vor Erschöpfung schnell eingeschlafen, und im Traum war er in Safi am Strand gestanden und hatte übers Meer geblickt. Weit draußen ballten sich die Wolken, Schiffe zogen vorüber, Vögel umkreisten ihn, und es war außer dem gleichmäßigen Anschlagen der Wellen nichts zu hören. Er ging näher ans Wasser heran und bemerkte, dass das Rauschen nicht von den Wellen kam, sondern hinter ihm lag, im Land. Es steigerte sich jetzt zu einem Gebrause. Er fuhr herum und sah, dass das Land hinter ihm in Flammen stand, die Häuser, die glänzenden Leitungen des Werks, selbst auf den weit entfernten Höhenzügen loderten die Feuer. Er konnte die Hitze spüren, das Rauschen war jetzt um ihn, und er lief langsam ins Meer, während sich die Flammen näherten, während das Brennen um ihn tobte.

Immer wieder war er aufgeschreckt, um ihn finstere Nacht, nur die kleinen Deckenlampen leuchteten schwach, draußen türmte sich die Dunkelheit. Als der Bus dann am frühen Morgen Barcelona erreicht hatte, fühlte er sich fast ausgeruht, kaufte sich im Bahnhof etwas zu essen und eine Flasche Wasser und wartete auf die Weiterfahrt mit dem Zug nach Cerbère. Dabei waren ihm die beiden Männer aufgefallen, die mit ihm am Bahnsteig warteten; sie waren leger gekleidet, Jeans, Hemden, hatten aber kein Gepäck bei sich. Medhi hatte sich gegen die Panik gewehrt, sich gesagt, dass er übermüdet sei, dass er Gespenster sehe, er las die beiden Nachrichten von Youssef, die er ihm am Abend geschickt hatte, als er gerade in den Bus gestiegen war: dass alles gut laufen würde, dass ihn Latifa in Marseille erwarte und sich auf ihn freue. Und da war Medhi für einige Zeit zur Ruhe gekommen, da hatte sich das alles tatsächlich kurz wie eine Urlaubsreise angefühlt, war kein Albtraum mehr gewesen.

Die beiden Männer waren in denselben Zug eingestiegen, Medhi hatte wieder an die Schüsse denken müssen, an die geborstene Heckscheibe. Nach jedem Halt hatte er gehofft, die beiden Männer seien verschwunden, aber jedes Mal, wenn er sich vorsichtig umgesehen hatte, saßen sie noch da.

Jetzt stand Medhi auf. Er war schon so weit gekommen, er würde jetzt nicht aufgeben.

Medhi schulterte die Tasche und folgte den wenigen Leuten, die in Cerbère nicht in den wartenden Zug einstiegen, hinein in die Ortschaft. Der Bahnhof war schmucklos, die Straße ein wilder Flickenteppich aus Schlaglöchern. Linker Hand stieg das Gelände felsig an, und Medhi entschied sich, nach rechts zu gehen, Richtung Meer. Er sah sich um. Die beiden Männer folgten ihm im Abstand von vielleicht zwanzig Metern. Jetzt gab es keine Zweifel mehr. Er würde ihnen die Papiere nicht ohne Weiteres aushändigen. Auch wenn er die Dimensionen der Betrügereien noch immer nicht fassen konnte, so war ihm mittlerweile doch klar, dass bei ME nichts so war, wie er geglaubt hatte. Und Leif musste davon gewusst haben! Wahrscheinlich hatte der sich längst abgesetzt, wahrscheinlich waren sie auch hinter ihm her. Medhi hatte den Versprechen geglaubt, den großen Worten seiner Vorgesetzten, die Marokkos Zukunft in leuchtenden Farben gemalt hatten, dass das Land einmal so reich sein würde wie jetzt Saudi-Arabien oder Katar. Glänzende Türme würden sich in Rabat, in Casablanca und Marrakesch in den Himmel schrauben, es gäbe breite Straßen und kostenlose Bildung für alle. Und Medhi hatte ihnen geglaubt. Aber die Papiere erzählten eine andere Geschichte: Die Geschichte von Gier und Macht, von Selbstüberschätzung und Gewinnsucht. Und er, Medhi, war Teil dieser Geschichte gewesen, jemand, der dazu beitrug, dass sie weitererzählt und immer größer und mächtiger wurde.

Er folgte dem schmalen Straßenverlauf, bis er die Promenade erreichte, eine kleine Bucht mit Mole und Kiesstrand, die verlassen vor ihm lang. Ein paar kleine Boote schaukelten in der Dünung. Während er weiterging, kramte er den Zettel aus der Tasche, auf dem die Adresse von Johann stand, dem Deutschen, dem er die Papiere übergeben sollte. Eigentlich hätte er in den Zug steigen und weiterfahren müssen, aber er musste irgendwie die beiden Männer loswerden.

Eine schmale Gasse ging in einem scharfen Knick von der Hauptstraße ab, Medhi folgte ihr und nutzte den kurzen Moment, in dem er für die Männer außer Sicht war: er bog in einen kleinen Treppenaufgang, sprang hinauf und stand vor einem geschlossenen Tor, das in eine Steinmauer eingelassen war. Ohne groß nachzudenken, trat er auf einen Blumenkübel und schwang sich an der Mauer hoch, zog die Tasche nach und befand sich in einem kleinen Garten mit leerem Pool und zusammengestellten Plastikstühlen. Über der Terrasse war ein vergilbtes Schild angebracht: »Hotel Argo«. Medhi wartete einige Augenblicke, aber es blieb still. Also ging er weiter, stieg über eine weitere Steinmauer in den nächsten Garten, bewegte sich zwischen Bäumen einen Hang hinauf und erreichte erneut einen leeren Pool, der Teil eines größeren Gartens war. Medhi folgte einem mit Steinplatten ausgelegten Pfad zu einer kleinen Hütte, umrundete diese und kauerte sich unter ein Vordach neben einen alten Rasenmäher. Hier wartete er, lauschte. Manchmal war ein Vogel zu hören, sonst war es still.

Er begann zu frieren und richtete sich wieder auf. War er eingenickt? Er wusste es nicht. Über ihm rauschte der Wind in den Bäumen.

Er lief zurück zum Pool, weiter zur Mauer, zog sich hoch und blickte auf eine verlassene schmale Straße. Die Männer waren verschwunden. Mit einem Ruck schwang er sich über die Mauer, verließ den abgelegenen Garten und folgte der schmalen Gasse zurück in den Ort. Er wusste, dass sie hier irgendwo noch waren und auf ihn warteten, dass sie ihn spätestens am Bahnhof abfangen würden. Und sicher waren weitere Männer auf dem Weg. Eigentlich hatte er nie eine Chance gehabt.

Der Ort schien wie ausgestorben. Wahrscheinlich würden die Leute erst in den Sommermonaten kommen, viele Rollläden waren heruntergelassen. Einige Häuser weiter stieß er auf ein kleines Hotel, das anscheinend geöffnet hatte. Eine französische Fahne hing schlaff über dem Eingang, aus der geöffneten Tür war Musik zu hören. Medhi sah sich um, umfasste die Tasche noch einmal fester, dann ging er hinein.

Eine junge Frau saß hinter dem Tresen und sah von ihrem Handy auf. Sie hatte sich das Haar lose zusammengesteckt, trug ein dunkles Shirt. Medhi trat zu ihr, stellte die Tasche auf den Tresen und holte die Mappe mit den Papieren heraus. Die legte er vor die Frau, den Zettel mit der Adresse obenauf.

»Sie müssen das bitte mit der Post verschicken«, sagte er.

Die Frau sah ihn irritiert an.

»Bitte«, sagte Medhi.

Sie stand jetzt auf, sah auf die Mappe, sah wieder Medhi an.

»Die Post ist unten in der Rue Dominique«, sagte sie. »Die hat aber schon zu.«

Medhi kramte in seiner Tasche nach dem Geld, das ihm der Anwalt Abeed zugesteckt hatte, und legte einen Hundert-Euro-Schein neben den Adresszettel. Die Frau kniff die Augen zusammen, sah an Medhi vorbei zu Tür.

»Wieso bringen Sie das Zeugs nichts selbst zur Post?«

»Ich habe keine Zeit«, sagte Medhi. »Ich muss weiter.«

Die Frau nickte, griff nach dem Geld und steckte es ein. Im

selben Moment betrat hinter ihnen ein Mann das Hotel, und beide, Medhi und die Frau, zuckten zusammen.

»Gibt's hier Probleme?«

Medhi hatte den Mann noch nie gesehen, aber die Frau schien ihn zu kennen. Er trug einen Blaumann und wischte sich die Hände an der Hose ab.

»Nein, alles klar hier. Der Mann hier fragt, wie es im Sommer bei uns ist. Und ich hab gesagt, da muss er mal vorbeikommen.«

Medhi nickte, der Mann musterte ihn skeptisch, nickte dann aber und ging wieder hinaus.

Die Frau nahm die Mappe.

»Ich schicke das morgen los«, sagte sie, senkte ihre Stimme.

»Es ist sehr wichtig«, sagte Medhi.

Die Frau nickte wieder, sagte nichts mehr. Medhi blieb nichts anders übrig, als ihr zu vertrauen, auch wenn sie nur das Geld nehmen und den Umschlag vielleicht in den Müll werfen würde. Mit den Papieren würde er diesen Ort nicht mehr verlassen.

Medhi war der Küstenstraße ein Stück gefolgt und dann auf einen abschüssigen Weg Richtung Meer abgebogen. Jetzt saß er auf einem Felsen und blickte auf das dunkel schimmernde Wasser, sah hinaus in die Ferne. Er war allein. In einem kleinen Laden hatte er sich eine Flasche Wasser und zwei Sandwiches gekauft, die er jetzt aß. Er fühlte sich wie befreit, die leere Tasche neben sich war Zeichen seines Erfolgs, er hatte es trotz aller Widrigkeiten irgendwie geschafft. Wie es weitergehen würde, wusste er nicht, und er wollte darüber auch nicht nachdenken. Ja, er musste irgendwie weiter, nach Marseille, das nicht mehr weit war, aber er wusste auch, dass sie überall auf ihn warteten. Von Youssef hatte er seit der Busfahrt nichts mehr gehört, vielleicht hatte ME ihn mittlerweile auch aufgespürt. Die waren, so viel war Medhi klar, zu allem bereit, um das zu schützen, was sie in Safi aufgebaut hatten.

Er streckte die Beine aus. Der Wind war kühl, aber angenehm, er mochte den Geruch des Meeres. Er wollte nur ein paar Augenblicke hier sitzen, wollte an nichts denken, wollte nichts mehr fühlen.

Plötzlich hörte er hinter sich ein Geräusch, das leise Knacken von Steinen, die aneinanderrieben. Medhi fuhr herum. Niemand war zu sehen. Er stand auf, ging ein paar Schritte, wandte sich wieder dem Wasser zu. Wie das Meer lag sein Leben ausgebreitet vor ihm, von Weitem hörte er ein helles Kinderlachen, hörte, wie eine Frau seinen Namen rief.

Wieder war da ein Geräusch hinter ihm, jetzt sehr nah, und im selben Augenblick spürte er etwas Metallenes an seinem Hinterkopf.

»Schön hier«, sagte eine dünne Stimme. »Fast wie zu Hause.«

Medhi drehte den Kopf, und dann hörte er ein leises, mechanisches Klicken.

# 18
## SCHOTA

Er kauert im Schatten niedriger Bäume und beobachtet das Licht. Noch erlischt es nicht, noch muss er sich gedulden. Es wird seine Nacht werden, die anderen können ihn alle mal, Gabriel, Radko. Lange genug hat er sich kleingemacht, hat Befehle ausgeführt, hat sich von Gabriel dumm anmachen lassen. Aber damit ist Schluss. Ab jetzt wird er nur noch auf sich schauen, auf eigene Rechnung arbeiten. Er ist kein Idiot, den man herumschubsen kann. Davon hat Radko genug, Typen, die ihm für ein paar Euro am Rockzipfel hängen, für ein bisschen Stoff. Aber er ist sauber, er hat sich im Griff. Und er wird das Spiel jetzt nach seinen Regeln spielen.

Dieses schöne Haus hat er sich ausgesucht, obwohl ihn Gabriel gewarnt hat. Dass sie an diesem Wochenende nichts im Westend zu suchen hätten, sich fernhalten sollten. Aber Gabriel ist auch nur eins von Radkos Hündchen. Tanzt nach seiner Pfeife, macht, was der sagt. Schota hat gelernt, sich durchzusetzen, schon damals in Jerewan, als er mit dreizehn das erste Mal aus dem Kaff seiner Großeltern abhaute, um in der Stadt zu leben. Sie hausten bei irgendeinem Typen im Wohnzimmer, schliefen auf dünnen Matratzen, trieben sich tagsüber auf den Straßen rum und hielten nach aussichtsreichen Gelegenheiten Ausschau, hastig abgestellte Fahrzeuge mit laufendem Motor, unbeaufsichtigte Auslagen. Schota war geschickt, knackte die Karren innerhalb von Sekunden. Er wusste, dass er es draufhatte. Zu lange hat er sich von Radko herumkommandieren lassen, hat irgendwie geglaubt, in seiner Schuld zu stehen, aber das war Schwachsinn. Er ist für sich alleine verantwortlich, für niemanden sonst.

Während er zwischen den Büschen kauert und das Fenster im Blick behält, denkt er immer wieder an Nia. Obwohl er sie eigentlich vergessen will. Ständig aber geistert ihr Gesicht durch seine Gedanken, hat er ihr Lachen im Ohr, fühlt er, wie sie sich ihm von hinten nähert, langsam, sodass er eine Gänsehaut bekommt, und ihm dann zärtlich ins Ohr beißt. Vielleicht liebt sie ihn ja doch. Vielleicht hätte er sie nicht einfach sitzen lassen sollen. Und er überlegt, wie es wäre, wenn er zurück nach Jerewan ginge, um sie zu holen. Warum sollten sie es nicht zu zweit hinkriegen? Nia ist schlau, viel schlauer als er. Zu zweit könnte sie niemand mehr aufhalten.

Er richtet sich etwas auf, da jetzt hinter dem Fenster eine Bewegung zu erkennen ist. Er hat das Haus den ganzen Tag schon im Visier, schlenderte zwei-, dreimal vorbei, dann kauerte er sich bei Anbruch der Dunkelheit ins Gebüsch und wartet. Er weiß nicht, wie lange er schon wartet. Aber alles an diesem Haus atmet Reichtum, der dunkle Wagen in der Einfahrt, das goldene Schild mit dem Schriftzug »Andresen Consulting«. Und das Gebäude ist anscheinend nicht besonders gut gesichert, keine Kameras im Außenbereich. Der Mann ist allein, das obere Stockwerk liegt dunkel da, nur das Büro ist noch erleuchtet. Er erkennt zwei merkwürdige Masken, die dort an der Wand hängen und ihn anstarren. Er wendet den Blick ab. Manchmal kann Schota den Mann durch das auf Kipp gestellte Fenster laut reden hören, er scheint aufgebracht, einige Male schreit er. Es muss dieser Andresen sein, reicher Typ, von dem auch Radko geredet hat. Diesmal ist er am Zug, diesmal wird er sich von Radko nicht verarschen lassen. Er hat keine Eile, hockt sich wieder hin, zieht die Beine an den Körper.

Dann hört er von der Straße her Geräusche, Schritte, die sich nähern. Es sind zwei Männer, die da an der Einfahrt stehen, leise miteinander sprechen, sie schauen zum Haus. Dann gehen sie vor an die Tür, bleiben wieder stehen. Einer der beiden geht jetzt ein paar Schritte in den Garten, sieht durch eines der Fenster. Schota hält die Luft an, macht sich klein. Der Mann kommt aber nicht näher, sondern geht zur Tür zurück, und Augenblicke später verschwinden beide geräuschlos im Inneren.

Irgendwas Seltsames geht da vor sich, das ist ihm klar. Er steht auf, geht ein paar Schritte auf die Terrassentür zu. Er sieht, wie die beiden Männer das erleuchtete Büro betreten, wie der Mann am Schreibtisch herumfährt und die beiden anstarrt, wie er etwas sagen will, aber da steht einer schon vor ihm und schlägt ihm ins Gesicht, so heftig, dass der andere taumelt und zu Boden sackt. Schota weiß, dass er sofort wegmuss, aber er bleibt, ist plötzlich wie gebannt, geht noch ein Stück näher ran. Er kann den Mann, Andresen, brüllen hören. Und dann erstarrt Schota: einer der beiden Männer ist Radko! Scheiße, was machen die hier?

Jetzt wuchtet Radko den Mann hoch auf den Bürostuhl, fesselt ihn mit Klebeband. Dann stehen Radko und der andere vor ihm, reden auf ihn ein. Andresen schüttelt nur den Kopf. Jetzt schlägt der andere Mann Andresen ins Gesicht, und Andresen sackt zusammen. Der Mann packt ihn an den Haaren, brüllt ihn an, und Andresen kommt zu sich. Der Mann lässt den Kopf los, zieht eine Waffe aus seinem Hosenbund und richtet sie gegen Andresen. Der schüttelt den Kopf. Der Mann drückt ihm den Lauf an die Stirn. Andresen erstarrt. Schota hält die Luft an. Andresen schaut zu ihm, Schota weiß es, zwei tote Augen. Dann ein leises, mechanisches Klicken, Andresens Kopf schnellt nach hinten.

Schota rührt sich nicht vom Fleck. Er muss weg, sofort, aber sein Körper gehorcht ihm nicht. Er ist wie gelähmt, starrt durchs Fenster zu Andresen, starrt ins helle Licht. Er taumelt einige Schritte zur Seite, und plötzlich springt über ihm ein helles Licht an. Sofort ist Radko an der Terrassentür, reißt sie auf. Da sind Radkos dunkle, kleine Augen, Augen wie zwei schwarze, tiefe Krater, und Schota fällt. Radko ruft seinen Namen, aber Schota hört nicht hin, er rennt Richtung Einfahrt, stürzt hinaus auf die Straße. Radko ruft nach ihm. Radkos Atem ist hinter ihm, Schota blickt sich nicht um.

Die Nacht hat tausend Augen. Es sind die Augen des toten Mannes, Andresens Augen, weit aufgerissen und erstaunt darüber, dass es tatsächlich passiert ist. Und es sind Radkos Augen, die jetzt hinter ihm her sind, die die Straßen und Gassen absuchen, die ihn aufspüren und ins Licht zerren wollen.

Er muss verschwinden. Aber wohin?

Er darf nicht stehen bleiben, die Stadt ist ihm noch immer fremd, runter zum Fluss, sein Leben lang schon rennt er, rennt immer schon um sein Leben, ein Leben, für das seine junge

Mutter keine Verwendung hatte, nichts wusste sie anzufangen mit dem Bündel, auch die Großeltern konnten ihn nicht zurückhalten, nicht die Schläge des Großvaters, nicht die besänftigende Stimme der Großmutter. Er kauert sich in eine dunkle Hofeinfahrt, kommt wieder zu Atem.

Es ist nur ein kurzes Luftholen. Dann muss er weiter.

# 19

Als Uwe vor der geschlossenen Tür der Verhörraums stand, merkte er, dass er nervös war. Er ging noch nicht hinein, wartete einige Augenblicke. Er atmete ruhig und gleichmäßig. Den Schock des Überfalls hatte er ganz gut verkraftet, auch deshalb, weil er sich sofort darangemacht hatte, die beiden Typen aufzuspüren. Er hatte die Haare in die KTU gegeben und wartete nun auf das Ergebnis der Untersuchung. Und die Dinge entwickelten sich plötzlich in eine Richtung, die er vor ein paar Tagen noch nicht annährend geahnt hatte. Vielleicht war im Fall Liquid Lights doch noch nicht alles verloren, vielleicht würde er den Konzern doch noch drankriegen. Er hatte überlegt, ob er Vogelsang anrufen sollte, sich aber dann dagegen entschieden: Er wollte zuerst allein mit dem Mann sprechen, dann konnte er Greta immer noch hinzuziehen. Er drückte die Klinke herunter und trat ein.

Lucas Meinhardt richtete sich auf und versuchte ein abgeklärtes Gesicht zu machen, aber Uwe erkannte sofort, dass der junge Mann nervös war, seine Wangen waren rot gefleckt, er schwitzte. Neben ihm saß einer der Anwälte von Liquid Lights; der Mann überragte auch im Sitzen Meinhardt um fast einen Kopf. Uwe begrüßte die beiden knapp, setzte sich und rückte etwas am Stuhl herum, er hatte es nicht eilig.

Nach ihrem ersten Besuch in Meinhardts Wohnung war genau das eingetreten, was Greta vorausgesagt hatte: Der Typ hatte sich abgesetzt, auf die Vorladung Uwes reagierte er nicht, und die Polizisten fanden sich in einer verwaisten Wohnung wieder. Also hatte Uwe ihn zur Fahndung ausgeschrieben. Und dabei endlich einmal Glück gehabt: Zivilfahnder hatten Meinhardt gestern am späten Nachmittag bei einer Kontrolle in der Nähe der niederländischen Grenze bei Aachen gestoppt und sofort verhaftet. Am Morgen war er dann nach Frankfurt überstellt worden.

»So sieht man sich wieder«, sagte Uwe, ohne den Anwalt auch nur anzublicken. Meinhardt war sein Ziel, noch einmal würde er sich von ihm nicht verarschen lassen. »Vielleicht wollen Sie mir ja jetzt sagen, was Sie zum Tod von Andresen wissen.«

Meinhardt sah zu seinem Anwalt, sah auf die Tischplatte. Der Anwalt flüsterte Meinhardt etwas ins Ohr, dieser nickte.

»Ich weiß nichts«, sagte er mit fester Stimme.

»Glaube ich nicht. Sie wissen was. Oder wo wollten Sie so dringend hin? Vor wem haben Sie Angst? Verfolgt Sie jemand?«

»Ich brauchte eine Auszeit«, sagte Meinhardt und sah Uwe an. »Wüsste nicht, warum das die Polizei etwas angeht, wo ich Urlaub mache.« Wieder sah er zum Anwalt neben ihm.

»Mein Mandant wird zu gegebener Zeit ein …«

»Hast du eine Ahnung, was U-Haft bedeutet?«, Uwe ignorierte die Einlassung des Anwalts und sah Meinhardt an. »Ich erzähle dir mal eine kleine Geschichte: Der Verdächtige, der angeblich deinen Freund Andresen umgebracht haben soll, den haben wir erwischt und in U-Haft gebracht. Einzelzelle, überall Kameras und Personal. Und weißt du, was dann passiert ist? Sie haben ihn totgeschlagen, einfach so. Und natürlich hat keiner was gesehen oder mitgekriegt. Warst du schon mal im Knast?«

»Ich verbitte mir jegliche Drohungen gegen meinen Mandanten,« brauste der Anwalt auf. »Das wird Konsequenzen haben.«

Uwe ignorierte den Anwalt weiterhin. Er merkte, dass Meinhardt seine Selbstsicherheit langsam verlor, er starrte auf seine Hände, schien nicht zu wissen, was er sagen sollte.

»Du kommst aus dem Westend, oder? Gymnasium, Privatuni, nicht wahr? Alles ging für dich immer leicht von der Hand, wie das Messer durch die sprichwörtlich warme Butter? Aber glaub mir, das läuft nicht ewig so. Man wird dich fallen lassen, und dann ist da nichts mehr, kein Job, kein Geld, alles futsch. Und so jemand wie du wird es schwer haben in U-Haft. Aber wir können uns um dich kümmern. Wir können auf dich aufpassen, wenn du uns hilfst.«

Meinhardt schwieg.

»Herr Meinhardt hat mit Liquid Lights alle Unterstützung, die er braucht«, sagte der Anwalt. »Wir lassen unsere Mitarbeiter nicht im Regen stehen. Mit was wollen Sie die U-Haft begründen? Weil Herr Meinhardt mit Leif Andresen zusammengearbeitet hat? Sie haben doch überhaupt nichts gegen meinen Mandanten vorliegen, kein Richter wird der U-Haft zustimmen.«

»Da haben Sie vermutlich recht«, sagte Uwe und wandte sich wieder an Meinhardt. Er dachte jetzt an das Foto, das er in Meinhardts Wohnung gesehen hatte »Du hast doch eine Freundin, oder? Ihr wollt sicher heiraten, eine Familie gründen. Würdest du sie anlügen? Würdest du deine Kinder anlügen?«

»Das Privatleben meines Mandanten spielt hier keine Rolle«, fuhr der Anwalt dazwischen.

Meinhardts Blicke irrten durch den Raum. Er fühlte sich sichtlich unwohl, das konnte Uwe sehen, er wollte schnell hier raus.

»Manchmal hilft es zu reden«, sagte Uwe. »Ich glaube nicht, dass dir der Tod von Leif am Arsch vorbeigeht. Ihr wart Freunde, Leif und du. Ihr kanntet euch gut, du kennst Silke, die Kinder. Ich kann mir nicht vorstellen, dass du von Leifs Geschäften gar nichts gewusst hast. Er brauchte im Unternehmen einen Vertrauten, und der warst du, richtig? Wirst du unter Druck gesetzt? Bedroht man dich auch?

»Das sind doch Unterstellungen, verdammt noch mal«, rief der Anwalt dazwischen, machte sich groß und schlug mir der Hand auf den Tisch.

»Nicht nötig, laut zu werden«, Uwe lehnte sich zurück. »Es muss doch auch im Sinne von Liquid Lights sein, den Tod des Beraters aufzuklären.«

»Es war Raubmord, das ist doch hinlänglich bekannt.«

»Es gibt erhebliche Zweifel an dieser These. Ich persönlich glaube ja, dass Andresens Tod mit seinen Geschäften in Marokko zusammenhing. Was lief da ab, was ist da schiefgelaufen?« Er fasste wieder Meinhardt ins Auge.

»Ich weiß es nicht, ich weiß nichts«, brüllte Meinhardt und starrte Uwe mit geweiteten roten Augen an. »Das waren die Marokkaner, der Geheimdienst, was weiß ich, vielleicht unser Kontaktmann da unten, Medhi, der hat das alles für Leif erledigt, der war zuständig für die Energieversorgung.«

Uwe sah, dass der Anwalt neben Meinhardt bleich wurde.

»Diese ganze grüne Wasserstoff-Sache ist ein riesiger Betrug, oder?«

»Ich … Leif hat immer gesagt, er habe alles im Griff. Ich war ein paarmal mit ihm in Marokko, ich …

Der Anwalt fasste Meinhardt am Arm.

»Ich …«, Meinhardt sah jetzt den Anwalt an, »alle wissen doch, dass es nicht läuft wie geplant, verdammte Scheiße. Es gibt interne Untersuchungen, die festgestellt haben, dass der grüne Strom in Marokko niemals ausreicht für die Mengen an Wasserstoff, die Liquid Lights liefern soll. Es gibt Machbarkeitsstudien, die alle dagegensprechen, aber es sollte weitergemacht werden, um jeden Preis. Das Werk in Marokko muss weiterlaufen, egal wie. Also wurde auch Kohlestrom eingespeist, es wurden Zertifikate gefälscht, Prüfstellen bestochen. Ich habe ja gesagt, dass Leif freie Hand und genug Geld hatte. Und die jungen Ingenieure in Marokko, die haben alle mitgemacht, sie sind voll auf Linie. Aber dann wollte Leif zu viel, dann hat er versucht, alle gegeneinander auszuspielen.«

Der Anwalt stand auf, zog Meinhardt am Arm nach oben.

»Das Verhör ist vorbei«, sagte er und versuchte seine nervöse Stimme in den Griff zu kriegen. »Ich werde Beschwerde gegen Sie einlegen, mein Mandant ist übermüdet und verwirrt. Nichts von dem, was er gesagt hat, wird gegen ihn verwendet werden oder Eingang in die Akten finden, dafür sorgen wir.«

Uwe blieb sitzen. Er konnte sich ein Lächeln nicht verkneifen, das auch dann nicht aus seinem Gesicht wich, als die Beamten wieder Meinhardt übernahmen und ihn zurück in die Zelle brachten. Spätestens heute Abend wäre er wieder auf freiem Fuß, aber das spielte keine Rolle mehr. Uwe ging hinaus in den Gang, zog sein Handy aus der Tasche und rief Vogelsang an.

»Wir müssen reden«, sagte er, nachdem sie sich gemeldet hatte. »Ich habe Lucas Meinhardt hier, und es wird dich sicher auch interessieren, was er gesagt hat. Ich habe alles auf Band, du kannst jederzeit vorbeikommen.«

Uwe sah aus dem Fenster hinunter auf die Adickesallee. Er fühlte sich gut, wie nach einem langen Tanzabend mit Dora, erschöpft und doch glücklich. Er konnte sich noch immer darauf verlassen, dass er mit genügend Ausdauer seine Ziele erreichte. Da konnten ihn irgendwelche Arschlöcher ausbremsen und versuchen, ihm Angst zu machen – schlussendlich saß er doch am längeren Hebel, schlussendlich würde er sie alle irgendwann drankriegen.

# 20

Es war wie in alten Zeiten: Uwe stand neben Vogelsang am kleinen Stehtisch, er hatte gerade die zweite Fuhre Henninger geholt, die Kronkorken von den Flaschen gehebelt, und sie stießen an. Als Vogelsang noch für die Abteilung Kapitalverbrechen gearbeitet und fast jeden Tag mit ihm zu tun gehabt hatte, hatten sie sich regelmäßig hier am Eintracht-Fantreff verabredet, hatten sich über das anstehende Spiel unterhalten, die Arbeit dabei nach Möglichkeit mit keinem Wort erwähnt und einen schönen Nachmittag zusammen verbracht. Seit Vogelsangs Abteilungswechsel waren die Treffen seltener geworden. Uwe hatte sich gefragt, ob irgendwas zwischen ihnen vorgefallen war, was er nicht bemerkt hatte, aber schlussendlich war das eben der Lauf der Dinge, Kollegen wurden versetzt, man verlor sich aus den Augen, bis man sich irgendwann gar nicht mehr sah. So weit war es zum Glück nie gekommen.

Die letzten Tagen waren turbulent gewesen, das Verhör von Meinhardt, der Angriff der beiden Typen. Aber Uwe hatte das Gefühl, endlich voranzukommen, endlich fügte sich zusammen, was er zuvor nur geahnt hatte. Vogelsang dagegen hatte Uwes Theorien nicht mit der gleichen Euphorie teilen wollen. Meinhardt würde seine Aussage wahrscheinlich nicht noch einmal wiederholen, außerdem würden die Anwälte von Liquid Lights sicher schon entsprechende Gegenmaßnahmen vorbereiten, was Uwe dann einen Tag später auch selbst zu spüren bekam. Michels fing ihn nach dem Mittagessen ab und blaffte ihn an, was er da für ein unmögliches Verhör geführt habe, es läge eine Beschwerde gegen ihn vor, Uwe habe den Verdächtigen massiv unter Druck gesetzt, sodass dieser die Nerven verloren habe. Uwe hatte die Tirade Michels' schweigend über sich ergehen lassen. Dieser hatte ihm klar zu verstehen gegeben: Arweladse ist ihr Täter und jetzt tot, der Fall geschlossen. Wenn er neue, stichhaltige Beweise in dem Fall habe, dann solle er zu ihm kommen, ansonsten seine Arbeit machen. Vielleicht, merkte Michels an, solle Uwe mal wegen seinen Aggressionen mit dem Psychologen sprechen, so was mache sich gar nicht gut, wenn es um eine Beförderung gehe. Von einer Beförderung wollte Uwe aber nichts wissen, Michels konnte ihn mal kreuzweise.

Uwe sprach jetzt über das anstehende Spiel gegen den VfB Stuttgart, kommentierte die Aufstellung der Eintracht und die des Gegners, während Vogelsang nur nickte.

»Wäre heute schon mit einem Unentschieden zufrieden«, sagte Uwe und nahm einen Schluck. »Eine Niederlage wäre auch okay, wenn es knapp ist und die Jungs ordentlich dagegenhalten.«

»Was ist denn los mit dir?«, fragte Vogelsang. »Früher hast du doch bedingungslos an die Eintracht geglaubt, ganz egal, wer da kam.«

»Du hast die Saison nicht wirklich verfolgt, oder?«

»Nicht so richtig, nein.«

»Dachte ich mir. Pass auf: Stuttgart hat gegen alle Erwartungen eine Bomben-Hinrunde gespielt, Platz drei in der Tabelle. Alle dachten, die brechen zur Rückrunde ein, was aber nicht passiert, die spielen einfach weiter. In Stuttgart wurden wir drei zu null abgefertigt, wir hatten nicht den Hauch einer Chance.«

»Dann ist heute die Revanche fällig!«, sagte Vogelsang.

»Mal sehen.«

Sie sahen einer Gruppe Fans nach, die gerade an ihnen vorbeizog, unter der Brücke durch, wo ihre Gesänge für einen Moment fast chorisch wie in einer Kathedrale widerhallten. Uwe hatte diese Momente vermisst, hier herumzustehen, das zweite Henninger zu trinken, sich mit Vogelsang über das Spiel zu unterhalten und den Fans bei ihren Ritualen zuzuschauen.

Aber auch wenn es Uwe versuchte: Er konnte den Vorfall mit den beiden Typen nicht einfach so beiseiteschieben. Immer wieder stiegen in ihm die Bilder des dunklen Wagens und der beiden Männer auf, hallte in ihm der dumpfe Schlag auf der Motorhaube nach, sah er das Messer aufblitzen. Und mit wem außer mit Vogelsang konnte er darüber sprechen?

»Ich weiß, dass wir hier eigentlich nicht über die Arbeit sprechen wollen«, begann Uwe, »aber Liquid Lights ist kein Thema mehr für dich, oder?«

Vogelsang kniff die Augen leicht zusammen.

»Für uns nicht, nein«, sagte sie. »Die Gerüchte über die Manipulationen haben sich nicht erhärtet. Die Kollegen in Spanien sind jetzt mit Klagen von Liquid Lights gegen die Aktivisten konfrontiert, wegen Hausfriedensbruch und der Störung öffentlicher Betriebe, außerdem fordern sie Schadensersatz. Die fahren richtig auf, aber daran siehst du auch, was da für sie auf dem Spiel steht.«

Uwe nickte.

»Brandt hat den Fall eingestellt«, sagte er.

»Habe ich gehört. Euer Verdächtiger ist tot.«

»Die offizielle Version ist jetzt Raubmord. Und Liquid Lights folgt dieser Linie natürlich.«

Nach den Vernehmungen von Silke Andresen und Lucas Meinhardt war bei Uwe noch einmal echte Zuversicht aufgekommen, da schien sich die Möglichkeit zu eröffnen, den Fall wirklich drehen zu können. Er hatte Vogelsang die Sprachaufnahmen von Leif Andresen vorgespielt, die sie auf Silkes Smartphone gefunden hatten, hektische, fast atemlose Schnipsel, in denen er Silke immer wieder bat, zu gehen und ihm zu vertrauen, er würde bald nachkommen, aber sie müsse ihm dieses eine Mal vertrauen, er liebe sie und die Kinder, sie müssten verschwinden. Aber wie Silke bereits angedeutet hatte, gab es in den Nachrichten keinerlei Hinweise darauf, ob und wie Leif in die Machenschaften des Konzerns rund um den grünen Wasserstoff verstrickt war, und Uwe kam nicht umhin, Silke Glauben zu schenken: Sie wusste davon nichts.

»Vor ein paar Tagen gab es … na ja, wie soll ich das nennen … eine Art Anschlag auf mich«, sagte Uwe.

»Wie meinst du das? Was ist passiert?«

»Ich wurde angegriffen. Zwei Typen habe mich ausgebremst, mir was übers Auto gekippt, dann wollten sie mich verprügeln.«

»Und das erzählst du mir erst jetzt?«

»Ich wollte uns den Tag nicht versauen.«

»Geht's dir denn gut?«

Jetzt grinste Uwe.

»Die haben sich den Falschen ausgesucht«, sagte er. »Ich hab ein paar Haare abgekriegt, die untersucht jetzt die KTU.«

»Hat da jemand noch eine Rechnung mit dir offen?«

»Ich hab überall offene Rechnungen rumliegen«, sagte Uwe. »Aber diesmal glaube ich, dass es mit unserem Fall zu tun hat.

Der Angriff sollte eine Warnung sein, da bin ich mir sicher. Wegen Arweladse habe ich mich noch mal in der JVA umgehört und anscheinend ein paar Leute damit aufgeschreckt. Und dann die Sache mit Meinhardt. Langsam ergibt sich da für mich ein Bild.«

»Du gibst nicht auf, oder?«

»Noch nicht, nein.«

»Ich weiß ehrlich gesagt nicht, wo wir noch ansetzen sollen«, sagte Vogelsang »Jede unserer Spuren endete doch bis jetzt in einer Sackgasse«

Uwe zuckte mit den Schultern. Er wusste, dass Vogelsang recht hatte. Er hatte ja selbst kaum etwas in der Hand, um weitere Ermittlungen vor Michels zu rechtfertigen. Die von Meinhardt gestreuten Gerüchte, dass der marokkanische Geheimdienst seine Finger mit im Spiel hatte, dass es weniger um Geld, sondern um hochbrisante Informationen rund um europäische Investitionen in Marokko ging, klangen in sich logisch, aber schlussendlich waren es auch nur Gerüchte. Im Grunde stand er genauso wie Vogelsang ohne Rückendeckung da. Arweladse war tot, die Akte geschlossen. Und der Fall entwickelte sich zu einer Monstrosität und weit über das hinaus, was intern immer noch als Raubmord galt: internationale Verflechtungen, Erpressung, Korruption bis hinauf in die höchsten Etagen, das volle Programm. Aber Uwe war nicht blauäugig. Er würde unten anfangen, sich auf die kleinen Fische konzentrieren, die beiden Typen, die ihn angegriffen hatten, die Beamten der JVA, die nicht unschuldig an Arweladses Tod waren.

»Wie gesagt, so schnell gebe ich nicht auf«, Uwe versuchte nicht resigniert zu klingen.

»Was anderes hätte ich auch nicht von dir erwartet«, sagte Vogelsang.

»Prost!« Uwe hob seine Flasche.

»Prost!«

»Ich hab mich ja langsam dran gewöhnt, dass das oft unbefriedigend endet«, sagte Vogelsang. »Dass wir nicht das große Ganze überblicken und dann entsprechend handeln können. Dass wir oft nicht viel klüger sind als zuvor. Aber weißt du«, sie blickte Uwe an, »vielleicht ist das auch gar nicht schlimm. Jeder strampelt sich ab, will immer vorn mit dabei sein, will alles im Blick haben, aber dabei vergessen wir genau so was wie das hier.«

»Bier trinken und geknickt sein?«

»Ja, genau, Bier trinken und geknickt sein«, Vogelsang lächelte. »Aber nicht allein, sondern mit dir zusammen.«

»Da ist sicher was dran. Wobei ich die bösen Jungs schon gern kriegen würde.«

»Das tust du, früher oder später. Ich bin sicher, die fürchten sich sowieso schon vor dir, vor Kriminaloberkommissar Uwe Fähndrich.«

»Na dann«, sie stießen erneut an und leerten ihre Flaschen. In einer Stunde war Anstoß. Uwe wollte das Einlaufen und Warmmachen der Spieler nicht verpassen, und so machten sie sich auf den Weg ins Stadion.

Das Spiel verlief in etwa so, wie es Uwe prognostiziert hatte: Die Stuttgarter spielten vor allem in den ersten dreißig Minuten herausragenden Offensivfußball und gingen nach zwölf Minuten in Führung. Danach übernahm die Eintracht die Kontrolle und glich vor der Pause fast noch aus, was dazu führte, dass sich die Gespräche in der Halbzeit vor den Bierständen und Wurstbuden fast trotzig darum drehten, dass der VfB hier nichts mitnehmen, dass die Eintracht jetzt das Spiel drehen würde. Und in den ersten fünfzehn Minuten der zweiten Halbzeit schienen die Bierplauderer und Wurstbudenpropheten tatsächlich recht zu behalten: Nach einem schlecht verteidigten Eckball gelang der Ausgleich, ohrenbetäubender Jubel, Bierbecher flogen, Uwe und Vogelsang umarmten sich, und für kurze Zeit schien es wirklich so, als könnte die Eintracht das Spiel drehen. Die Euphorie stieg bis unters Stadiondach, und es versprach wieder eines dieser denkwürdigen Spiele zu werden, wie sie die Arena schon des Öfteren erlebt hatte.

Doch als der Schlusspfiff durchs Stadion gellte, war es der Gästeblock, der jubelte, und die Stuttgarter Spieler, die auf dem Rasen kleine Tänzchen vollführten. Uwe sah Greta an, presste die Lippen zusammen, das Gesicht gerötet: Hab ich's nicht gesagt? Nach dem Ausgleichstreffer hatte die Eintracht in seltsam stiller Übereinkunft das Fußballspielen eingestellt. Was folgte, waren Fehlpässe und Ungenauigkeiten und eine Stuttgarter Mannschaft, die binnen sieben Minuten auf drei zu eins erhöhte und das Spiel dann bis zum Schlusspfiff souverän verwaltete.

»Schöne Scheiße«, fluchte Uwe leise, während sie der schier endlos langen Prozession der Enttäuschten hinaus aus dem Stadion folgten. Man fand sich vor den Bierständen in kleinen Grüppchen zusammen, um die Niederlage zu diskutieren und so besser verdauen zu können. Auch Uwe besorgte zwei Bier, sie hockten sich auf eine Bank, den Blick zum Stadtwald gerichtet.

»Ich übernehme zusammen mit Pankratz Kapitalverbrechen. Für ein paar Monate, bis wir die Nachfolge von Wassermann-Schlotz geregelt haben«, sagte Vogelsang, um das Thema zu wechseln und Uwe damit auf andere Gedanken zu bringen.

»Ich dachte, du wolltest kürzertreten.«

»Manchmal muss man genau das Gegenteil von dem tun, was alle erwarten, oder?«

»Du bist auf Größeres aus?«

»Ist das ein Problem für dich?«

»Sicher nicht. Könnte mir gar nichts Besseres vorstellen, als dich in Zöllners Büro zu wissen.«

»Warten wir's mal ab.«

Und dann erzählte sie Uwe kurz die Einzelheiten: Sie würde die Abteilung zusammen mit Alexander Pankratz leiten, den sie gut kannte und schätzte. Sie hatten für den Übergang drei Monate veranschlagt, maximal verlängerbar auf vier Monate, danach musste Zöllner zusehen, wie er die Abteilung weiter am Laufen hielt. Außerdem hatte sie ihm klargemacht, dass sie unter keinen Umständen die Umweltabteilung im Stich lassen würde. Sie bekam zwar keinen Cent mehr dafür, hatte aber Zöllner fast vier Wochen Urlaub am Stück im August und September abringen können

»Hört sich nach einem fairen Deal an«, sagte Uwe.

Sie machten sich auf den Weg zur Straßenbahn und fuhren – stehend, eingequetscht zwischen anderen Fans, es war sehr still, nur hier und da mal ein genervtes Seufzen – zurück zum Hauptbahnhof. Dort stiegen sie aus, Uwe fummelte sich eine Zigarette aus der Packung. Nach der Niederlage brauchte er jetzt eine Kippe.

»Ich hätte mal eine Frage an dich«, sagte er, schob sich die Zigarette zwischen die Lippen, zündete sie aber nicht an. Er zögerte. Das war doch albern, er stand weder vor Gericht, noch würde ihm Greta den Kopf abreißen. »Ihr habt doch recht viel Platz bei euch«, fuhr er fort und nahm die Kippe aus dem Mund, »und ich wollte dich fragen, ob du ein oder zwei Leute für ein Wochenende bei dir unterbringen könntest.«

Greta runzelte die Stirn, und Uwe war kurz davor, alles mit einer Handbewegung zur Seite zu wischen, dann aber lächelte Greta.

»Klar, um was geht's denn. Hast du Geburtstag?«

»Um Lindy Hop.«

»Um was?«

»Ich tanze Lindy Hop, Charleston, Rock 'n' Roll, kennst du doch.«

»Mensch, Uwe«, Greta bekam das Grinsen nicht mehr aus dem Gesicht. »Du überraschst mich immer wieder.«

»Es gibt demnächst ein Treffen von Tänzern, eine Exchange. Wir kommen hier in Frankfurt zusammen, tanzen, haben eine gute Zeit.«

»Klingt wunderbar.«

»Ich bin für die Unterbringung zuständig. Deswegen frage ich dich. Würde ich nicht tun, wenn's nicht dringend wäre. Mir sind ein paar Hosts kurzfristig abgesprungen.«

»Ich rede mit Mika, sollte aber kein Problem sein. Und dann bringst du mir auch ein paar Tanzschritte bei.«

»Bei gutem Wetter tanzen wir an der Alten Oper. Da kannst du gern vorbeikommen.«

»Werde ich machen.«

Und dann standen sich die beiden für einige Augenblicke schweigend gegenüber, umtost von den Menschenmassen, Fanscharen, Reisenden, Hängengebliebenen, sahen sich an und wussten, dass es genau so bleiben würde: Greta und Uwe, Staatsanwältin und Polizeikommissar, Stadionfreunde, Partner, wenn es darum ging, die Welt ein klein wenig gerechter zu machen. Und jetzt teilten sie Uwes Geheimnis. Er sah die Zigarette in seiner Hand an.

»Wir sehen uns«, sagte Vogelsang.

Sie drehte sich um, war bald zwischen den Menschen verschwunden. Uwe schloss die Hand zur Faust und zerdrückte die Zigarette.

# 21

Bevor Vogelsang ihr Büro betrat, holte sie sich einen Kaffee. Wie immer war Abel schon vor ihr da, hatte Kaffee aufgesetzt und lehnte mit einer Tasse in der Hand am Türrahmen, während Vogelsang wartete, bis die Milch sich langsam mit dem Kaffee mischte. Sie sprachen über das Wochenende. Abel war mit seiner Tochter schwimmen gewesen und berichtete sichtlich stolz davon, dass sie bereits besser tauche als er und im Brustschwimmen auch schon an ihm vorbeiziehe. Und Vogelsang erzählte von Marx und Engels, nahm einen Schluck; ein gewöhnlicher Montagmorgen, später hatte sie einen Termin mit Zöllner und Pankratz, morgen wollte Zöllner die neue Interimsleitung der Abteilung Kapitalverbrechen offiziell bekannt geben.

»Interpol hat sich doch noch mal wegen Liquid Lights bei mir gemeldet«, sagte er. »In Frankreich wurde ein Toter gefunden, wahrscheinlich ermordet. Der soll, soweit es die französischen Kollegen schon ermitteln konnten, für einen marokkanischen Partner von Liquid Lights gearbeitet haben. Soll ich da noch mal weiter nachhaken?«

Vogelsang wusste, dass diese Infos bei ihr an der falschen Stelle waren.

»Das ist eine Sache für die Kripo«, sagte sie. »Du kannst Uwe die Infos weiterleiten, er macht in der Sache weiter.«

Abel nickte.

»Du hast übrigens Post«, sagte er. »Ist direkt an dich adressiert. Scheint wichtig zu sein.«

Vogelsang dankte ihm. Sie drückte die Bürotür auf und ging rasch zu ihrem Schreibtisch, wo sie die von Abel angesprochene Postsendung liegen sah. Ein großer DIN-A-4-Umschlag, an den Ecken zerknittert. Sie stellte die Tasse ab, griff nach dem Umschlag. Er war nicht besonders schwer, adressiert an die Staatsanwaltschaft Frankfurt, Umweltabteilung. Sie drehte ihn, fand aber keinen Absender. Es kam nicht oft vor, dass sie noch solche Post bekam, das meiste ging heute über Mail. Deshalb war sie einigermaßen neugierig. Der Briefmarke nach zu urteilen kam die Sendung aus Frankreich. Sie überlegte kurz, aber ihr fiel aktuell kein Fall ein, der mit Frankreich zu tun hatte. In der Sache mit den Glasaalen letztes Jahr hatte sie mit der französischen Staatsanwaltschaft zu tun gehabt, aber der Fall war längst zu den Akten gelegt.

Sie setzte sich und riss den Umschlag vorsichtig auf. Eine Mappe rutschte ihr entgegen, dazu ein Papier, beschrieben mit einer Schreibmaschine, einzelne Buchstaben verblassten schon leicht. Sie las:

Machen Sie der Sache ein Ende. Menschen sind dafür gestorben, haben einen hohen Preis bezahlt. Die Originale befinden sich an einem sicheren Ort. Kontaktieren Sie mich über die unten stehende Mailadresse. Ich habe von Ihnen gehört und hoffe, ich kann Ihnen vertrauen. Glauben Sie mir, an diesen Papieren klebt Blut. Ich will kein Geld, nur Gerechtigkeit.

Vogelsang legte das Schreiben zur Seite und schlug die Mappe auf. Geschwärzter Text, in Englisch, die nächste Seite zeigte eine Tabelle, französisch, und obwohl sie nur wenig von den Zahlenreihen verstand, fielen ihr sofort zwei Namen ins Auge: *Liquid Lights, Moroccan Energy.* Sie sah auf, sah noch einmal auf den Umschlag. Sie hatte die Sache längst für sich abgeschlossen. Aber das hier. Sie schluckte, überflog weiter die Papiere. Immer wieder tauchte *Safi I* auf, das Wasserstoffwerk in der marokkanischen Stadt. An den Rand gekritzelte Notizen. Stammten sie von Leif Andresen? Waren das die Gerüchte, die durch den Konzern gingen, die Papiere, die die Manipulationen belegen sollten? Noch verstand sie zu wenig, aber was sie hier in den Händen hielt, war anscheinend so brisant, dass Andresen dafür hatte sterben müssen. Der anonyme Informant hatte von Menschen geschrieben, die aufgrund der Papiere umgekommen waren. Hatte ihr Abel nicht gerade von einem Toten in Frankreich erzählt?

Ihr schwindelte, sie stand auf, ging ein paar Schritte hinüber zum Fenster.

Hatte sie die Sache die ganze Zeit unterschätzt? War sie dem PR-Gerede von Liquid Lights auf den Leim gegangen? Hatte der Konzern sie für seine Zwecke eingespannt, ohne dass sie es bemerkt hatte?

Scheiße. Sie kaute auf ihrer Lippe.

Sie ging zurück zum Schreibtisch, beugte sich wieder über die Papiere. Sie dachte an Uwe, daran, wie er der offiziellen Version der Geschichte immer misstraut hatte; ihm musste klar gewesen sein, dass der Georgier nur Mittel zum Zweck gewesen, dass die Sache viel größer war, als alle geahnt hatten. Aber wollte sie das wirklich, sich mit einem milliardenschweren Konzern anlegen, dessen Anwälte ein Vielfaches von dem verdienten, was sie jeden Monat überwiesen bekam? Wollte sie schlaflose Nächte, endlos lange Tage, in denen sie die Papiere auswertete, Schlafmangel, Stress, wieder mal über Wochen keinen Sex, keine Zärtlichkeiten, wollte sie wieder ihre Beziehung zu Mika in Gefahr bringen? Überall liefen doch Schweinereien, was konnte sie schon ausrichten?

Sie fuhr sich mit beiden Händen übers Gesicht, stand dann einen Moment regungslos da und sah in den Raum hinein, sah durch die Gegenstände, durch die Wände hindurch, ihr Blick verlor sich im Nichts.

Vogelsang holte einmal tief Luft. Dann griff sie zum Telefonhörer.

# 22

Uwe stand in einem Hof, umgeben von Fahrzeugen, und blickte zu seinem alten Volvo, der noch immer auf der Hebebühne aufgebockt war, und ein merkwürdiges Gefühl der Rührung ergriff ihn. Es ist doch bloß ein Auto, dachte er, aber es war sein Auto, und die Typen hatten es nicht nur auf ihn, auf Uwe, abgesehen, sondern auch auf die Dinge, die er liebte, wie zum Beispiel seinen alten Volvo. Es war mehr als ein Auto, es gehörte zu seinem Leben dazu, und unter die Rührung mischte sich Wut. Er würde diese Arschlöcher kriegen, egal, ob sie zu irgendeinem Geheimdienst gehörten; die hatten hier keinen Freifahrtschein, die wussten nicht, mit wem sie sich da angelegt hatten.

Michalski kam jetzt hinter dem Wagen hervor, nickte Uwe zu und ließ den Volvo langsam herunterfahren. Uwe trat neben den Kollegen von der KTU, der sich seinen Wagen gründlich vorgenommen hatte.

»Ochsenblut«, sagte Michalski.«

»Bitte was?«

»Die haben dir Ochsenblut drübergekippt. Das hat den Motor abgewürgt, aber nicht totgekriegt. Die alten Kisten halten einiges aus. Läuft jetzt wieder. Soll ich dir den Bericht später schicken?«

»Ja, mach das.«

»Und die Sache mit den Haaren«, Michalski trat einen Schritt auf ihn zu, »ich will meinen Kollegen nicht vorgreifen, aber ich würde sagen: Treffer.«

»Erzähl.«

»Ist wie gesagt noch nicht offiziell, Bericht kommt. Aber nach allem, was wir wissen, gehört das Büschel, das du da in der Hand hattest, einem Marokkaner, Hamid Laroui. Schon mal gehört?«

Uwe schüttelte den Kopf.

»Die Kollegen von K 61 hatten den mal länger auf dem Schirm, Drogenhandel, organisierte Kriminalität. Aber wie gesagt, alles weitere dazu steht im Bericht.«

Uwe nickte.

»Hat es da jemand auf dich abgesehen?«, fragte Michalski.

»Schon möglich«, sagte Uwe.

Michalski zog die Schultern hoch. Ein kalter Wind fuhr zwischen die Fahrzeuge; obwohl schon Ende März, war es über Nacht noch mal kalt geworden, im Taunus gab es Nachtfrost.

»Na ja, du schnappst sie dir schon, nicht wahr?« Michalski versuchte ein aufmunterndes Lächeln.

Uwe nickte. Ja, er hatte sich in letzter Zeit immer mal gefragt, wie viel er noch bereit war, aufs Spiel zu setzen, wie wichtig ihm sein Job noch war. Aber jetzt, hier im Hof im kalten Wind, da wusste er, dass Uwe Fähndrich noch lange nicht die Füße ausstrecken und eine ruhige Kugel schieben würde. Er würde den Typen Feuer unterm Arsch machen, er würde jeden Schutzpolizisten da draußen auf sie ansetzen, würde die Sache durch seine Kanäle laufen lassen, um herauszufinden, wem er vertrauen konnte und wem nicht. Nein, Uwe Fähndrich gehörte noch lange nicht zum alten Eisen.

»Wahrscheinlich gebe ich deinen Wagen morgen wieder frei,

je nachdem, was die Kollegen sagen. Ich melde mich aber noch mal bei dir.«

Uwe nickte.

»Lass es langsam angehen«, sagte Michalski.

Sie reichten sich die Hände, und Uwe verließ den Werkhof. Einige Augenblicke stand er ratlos an der Straße und sah sich um. Es war Montagmorgen. Er zog sein Handy aus der Tasche und rief Dora an. Sie hatten sich am Wochenende nicht gesehen, er hatte nach dem enttäuschenden Samstags-Spiel den Sonntag zu Hause verbracht, hatte lange geschlafen, fern gesehen.

»Hast du Zeit für einen Kaffee?«, fragte er, als sie nach dem dritten Klingeln abnahm.

»Ist was passiert?«

»Könnte man so sagen, ja.«

»Aber dir geht's gut.«

»Ja, bei mir ist alles in Ordnung. Kannst du mich abholen?«

»Wo bist du?«, frage Dora.

Uwe sagte es ihr, dann legte er auf. Er ging ein paar Schritte, eine Straßenbahn rauschte an ihm vorbei. Der Abend würde Dora und ihm gehören, er würde sich nur auf sie konzentrieren, auf ihre Bewegungen, auf die Musik. Nein, es gab überhaupt keinen Grund, dass er sich noch länger versteckte, dass er weiter die Rolle des unnahbaren Bullen spielte, dem alles am Arsch vorbeiging. Warum nicht zum Tänzer werden, zu einem, der sich geschmeidig und mühelos überall bewegen konnte?

Uwes Nokia begann zu klingeln. »Vogelsang« leuchtete auf dem Display. Er nahm ab.

»Greta, was gibt's?«

# 23

Die Nacht hat keine Augen, die Nacht ist stumm und tilgt alle Ängste. Er lehnt an der Wand im Treppenhaus, es ist ein Augenblick großer Stille. Er schaut durch das Fenster hinaus in den anbrechenden Morgen. Dort, hinter den Dächern der Häuser, weit hinter dem Horizont, sammelt sich das Licht. Er atmet gleichmäßig, spürt, wie das Adrenalin durch seinen Körper schießt und seine Fingerspitzen kribbeln lässt. Er hält seine Waffe mit beiden Händen umfasst. Vor ihm auf den Treppenstufen kauern die anderen, dunkle Gestalten mit Sturmhauben. Es riecht nach Kaffee und alten feuchten Tapeten. Er sieht hinaus, sieht, wie sich über den Dächern eine Schar kleiner schwarzer Vögel erhebt und davonzieht.

Er hört jetzt das Kommando des Gruppenführers, und Sekunden später hallen die dumpfen Schläge durchs Treppenhaus. Er zuckt zusammen, zieht instinktiv den Kopf ein. Schon ist die Tür aufgebrochen, und die dunklen Gestalten stürmen unter Rufen in die Wohnung, mit einem lauten Knall explodiert eine Blendgranate. Er folgt ihnen die Treppe hinauf zur eingeschlagenen Tür. Dann sind zwei dumpfe Geräusche zu hören, er weiß es sofort, da schießt jemand, er duckt sich, zieht sich zwei Schritte zurück. Er sieht nur die dunklen Körper der anderen vor sich, er hört weitere Schüsse.

Die Nacht kriecht zurück in die Ecken, in die dunklen Spalten. Der Tag macht sich auf dem Fenstersims und den Treppenstufen breit, Konturen lassen sich unterscheiden, und er bildet sich ein, das Gezwitscher von Vögeln hören zu können, über das Gebrüll und die Schreie hinweg. Er richtet sich wieder auf, er folgt den dunklen Gestalten hinein in die Wohnung. Sie sind hier irgendwo im Gutleutviertel, er hat sich die Straße nicht gemerkt, ein Hinterhof, ein schmaler Treppenaufgang, immer zwei Wohnungen in einer Etage. Der Flur ist gefliest, sein Blick geht in eine kleine, saubere Küche, im Wohnzimmer läuft der Fernseher, ein Konsolenspiel, Fußball, er erkennt das Logo von Real Madrid.

Im Schlafzimmer ballen sich die dunklen Gestalten um einen am Boden liegenden Körper zusammen. Alles gesichert, hört er die Ansagen, Verdächtiger am Boden, Waffe sichergestellt. Uwe schiebt seine Pistole zurück in das Holster, man hebt den Mann aufs zerwühlte Bett, ein Regal ist zu Bruch gegangen, der Mann blutet an der Lippe.

»Hamid Laroui?«

Der Mann starrt Uwe an.

»Ich kenne dich«, sagt Uwe.

Der Mann weicht seinem Blick aus.

»Wo ist der andere?«

Der Mann schweigt. Uwe weiß, dass seine Fragen sinnlos sind, dass er hier keine Antworten bekommen wird, aber er stellt sie trotzdem.

»Habt ihr geglaubt, ich lasse euch das durchgehen?«

Der Mann sieht auf. Seine dunklen Augen suchen etwas in Uwes Gesicht. Uwe spürt seinen Herzschlag, er riecht plötzlich den stechenden Geruch von Parfüm, von Marihuana, und ihm wird übel. Er geht ins Wohnzimmer, er reißt eins der Fenster auf und lehnt sich hinaus. Die Luft ist klar und feucht. Er sieht am Horizont einen Schwarm dunkler Vögel, der sich langsam von ihm entfernt.

»Alles klar, Uwe?«

Der Gruppenführer hat sich die Sturmhaube abgezogen, sein Gesicht glänzt, seine hellen Stoppelhaare scheinen ebenfalls zu leuchten. Uwe sieht ihn an und lächelt.

»Ob du's glaubst oder nicht, aber ich werde alt«, sagt er.

»Werden wir doch alle, Uwe«, der Mann klopft ihm auf die Schulter.

Die Worte haben etwas Beruhigendes, lassen nun endgültig alles Adrenalin aus seinem Körper fahren. Er fühlt sich wie nach einem Spiel der Altherren, abgekämpft, etwas müde, aber nicht deprimiert. Er sieht wieder aus dem Fenster. Unten im Hof erscheinen die Beamten, den Verdächtigen zwischen sich.

»Wir ziehen dann ab«, sagt der Gruppenführer.

»Alles klar«, sie nicken sich zu.

Uwe wird die KTU hinzuziehen, die die Wohnung auf den Kopf stellen soll. Vielleicht findet sich weiteres Material. Jetzt, da Vogelsang die Papiere hat. Jetzt, da sie Kontakt zu den französischen Behörden haben wegen eines möglichen Mordes an einem jungen marokkanischen Ingenieur, der in Verbindung mit Liquid Lights und Leif Andresen stehen soll. Jetzt, wo sich das Blatt zu ihren Gunsten zu wenden scheint.

Die Nacht schwindet, ein neuer Tag zieht herauf. Uwe hört das leise Rauschen des morgendlichen Verkehrs, er hört das Gezwitscher der Vögel in den Bäumen. Es wird Frühling werden. Er lehnt sich aufs Fenstersims und sieht, wie sich die letzten Nachtschatten unter die Bäume zurückziehen. Er spürt ein sanftes Pochen in den Schläfen. Er weiß, dass sie wieder mal am Anfang stehen. Die Musik setzt ein, der Tanz beginnt von vorn.

Aber das muss nichts Schlechtes bedeuten.

Wolfgang Schorlau
Die blaue Liste
Wolfgang Schorlau
Fremde Wasser
Wolfgang Schorlau
Brennende Kälte
Wolfgang Schorlau
Die letzte Flucht
Wolfgang Schorlau
Am zwölften Tag
Wolfgang Schorlau
Die schützende Hand
Wolfgang Schorlau
Der große Plan
Wolfgang Schorlau
KREUZBERG BLUES
Wolfgang Schorlau
BLACK FOREST